长篇小说

智齿

郑渊洁 著

云南人民出版社

果麦文化 出品

目录

第一章　先披露一个真理　　　　001

第二章　天才都是个体户　　　　005

第三章　多瑙河书恋　　　　018

第四章　危险的牙龈炎　　　　032

第五章　智齿殊死阻拦　　　　043

第六章　前功尽弃　　　　054

第七章　祸从天降　　　　063

第八章　论证　　　　077

第九章　寻找谭青　　　　085

第十章　高建生大惑不解　　　　092

第十一章　剑拔弩张　　　　104

第十二章　不速之客　　　　115

第十三章　吻探　　　　124

第十四章　孙晨气急败坏　　　　131

第十五章	梁功辰三进口腔医院	144
第十六章	校园冤案	156
第十七章	不可思议	170
第十八章	神秘留言	180
第十九章	马丽近况	189
第二十章	昊龙重温旧梦	213
第二十一章	乌鸦起飞	222
第二十二章	王莹落入圈套	228
第二十三章	陶文赣灵机一动	240
第二十四章	偷梁换柱	250
第二十五章	如此反哺	260
第二十六章	手吻	269
第二十七章	梁功辰会晤高建生	281
第二十八章	陶文赣直立心切	294
第二十九章	邵厂长拍案而起	304
第三十章	蒙面入室抢牙	312
第三十一章	完璧归赵	317
第三十二章	轩然大波	324

第三十三章	体检阴谋	331
第三十四章	一顾茅庐	339
第三十五章	煮熟的鸭子飞了	345
第三十六章	停尸房闹鬼	355
第三十七章	弃齿太平洋	363
第三十八章	梁功辰亮相	369
第三十九章	再披露一个真理	375

第一章　先披露一个真理

　　自从梁功辰换了那把硬度偏高的牙刷后,我的日子就不好过了。虽然用度日如年来形容有夸张的嫌疑,毕竟梁功辰一天只刷两次牙,但他每次刷牙时,我都极力躲闪,那牙刷分明是砂纸。每当那再硬一点儿就完全有资格被称为"针"的刷毛接触我时,我都比较痛苦,像受刑。

　　我是一颗智齿,梁功辰的智齿。

　　从你的牙齿中缝往两边数,第八颗是智齿。

　　也许你会说,智齿和盲肠一样,是人身上多余的东西。对于你的这种看法,我只能表示遗憾,这是人类走到现阶段必然的观念。再过一千年,你还这么说就露怯了,如果你能仗着基因技术活到的话。人类对客观世界的认识是渐进的,每年都有新真理出现,每年都有老真理被扔进谬误的垃圾箱。人类盘点自己的脚印时会发现,装真理的箱子越来越小,装谬误的箱子越来越大。终极真理极度夸张说充其量也只有针眼那么小,终极谬误盲人摸象般保守说也比太平洋大。

　　我现在要告诉你的,就是一个真理。但你肯定不信,原因很简单:如果你信了,你就不是 21 世纪的人了。21 世纪的人类的智力水平绝对不可能对我下面的话信以为真,就像 14 世纪的人根本不可能相信互联网一样。倘若当年有大臣向明太祖朱元璋进言废除驿站创建互联网用以联络各方诸侯，明太祖以欺君之罪将该大臣推出斩首是最慈善的举动，弄不好会满门抄斩灭九族。据我估计，我告诉你的这个真理，最早也得在27世纪中叶才会有人发现，最先发现的前一百人肯定会鱼贯而入被送进疯人院。从第一个发现这个真理的人被送进疯人院到人类将此真理从谬误彻底平反为真理，最少得占用人类二百年时间，这还是以七百年后的人类智商指数为依据进行评估的。七百年后的人类智商平均指数比现在要高一倍左右。

下边是我要告诉你的真理。

很长时间以来，人类在思索这样的问题：人类中的天才的数量和人类的总数相比为什么如此凤毛麟角？20世纪末，喜欢秋后算账的人类遴选千年人物，扒拉来扒拉去只有莎士比亚和爱因斯坦两人入选。咱们且不说1000年结束时人类的数量，从1900年起算，1900年终结时活着的人类是十亿人，到了2000年末，健在的人类数目是六十亿人。这意味着什么？意味着1000年到2000年之间也有五十亿人在这个星球上活过，前九百年的一概不算，后一百年间死了的也不算。五十亿比二，相差巨大。都是人，为什么有的人是天才有的人是非天才？天才和非天才的根本区别在哪儿？不计其数的科学家把天才的大脑和非天才的大脑掰碎了研究，力图找出其中的差异，从而实现人类的梦想：人工培育众多天才，造福人类。

无功而返和止步不前是我对这些科学家的客观评价。他们找错了方向。天才和非天才的区别不在大脑。人和人的大脑几乎没有差异，将爱因斯坦的大脑和某智障者的大脑不做记号打乱了放在一起，任凭拥有如山的文凭的科学家也不可能将爱因斯坦的大脑准确挑选出来。

既然天才和非天才的大脑几乎是完全一样的，那么天才和非天才的区别在哪里呢？换句话说，究竟是什么使莎士比亚和爱因斯坦从至少五十亿人中脱颖而出成为名垂千古甚至流芳万古的天才呢？是勤奋吗？ No。在生活中，我见过许多比莎士比亚和爱因斯坦勤奋一万倍的人，他们并没有因此而成为天才。事实上，上述两位"千年人物"以人类的标准衡量并不勤奋，前者将生命的大部分时间用来拈花惹草，后者读书时曾有过不及格的不良记录。

既然不是大脑也不是勤奋，那么到底是什么使人类中的极少数人成为天才呢？你就要提前至少七百年知道谜底了，但你百分之百不信。还是刚才那句话，你如果信以为真，你就不是21世纪的人了，你就成为你自己的重孙子的重孙子的二次方了。

天才之所以成为天才，起决定性作用的，是他们嘴里的智齿。

不出我所料，你不信，你也不可能相信。

智齿分为数学智齿、哲学智齿、文学智齿、物理智齿、化学智齿、音乐智齿、美术智齿、政治智齿、商业智齿、体育智齿等等。很少出现全能智齿，据我所知，人类成员中只有一个叫达·芬奇的人有幸长了全能智齿。是上帝安排人类管我们叫智齿的，一个"智"字，其作用昭然若揭。除了我们智齿外，人身上还有第二个被上帝命名为"智"的器官吗？智脑？智心？智肺？智嘴？智眼？智耳？笑死你。除智齿外，人身上唯一和"智"挨边的，是痣，遗憾的是在人类第一大语言汉语里这两个字同音不同义，天壤之别。在人类第二大语言英语里不但不同义甚至连音也不同。

你照完镜子回来了。你说：我有智齿，我怎么不是天才？

有智齿的人不一定是天才，但天才都有智齿。比如孔子，比如莎士比亚，比如牛顿，比如爱因斯坦。概率是百分之百。不信你考察。这是这个星球上最经得起考察的真理。为什么有的天才天才到一半时突然陨落还俗了？他的智齿脱落或被拔除了。

现在，你迫不及待想知道的是：为什么同样长有智齿，只有极少数人成为天才而绝大多数人却平平庸庸碌碌无为？

答案如下：智齿本身无法发挥作用，它必须通过人的大脑发挥作用。人身上，只有大脑具有驾驭人的全身的指挥系统，智齿没有这样的指挥系统。智齿只能通过指挥大脑达到间接指挥人的目的，这有点儿像垂帘听政。事情的关键在于，智齿和大脑之间是否有一条通道，得以确保智齿通过这条黄金之路向大脑传达它的指令。天才人物的智齿和大脑之间都有黄金通道。遗憾的是，拥有这条黄金通道的人太少了，其比例基本上是一亿比一。

我觉得我把问题都说清楚了：没有智齿的人不可能成为天才。有智齿没有黄金通道的人也不可能成为天才。天才之所以成为天才，是由于他们在拥有智齿的同时，还拥有连接智齿和大脑的黄金通道。

梁功辰有智齿，就是我。他同时拥有黄金通道。顺便提一句，我是一颗文学智齿。

人类世界中最残酷的事，不是战争，不是天灾，而是在有生之年人为拔除拥有黄金通道的智齿。

梁功辰的故事要开始了。不管你是为他捏一把汗还是幸灾乐祸，我都不多嘴了。

第二章　天才都是个体户

用"天之骄子"和"一帆风顺"来形容三十八岁的男子梁功辰，恰如其分。

二十岁前，梁功辰靠单枪匹马的大脑足以对付愚昧弱智的应试教育，他从小学所向披靡过关斩将一路考进名牌大学，从无闪失。二十岁时，梁功辰长了一颗拥有黄金通道的智齿，梁功辰不明白自己的智力为什么"忽如一夜春风来，千树万树梨花开"。过去，梁功辰虽然身为名牌大学学生，但他心里清楚，自己是徒有虚名，他的大脑除了会死记硬背、重复和崇拜前人的知识，不会干别的。那时候，梁功辰举目看世界，遍地是真理。长智齿后，梁功辰看世界的眼光骤然变了，同样是举目看世界，梁功辰看到的是遍地谬误，包括权威的论述。

天才和非天才的区别之一：天才眼中看到的都是谬误，然后纠正它。非天才眼中看到的都是真理，然后盲从它。

否定前人是天才人物的职业病。肯定前人是非天才人物的本职工作。

成为天才后的梁功辰开始重新审视自己通过学校学到的知识。他发现，原先他认为学习、培训和经验是人获得成功所必需的条件，其实，这些东西恰恰是阻碍人获得成功的桎梏。在信息时代，获得成功最强大的动力是无经验。一无所知意味着没有任何条条框框。

美国经济史上最成功的人士之一，前任美联储主席格林斯潘中学毕业后读的是音乐学院而不是金融学院，就是这个道理。

当然，梁功辰彼时并不知道拥有配备黄金通道的智齿才是获得巨大成功的关键。他在二十岁后猛然发现上学的过程其实就像用宽胶带捆绑学生的过程：小学捆脚和腿。中学捆身子和手。大学捆头。从头到脚捆得你不能动了，再发给你一张证书。例如，都按一样的教材学习企业管理，如何能在日后的经商活动中出奇制胜？前无古人后无来者才是做一切事获得巨大成功的秘诀。学校如何教学生前无古人的事？学校的本质是前有古人后有来者。

尽管顿悟，梁功辰还是读完了大学。离开学校后，梁功辰开始寻找谋生的职业。自从长了智齿后，梁功辰在人际交往方面就遇到了障碍，他发现自己越来越难以和别人相处，越来越喜欢独处。

天才和非天才的区别之二：天才对人际关系无所适从。由于天才的思维与行为都与众不同，由此他们和普通人不可能融洽相处只会格格不入。人类历史上的天才几乎都是孤家寡人的个体户，天马行空，独往独来。

父母认为梁功辰的性格越来越古怪，二老甚至一度怀疑儿子患了自闭症。每当父亲从媒体上看到有关大学生因精神崩溃而自杀的报道时，就会心急火燎地劝梁功辰去看心理医生。

梁功辰说我没病。父亲说你没病怎么怕和别人交往？你二十岁前很喜欢和别人交往呀，往家一群一群地领。二十岁以后是怎么了？梁功辰说我不是怕和别人交往，而是每次交往都给我造成痛苦，别人说的话我听着觉得特没劲，我说的话别人听着也别扭。人和人交往不说话怎么行？就干坐着四目相对默默无言？干脆照张合影摆在那儿交往得了。

父母面面相觑，越发认定儿子的精神出了问题。

梁功辰要为自己选择一个无须人际关系就能挣钱糊口的工作，他开列了一个候选项目单，其中有：写作、投资股票、哲学研究、画画。无须人际关系能挣钱糊口的工作很少，连开个弹丸之地的小饭馆都离不开人际关系。

智齿指挥梁功辰的大脑选择了写作。

梁功辰在大学学的是建筑设计，可以说和文学创作相去甚远。

父母获悉学建筑的儿子要当作家时的场面，值得记载。

"你怎么不急着找工作？"父亲见大学毕业已经两个月的儿子悠闲地待在家中，问他。

"我已经有工作了。"梁功辰说。

"有工作了？"父亲眉开眼笑，"怎么不告诉我们？建筑设计院？还是建筑公司？"

"我要当作家。"梁功辰说。

"你说什么？"母亲一愣。

"我决定当作家。"梁功辰说。

"当作家？你从小的理想就是当建筑师，大学学的也是建筑设计，怎么会去当作家？"父亲茫然，"隔行如隔山。"

梁功辰说："不识庐山真面目，只缘身在此山中。学什么干什么是人类最大的误区，等于先套上枷锁再去干。学的是什么？肯定是前人做这件事积累的经验。踩着前人的脚印走，能走出新路来？不开辟新路，能干出大名堂？不管做什么事，不干出大名堂，做它干什么？"

"岂有此理！"父亲说，"是哪位伟人说过来着？他成功就是因为他站在巨人的肩膀上！巨人就是前人的经验。"

"这世界上最不能相信的话就是成功人士的成功经验谈。"梁功辰说，"比如成功者爱标榜自己的成功缘于百分之九十九的汗水加百分之一的灵感，这不是胡说八道吗？他们的成功绝对是由于百分之九十九的灵感加百分之一的汗水。"

"胡说八道！"母亲说，"学有所长是真理。怎么能说干什么不用学什么呢？"

梁功辰说："有意栽花花不开，无心插柳柳成荫，就是这个道理。"

"怎么会是这样？"身为工人的父亲看妻子，"咱们的孩子怎么会说这种话？"

二老不知道他们的孩子梁功辰已经是天才而不是普通人了，天才说的话肯定和普通人大相径庭。梁功辰和他的父母一样不知道是智齿起的作用。当初梁功辰长智齿时，疼得他龇牙咧嘴，他以为牙龈发炎了，还跑去看牙医。牙医说，是长智齿，不是病，不过智齿没用，以后可以拔了。母亲告诉儿子，老百姓管智齿叫"立世牙"，长了智齿，就意味着立世了。

长智齿后，梁功辰确实有明显的立世的感觉，但他没有将这归功于智齿。相反，他还抱怨智齿破土而出时给他带来的痛苦。

不管父母如何反对，梁功辰我行我素，就是不出去找工作，而是待在家里开始写作。

在一天吃晚饭时，父亲突然当着儿子的面对妻子说："马丽的父母眼光没错。"

母亲瞪了丈夫一眼。

梁功辰说："马丽的父母以后会后悔得死去活来。他们的眼光大错特错。"

马丽是梁功辰读大二时在校际舞会上结识的医科大学女生，梁功辰的初恋情人。当两人沉溺爱海半年后，双方都认为到了带对方面见未来的岳父岳母公公婆婆的时候了。梁功辰的父母对马丽很是满意，当场给未来的儿媳办了签证。而当马丽首次将梁功辰带到她的父母面前时，马丽的父母却死活看不上梁功辰。但马丽的父母深谙此道，清楚由父母出面反对子女的婚事的结果往往是抽刀断水水更流。于是二老想出了委托儿子也就是马丽的哥哥马抗唱白脸的锦囊妙计。一般来说，妹妹对来自哥哥的逆言比较容易接受，而对于来自父母的忠告却极易逆反。马抗问父母为什么要反对女儿和梁功辰交往，父母坦言梁功辰出身卑微，其父母只是普通工人。双方门户不对称。马抗说如今都什么时代了连外国皇太子都能娶平民为妻。父亲说，正因为人家是龙子龙女，不缺出身，才有资格下娶下嫁。像咱家这样上不上下不下只是个破教授的家庭，一定要靠子女的婚事打翻身仗。母亲游说儿子，说如果你妹妹嫁给工人的儿子，工人的孙子就要管你叫舅舅了。可如果是市长的孙子管你叫舅舅，你的感觉肯定不一样。马抗想了想，认为父母的话有道理，他觉得市长甚至省长甚至国务委员甚至……的孙子管他叫舅舅肯定比工人的孙子管他叫舅舅给他带来的感觉好。

马丽天生丽质，加上学业优良，父母认为女儿有资本上嫁。于是，在父母的幕后操纵下，马抗"邂逅"了一回梁功辰，当晚他大惊失色地奉劝妹妹和梁功辰一刀两断，理由是凭他男人看男人的直觉，梁功辰不是好人而且此生极为平庸。开始马丽反驳哥哥对梁功辰的亵渎，随着马抗声带振荡频率的增加，马丽最终告降。得知女儿死心塌地回头是岸后，父母披露了棒打鸳鸯的始作俑者是他俩。马丽没有因此怨恨父母，务实的她反而由此体察到父母对她的爱有多深。当马丽通知梁功辰两人必须分道扬镳时，梁功辰问为什么，马丽说她的父母和哥哥不同意。梁功辰说都什么年代了，婚姻法都在众说纷纭中修改好几次了，怎么还有父母甚至兄长干涉家人的婚姻。马丽说她是孝女，不忍心看一把屎一把尿将她拉扯大的父母伤心，她认为在婚事上顺从父母是子女最大的孝顺。马丽还说，婚姻法的不断修改正说明它的不完善，比如众说纷纭呼吁制裁包二奶，怎么没人提出制裁包二爷？这正说明修改数次后的婚姻法还有回旋余地。梁功辰无言以对。梁的父母获悉噩耗后，父亲沉吟说他知道马丽的父母为什么不同意，他们是嫌我的身份低。梁功辰恍然大悟，说既然如此，和这样的家庭离得越远越好，这对咱家来说是万幸的事。对于梁功辰的理智分手，马丽家反而有几分失落，本来他们为防范梁功辰不甘罢休对马丽穷追猛打还预定了几套战术。

如今面对儿子大学毕业后不找工作待在家里，梁功辰的父亲竟然为马丽父母的眼光唱赞歌，其意图自然是鞭策梁功辰不要忘记当年的"国耻"。

没想到梁功辰对于父亲的刺话毫不介意，他依然我行我素，终日闷在家中写作。

父母对于儿子大学毕业后不出去挣钱整天待在家里写作心急如焚。

一天上午，父亲打断梁功辰写作。

"我们供养了你二十二年，你不能再过衣来伸手饭来张口的日子了。"父亲说。

"我这不是在挣钱吗？"梁功辰抬起头说。

"挣钱？你连家门都没出，怎么挣钱？"父亲皱着眉头责问儿子。

梁功辰指着电脑屏幕上他写的字说："文学作品也是一种产品，完成后出售时就成了商品，是商品就能创造利润。怎么不是挣钱？"

父亲说："会有人出版你的书？就算出版了，会有人买？你读过几本小说？我给你算算，你从小到大，完整读过的小说超不过十本。我虽然是工人，但我也懂读书破万卷，下笔如有神。不看小说，怎么能写小说？"

梁功辰说："那是对三流作家而言。说穿了，是读书破万卷，抄袭如有神，或者是读书破万卷，模仿如有神。再说了，读书破万卷下笔如有神也未必指的是读同类体裁的书。依我说，写小说的人基本上不能看别人写的小说，其他类别的书少看一些还无大碍。看生活就行了。"

父亲说："你连生活也不看，天天闷在家里。"

"闷在家里也是看生活。谁规定只有在房子外边才有生活？地球上所有地方都充满生活。我这叫闭门造车，出门合辙。"梁功辰说。

父亲摇头。

"爸，您放心，我这小说写完了，您就等着收钱吧。"梁功辰说。

"你写畅销书？"父亲无奈地问。

"我写的是长销书，长时间的长。畅销书大都是短命鬼。长销书才是常青摇钱树。《红楼梦》就是长销书。当作家就要当长销书作家。"

"你很狂妄。"父亲嘴上这么说，眼睛却不由自主地看电脑屏幕，"你的小说是什么内容？"

梁功辰察觉到父亲的态度发生了变化。就是，当儿子尝试使用法律允许的方式谋生时，身为父亲如果竭力反对，还配被称为父亲吗？

梁功辰对父亲说："我写的是长篇小说。《三国演义》就是长篇小说。"

父亲说："你不用给我扫盲，我难道连长篇小说都不知道？不就是瞎编的特别长的故事吗？瞎编的短故事叫短篇小说，瞎编的长故事叫长篇小说，瞎编的中故事叫中篇小说。"

"那不叫瞎编，叫虚构。"

"虚构不就是瞎编吗？"

"您能说《红楼梦》是瞎编？"

"《红楼梦》怎么不是瞎编？而且是顶级瞎编。差小说是三级瞎编，好小说是超级瞎编，名著是顶级瞎编。"父亲一边笑一边说。

"就算小说是瞎编吧。"梁功辰也笑，"我的第一部长篇小说的篇名是《圣女贞德》。"

"圣女贞德？"父亲没听说过。

"圣女贞德是世界级的伟大女性，法国人，一个为了信仰而被活活烧死的美丽姑娘。"梁功辰说。

"你写外国的事？你连国都没出过！全靠瞎编？"父亲觉得儿子写小说是异想天开，写"外国小说"更是顶级异想天开。

"书名是《圣女贞德》，不等于内容是圣女贞德。圣女贞德都被外国人写滥了，光是电影就拍了不下十部，我是广义的圣女贞德。"

"挂羊头卖狗肉？"

"爸，我发现您的语言很生动，还一针见血。"梁功辰抬头看父亲。

"我喜欢说实话。别看我是工人，但我知道世界上每件事都有两种以上的说法。"

"没错。"梁功辰赞同父亲的话，"上学说穿了是去学对事物的另一种说法。在学校学的那些说法大都比较伪善和故弄玄虚。"

"也不能这么说。"父亲还想动员儿子日后考研究生，万一作家当不成又不找工作的话。

"前天我在报上看到这样一件真事，一位没上过什么学的亿万富翁至今不会准确写'贰'字，每次写'贰'时，他不是在左上角多加一横就是在右下角多写一撇,但这并没妨碍他成为亿万富翁。不会写贰的人挣了贰亿,而很多会熟练写贰的人连贰拾万都挣不到。"梁功辰说。

"上学多总是有益。"父亲不想和儿子探讨这个话题,"说说你的小说写的是什么?"

梁功辰见父亲对他的小说感兴趣了,很是高兴。他说:"人活在世上,需要约束,约束的体现方式是法律。我觉得人需要两种法律的约束——硬法律和软法律。"

"硬法律?软法律?"父亲头一次听到这样的词汇,"你发明的词儿?"

"是的。"梁功辰说,"硬法律是法规,软法律是信仰。硬法律是外在强制的法律,软法律是内在自觉的法律。有这两种法律的约束,社会才能兴旺发达。最危险的社会是既没有软法律,硬法律又不硬。说白了,就是没有信仰的人治社会。制定了法律却没人遵守。"

"你的小说的主题是呼吁人类社会建立完善的软硬法律?"

"我描写人在没有软硬法律约束的社会中的生存状态。我不喜欢'主题'和'呼吁'这样的词汇,我觉得它们不属于文学。"

"你写吧,祝你成功。"父亲说,"我只有一个要求,如果这本书打不响,你就不要再写了,找工作或考研。"

"我答应。"梁功辰说。

从这天起,父母全力保障梁功辰写作,他们为儿子准备可口的饭菜。儿子写作时,他们确保家中鸦雀无声。遇有邻居装修,他们就去央求邻里推迟装修时间。

父母发现,梁功辰在写作时,时而哈哈大笑,时而泪流满面。

母亲不无忧虑地问丈夫:"真像精神病患者。作家都是这样?"

父亲说:"咱没接触过作家,不知道。"

梁功辰听见了父母的对话,他为父母释疑:"一般人在两个世界生活:现实世界和睡眠时的梦世界。我在三个世界生活:现实世界、梦世界和文学虚构世界。你们看见我坐在现实世界中写作,其实我已经是身在曹营心在汉。身在现实世界,心已经到了虚拟世界。哭和笑都是有感而发。"

母亲对儿子说:"我从电视上看到,作家经常聚在一起开笔会什么的,还要成群结伙四处采什么风,像你这样孤军奋战,行吗?"

梁功辰说:"写作的真正乐趣是独处。喜欢扎堆儿的不是作家,是群居的蚂蚱。"

"胡说八道。"父亲说。

"作家应该多和非作家交往,就像企业家应该多和消费者交往而不是光和企业家交往一样。写作本身没有任何值得探讨的地方。同行之间的借鉴和启发是写作的头号敌人。难道对生命和生活的感受还需要互相启发和借鉴吗?对生活和生命的独到感受才是文学的真谛。再说了,写作没有技巧,无须切磋。就算有技巧,最高级的写作技巧也是使用前人没使用过的技巧写作。"梁功辰振振有词。

父亲和母亲面面相觑,他们在心里不得不承认儿子的话有几分道理。

十个月后,《圣女贞德》的出版一举奠定了梁功辰在文坛的地位。《圣女贞德》受到了读者和专家的同步肯定。《圣女贞德》给疲软的图书市场注射了一针兴奋剂,给萎靡不振的文坛吃了一剂壮阳药。有一位素以稳重苛刻著称的资深文学评论家甚至不用"新星"而是用"泰斗"形容梁功辰。梁功辰名利双收。

媒体趋之若鹜欲采访文坛新星梁功辰,而梁功辰一概谢绝。他说作家应该只用笔说话,不用嘴说话。还说声带是作家身上真正的痔疮。

以记者为职业的堂弟通过梁功辰的父亲走后门要求采访堂兄,

堂弟还说好不容易谋到记者的职业，正值试用期，恰逢堂兄一夜成名，对他来说，好似天上掉下金娃娃，如能完成独家采访，堂弟将由此奠定在电视台的稳固地位。

对于来自父亲的说服，梁功辰只能服从，但表示下不为例。采访开始时，面对摄像机和堂弟记者，梁功辰先对堂弟说："你有权保持沉默。否则，你说的每一句话都可能触发我的灵感导致我名利双收，而你却一无所获。"

堂弟先是一愣，继而拍案叫绝。

"作为作家，这是你的职业道德？"堂弟记者问。采访开始。

"任何人和作家接触，都可能触发作家的灵感，从而导致作家创作出相应的文学作品。而文学作品进入流通领域后即成为商品，就能创造利润，而这利润在法律上同诱发作家灵感的人毫无关系。这是一种不公平，本质上是作家倚仗自己的文学才能和同类进行的不公平竞争。作为有职业道德的作家，有义务在同人交往前先告知对方这种可能性。"梁功辰说。

堂弟说："我不敢说话了。怕帮你挣钱却无法从中提成。"

梁功辰："我的目的达到了。"

"在你眼中，什么样的作家最牛？"

"完全靠稿费生活的作家最牛。作家应该是全职纳税人。靠纳税人养活的不是作家，是作假。"

"请用一句话概括人生。"

"人这一辈子，说穿了只干一件事：想方设法从别人手里拿钱。方法五花八门，从诺贝尔奖奖金到拦路抢劫，应有尽有。"

这次采访在电视台反复播了二十次还有观众不依不饶要求重播。

梁功辰的父母面对儿子"无心插柳柳成荫"式的意外成功，难以置信，用欣喜若狂来形容他们的心情是弱智的体现。他们心甘情愿各自使用了近六十年的名字被"梁功辰的父亲"和"梁功辰的母亲"取而代之。如此花甲之年还改名并不是每个身为父母的人都能享受到的殊荣。来自亲友邻里的恭维和羡慕使得他们心花怒放。除去精神上的享受外，滚滚而来的金钱也令他们瞠目结舌。父亲死活不明白一本书怎么会给儿子带来四百万元的版税，他经过计算，得出四百万元几乎是他一辈子的收入，还包括退休金和医疗费，还得活到九十岁，还必须在工作和退休期间动至少三次手术。

"功辰十个月就能挣到普通人一辈子才能挣到的钱。"这是梁功辰的父母在夜深人静时最爱说的一句话。

梁功辰的父母由此感悟出人生的终极目的是快乐。娱乐和获得不是快乐。快乐是一种持续长久的、渗透全身每一个毛孔的满足感。

"万一功辰是偶尔写出一部成功之作呢？"母亲担心丧失长久的满足感。

"但愿不是。"父亲也害怕。

半年之后，梁功辰出版了他的第二部长篇小说，比第一部更成功更赢得满堂喝彩更创收。

父母悬着的心掷地有声地踏实了。

"我发现，只要功辰写，就是传世之作。"父亲私下对妻子说。

"依我说，他想写差的都写不出来，就像有的作家想写好的却写不出来一样。"母亲喜形于色。

"也怪了，功辰没读过什么小说，大学学的又是建筑，怎么就成了名作家呢？难道真像他说的那样，干什么最好不懂什么？"父亲说。

"就是，你家和我家祖上根本就没有识文断字的人，估计不是遗传。"母亲分析。

他们压根儿没往智齿上想。

对于自己的从天而降的写作才能最吃惊的，还是梁功辰。他事后看自己的作品时，根本不相信那是他写的。那些描述，那些叙述，那些对生活入木三分的观察，那些令人击掌称绝的情节，怎么会是他写的呢？他的脑子里从来就没有过这些东西呀！梁功辰在写作前，大脑几乎一片空白。所有的精彩都是在写作时突然鬼使神差般降临的。梁功辰写作时，像被一匹野马拖着身不由己地在雪地上滑行，身体压迫厚雪留下的印痕成为他的作品。

百思不解并未影响梁功辰心安理得地接受作品带给他的荣誉和金钱，毕竟那作品真是他写出来的。

"马丽的父母确实是有眼无珠。"家人共进晚餐时，父亲爱反复说这句话。

第三章　多瑙河书恋

转眼梁功辰已经三十八岁了。他写的十五部长篇小说本本是长销书，年年重印，经久不衰。成名后的梁功辰深居简出独善其身，同其他作家老死不相往来；回避媒体；谢绝任何导演将其作品搬上银幕荧屏，他还说将文学作品改编成影视的实质是将自己的孩子交给一群狼噬咬，再将噬咬后残缺不全血淋淋的孩子拿给观众欣赏。他人同梁功辰交往只有"自古华山一条路"：读他的作品。

梁功辰在二十七岁那年成家，妻子叫朱婉嘉。梁功辰二十八岁得一女儿，芳名梁新，今年十岁。

梁功辰的家位于城市北郊一座豪华住宅小区，号称连体别墅的建筑由三户复式结构住房组成，每户三层。梁功辰家位于连体别墅的最东侧。

梁功辰一年三百六十五天天天在家，家对于他来说，既是家又是工作场所。一般来说，工作场所和家的距离同人的成就成反比关系，距离越大，成就越小。天才的家和工作场所之间的距离大都为零。梁功辰的家有三百平方米，一层是车库、保姆房、厨房和餐厅，二层是梁功辰和朱婉嘉的卧室以及梁功辰的写作室和健身房，三层是梁新的世界和家庭影院。梁功辰家没有客厅和书房。没有电视机。梁功辰认定电视机是智力退化机外加垃圾箱。

朱婉嘉比梁功辰小三岁，她在一家唱片公司任艺术总监。朱婉嘉毕业于音乐学院作曲系，由于没有智齿，她在音乐领域只能当拥有文凭的职业混饭吃者，好在像她这样的人在各个领域都占绝大多数，再加上嫁了个腰缠万贯的一流作家，因此朱婉嘉并无失败感。其实朱婉嘉上班的真谛不是混饭吃，她不缺钱，她上班是为了不二十四小时和天才在一起。和梁功辰生活了这么多年，朱婉嘉体会到，断断续续和天才在一起是享受，时时刻刻和天才在一起是受罪。

朱婉嘉的父亲朱冬是一位三流作曲家，其在三十五岁时偶尔蒙上的一支歌在那个时代的人中竟然也算是脍炙人口等级，从那以后，他再没邂逅好歌。仗着那支红花歌，再加上数百首绿叶歌陪绑，朱冬一直在乐坛赖着。谱曲不行，他就换个角度出任音乐协会的行政领导。有了女儿后，朱冬立誓要将女儿培养成大作曲家，他从她一岁开始就让她弹钢琴。父亲悉心浇灌朱婉嘉，一直将她培养进全国最高音乐学府，然而朱婉嘉谱出的五十七首歌曲一首比一首难听。直到一位祖上十代没有识谱的人本人也没考上音乐学院的名叫王必然的小子谱出了一系列好歌在乐坛大红大紫后，朱冬才死心塌地认输在心里承认自己和女儿都不是音乐天才。

朱婉嘉和梁功辰是在一家书店相识的。梁功辰几乎不在媒体露面，他也从不在自己的书上刊登作者照片，他认为读者应该通过作品而不是通过相貌认识作家。因此尽管梁功辰拥有千百万读者，但从未有人在大街上认出他来，这事颇令梁功辰得意。那天梁功辰到书店瞎转，他看见朱婉嘉捧着他的一本书倚在书架旁看得如醉如痴。

朱婉嘉属于亭亭玉立级的女性，五官长得也不俗。看到如此美貌的妙龄女子旁若无人地读他写的书，梁功辰呆若木鸡，他头一次意识到自己的读者群的丰富多彩：既有百岁老人，也有小童。既有壮汉，也有美女。

"这页的倒数第三行有个错字。"梁功辰对朱婉嘉说，"'数辆汽车'印成了'数量汽车'。"

朱婉嘉抬头看梁功辰。

"你是书店的工作人员？"朱婉嘉惊讶书店工作人员的素质之高服务之好。

"不是。"梁功辰说。

"你喜欢看梁功辰的书？"朱婉嘉问。

梁功辰不知怎么回答好，他踌躇了片刻，红着脸说："我写的。"

"什么你写的？"朱婉嘉没反应过来。

梁功辰指着朱婉嘉手里的书说："……这书是我写的……"

"你是梁功辰？"朱婉嘉显然不信。

梁功辰点头。

朱婉嘉翻看书的前后勒口，没找到作者照片。梁功辰第一次后悔不在书上登照片。

"我想起来了，梁功辰是不印照片的。"朱婉嘉抬眼看梁功辰，"怎么能证明你是梁功辰？"

"只有作者最清楚自己的书里有几处错字。"梁功辰想出了证实身份的办法。

"既然这么清楚，为什么不改？"朱婉嘉问。

"下次重印就改了。"

"每次印之前作者不把关？"

"当然要把关，我们管这叫校对。但很奇怪，有些错字，校对时死活发现不了，可只要书一印出来，随意翻阅的头几页准能发现错字。"梁功辰说。

"我不信。"朱婉嘉说。

"确实如此。我不知道别的作家是不是这样，反正我的每本书都有这种蹊跷经历。"

"你带身份证了吗?"朱婉嘉问。

"干什么?"

"证明你确实是梁功辰呀。"

梁功辰突然意识到自己不知不觉进入了一个好笑的场面。

"我为什么要向你证明我是梁功辰?"梁功辰说。

"是你主动向我介绍你是梁功辰的,不是我先认出你再盘问你的。"朱婉嘉提醒梁功辰,"对了,你为什么要告诉我你是梁功辰?"

梁功辰很窘迫。

朱婉嘉说:"看到我这样的女孩子这么喜欢你写的书,得意忘形了吧?"

"有点儿……"梁功辰只得承认,"我该走了,对不起,打扰你了。"

"别走。"朱婉嘉说。

已经转身的梁功辰回头看朱婉嘉。

"我看书看得好好的,你给我打断了,现在你说走就走,这不公平吧?"朱婉嘉头略歪地看梁功辰,有几分调皮。

"你都是这么在书店站着看书,不买书回家看?"梁功辰感到奇怪。

"不懂先睹为快?你不是梁功辰。"朱婉嘉说,"别人的书我可以耐着性子买回家再看,唯独梁功辰的书不行。我每次在书店看见他的新书,都是一翻开就一口气读完,然后再买回家再看几遍。能把书写成这样,绝对是天才。原来我特爱看电视,自从梁功辰写作后,我觉得电视特没意思。电影和他的书比也没意思。"

梁功辰从头舒服到脚。

"这样吧,为了弥补你给我造成的精神损失……"朱婉嘉说。

梁功辰打断朱婉嘉的话："等等，我给你造成什么精神损失了？"

"没能一口气看完梁功辰的小说呀！"朱婉嘉说。

梁功辰又舒服了一回。

"这不算精神损失？你不应该给我精神赔偿？"

"我赔。你开价吧。"

"到隔壁的咖啡店请我喝一杯咖啡，在我鉴定你确实是梁功辰后，你给我在这本书上签名。"朱婉嘉说。

"成交。"梁功辰说。

"不是成交，是侵权方同意判决不上诉。"朱婉嘉拿着书准备去交款。

"我送给你这本书。"梁功辰要去付款。

"在我没弄清你的身份前，你还没资格送我书。"朱婉嘉冲梁功辰一笑。

梁功辰注视着朱婉嘉在交款台前的青春靓丽背影，浮想联翩。

五分钟后，梁功辰和朱婉嘉坐在书店隔壁一家名为"多瑙河"的咖啡店里。

面对桌子上两杯热气腾腾香气四溢的咖啡，梁功辰对朱婉嘉说："鉴定该开始了吧？"

朱婉嘉翻开梁功辰的新作，她随意看了一眼，问梁功辰："金影和李少明离婚后，金影再见到李少明时，说了句什么话？"

"没有不准的秤，只有不准的心。"梁功辰立即回答。

朱婉嘉立刻换用另一种眼光看梁功辰。

"鉴定会结束？"梁功辰问。

"起码要考三道题。"朱婉嘉喜欢这种意想不到的交往，她要延长享受的时间。

朱婉嘉翻书觅题。

"最好出偏题。"梁功辰说。

"历史系教授曹华在带研究生焦文杰时,在一个雷雨交加的下午,曹教授对学生说了一段什么话?"朱婉嘉提问。

"最终选择政治制度的,是人民,不是政治家。政治制度疲软,说到底是人民疲软。"梁功辰对自己作品中的人物说的话倒背如流。

朱婉嘉说:"最后一道题:阎传望临终前,给儿子留了什么遗言?"

"永远立于不败之地的唯一方法是处于事业巅峰时急流勇退。"梁功辰说,"怎么样,考试可以结束了吧?"

朱婉嘉翻开书的扉页,放到梁功辰面前,说:"请您给签个名。"

梁功辰摸自己身上:"我从来不带笔。"

朱婉嘉从自己包里拿出笔,递给梁功辰:"人家都说笔是作家的武器,就像枪是士兵的武器一样。"

"作家的武器是大脑。"梁功辰当时还说不出"作家的武器是智齿"这种终极真理的话。

梁功辰拿着笔问朱婉嘉:"用把你的名字写上吗?"

"朱婉嘉,朱元璋的朱,婉转的婉,嘉奖的嘉。用这样的方式打探女孩子的名字,是作家的专利吧。我估计你一会儿还会转弯抹角问我的电话号码,干脆我一起说了?"朱婉嘉征求梁功辰的意见。

"随便。你在进咖啡店之前就确定我是梁功辰了。"梁功辰签完字后说。

"当然,否则我怎么会跟你喝咖啡?"朱婉嘉一边欣赏梁功辰的签名一边说。

"你依据什么做出正确判断的?"

"能写出这么好的作品的人，肯定有眼光。你能主动找我说话，说明你眼光犀利。"

"我估计是男人都会想和你说话。"

"你忽视了我的眼光，我可不是跟谁都说话。"

"你的逻辑有点儿混乱。"

"我妈就这么说我。"

"令堂做什么？"

"她是一家洗衣机公司的总工程师。"

"什么牌子的洗衣机？"

朱婉嘉告诉梁功辰。

"我家用的就是令堂公司生产的洗衣机。"

"我妈也爱看你的书。我回去告诉她梁功辰用她的洗衣机，她准兴奋。"

"生产洗衣机的厂家很多，竞争激烈吧？"

"你死我活，最近我妈老愁眉苦脸。"

"拿不出新产品？"

"正是。"

"我送令堂一个创意，保准她的公司异军突起。"

"别老令堂、令堂的，我妈才四十九岁。"

"三十九岁该叫令堂也得叫。"

"你改叫伯母吧。"

"我怕你说我居心不良。"

"你才逻辑混乱呢。快说你的创意。"

梁功辰喝了口咖啡，说："你回家告诉令堂或伯母，在他们公司生产的洗衣机上增加两块表。"

"时钟？一块显示中国时间，一块显示美国时间，这种洗衣机卖给美国驻华人士？"朱婉嘉笑，她觉得梁功辰在写作之外的领域比较幼稚。

"一块是水表，显示该洗衣机的用水量。另一块是电表，记录该洗衣机的耗电量。就像汽车上的里程表一样，能显示该车从出厂后一共行驶了多少公里。这两块表都是微型数字显示表，像电子手表那样。"梁功辰说。

朱婉嘉不笑了，她清楚梁功辰的这个创意足以使她妈的公司异军突起，将竞争对手远远甩在身后。

"其实何止是洗衣机，"梁功辰说，"电视机、电冰箱、微波炉、电脑和音响上都应该安装数字显示微型电表，使用户对该电器的日耗电量和总耗电量一目了然。"

"你有经商潜能。"朱婉嘉心悦诚服地说。

"你错了，正因为我是局外人，才能产生这样的创意。如果我在企业，绝对想不出这种主意。"梁功辰说，"原先是隔行如隔山的时代，如今是隔行能登山的时代。隔行最容易登上别人的巅峰。"

"为什么？"朱婉嘉这才真正明白什么叫"与君一席话，胜读十年书"了。过去她从未有幸和"君"交谈过。

"过去各行业依据自己的规律做事，你不了解这个规律，自然做不好，隔行如隔山。如今是信息时代，各行业开始遵循共同的规律做事，创新、出奇和变革是任何行业制胜的通用法宝。而创新的天敌是经验。经验是内行的专利。没有经验容易创新，初生牛犊不怕虎就是这个道理。所以说，如今是隔行能登山的时代。"梁功辰看着朱婉嘉漂亮的眼睛说。

"如果你是洗衣机厂的老总，你怎么用人？"朱婉嘉问。

"聘三名副总经理，一个是学医的，一个是学哲学的，另一个最好是什么也没学过。我绝对不要学企业管理的。企业管理是一门艺术，不是学问。学问能学，艺术学不了。再说了，在没有亲身管理企业前，先学一通别人的经验，把脑子束缚住，只会影响创新。如今经商没有现成的路可走，谁独辟蹊径谁是赢家，谁拾人牙慧步人后尘谁只能吃残羹剩饭。"梁功辰说。

朱婉嘉点头。

"你很想帮伯母？"梁功辰问。

"我心疼我妈的白头发越来越多。"朱婉嘉说，"我妈年轻时特漂亮，我现在看我妈年轻时的照片，真不敢相信那是我妈。如果有能让人永远保持年轻的办法就好了。"

"永远保持年轻的唯一方法是在年轻时辞世。比如黛安娜。"梁功辰说。

"都是说话，人和人确实不一样。"朱婉嘉感慨，"能天天听你说话就好了。"

朱婉嘉说完脸就红了。

"其实看你的书就是听你说话。"朱婉嘉纠偏。

"光说伯母了，说说你吧。你不会也在洗衣机公司吧？"梁功辰居心叵测地问。

"你看我像干什么的？"朱婉嘉反问，"你可以猜三次。"

"不是猜，是判断。"梁功辰说。

"判断对了我请你吃晚饭，判断错了你请我吃晚饭。"朱婉嘉说。

"看来共进晚餐已成定局。"梁功辰心里说的却是一见钟情已成定局。

刚才朱婉嘉从包里拿笔时，梁功辰无意瞥见包里的乐谱，由此他判断朱婉嘉的职业和音乐有关，但他不想让朱婉嘉请他吃饭，他想请朱婉嘉吃饭。他只能故意猜错。

"你是大学毕业生。"梁功辰说。

"这不能算,太广义。这和说'你是人'没什么区别。"朱婉嘉说。

"保险公司的业务员?"梁功辰主动放弃第一次机会。

"看来智者千虑必有一失。我如果是保险公司的业务员,会和你待这么长时间只字不提拉你入险?"朱婉嘉说,"你还有两次机会。"

梁功辰做思索状:"你在医院工作?"

梁功辰恨不得说音乐以外的所有职业。

"我像医生?"朱婉嘉感兴趣地问,"我身上有药味儿?我喜欢医生这个职业,遗憾的是我爸不让我考医学院。你只剩一次机会了。"

"翻译?"梁功辰对于自己大获全胜获得请朱婉嘉吃饭的资格感到得意。

"你得破费了,我为你惋惜。"朱婉嘉笑着说,"上学时,我的外语最差。"

"咱们直接去餐厅?"梁功辰看表,"你喜欢吃什么?"

"都行。"朱婉嘉也看表,"现在吃晚饭还早点儿,再坐会儿?"

梁功辰点头,他招呼服务员再来两杯咖啡。

"你不想知道我的职业?"朱婉嘉一边用小勺搅拌第二代咖啡一边问。

"想知道。"梁功辰说。

"喜欢音乐吗?"

"喜欢。"

"我搞音乐。"

"声乐?器乐?作曲?"梁功辰问。

"作曲。"朱婉嘉说。

"很荣幸能和作曲家相识。"梁功辰说。

"我不是作曲家,我没有天赋,只能算识谱的人。"朱婉嘉说。

"音乐学院毕业?"

"音乐学院作曲系毕业。"

"用另一种语言感受人生,了不起。音乐才是真正的外语。"梁功辰说。

"真精辟。"朱婉嘉由衷地说,"可惜我什么外语都不行。"

"你还年轻,来日方长。"梁功辰鼓励她。

"按你的逻辑,我学的是作曲,内行作曲很难成功吧?"

"世界上没有绝对的事。"

"我应该去经商,隔行能登山。"

"你很可能成功。能调动音符的人,调动市场说不定事半功倍。"

"给我个经商的创意吧。"朱婉嘉开玩笑。

梁功辰煞有介事地思索。

"你办一家租赁公司。"梁功辰说。

"租赁什么?"朱婉嘉饶有兴致地问。

"租赁外国人。"

"你让我当人贩子?蛇头?"

"你参加过企业的开业庆典吗?"

"门口摆好多花篮停好多汽车那种事?"

"对。"

"路过过。没参加过。"

"企业搞开业庆典,除了以能请到官员出席为荣外,还以能请到外国人出席为荣。"

"请外国人干吗？"

"你想呀，外国人出现在企业的开业庆典上，能给旁人何种信息？往大了说，意味着该企业是跨国公司。往小了说，公司刚成立，就受到了国外企业家的注意，日后生意能不红火？银行争先恐后放贷吧，错不了。"

朱婉嘉听傻了。

梁功辰说："你去美国街头找些纯种美国流浪汉。"

"我没听说过有纯种美国人。"朱婉嘉打断梁功辰。

"别抬杠，我的意思是纯种欧美人，大鼻子蓝眼睛那种。"梁功辰说，"你设法将你选中的流浪汉和流浪女弄到国内来，把他们洗涮干净再包装上西服革履。哪家企业搞开业庆典，就到你的公司来租赁外国人。"

朱婉嘉笑得特开心："企业老总怎么向来宾介绍租赁来的外国人？说是美国流浪汉？"

"当然不能如实说，要这么说。"梁功辰模仿企业老总的神态，"这位嘉宾是美国贸易代表罗斯福先生。这位是美国JKJG公司副总裁史密斯先生。这位是欧盟商务参赞罗伯丝小姐。"

"有这个头衔吗？"朱婉嘉止不住笑。

"你的租赁公司生意准火，到时候别忘了给我提成。"梁功辰说。

"我有个正经问题要问你。"朱婉嘉用纸巾擦干笑出的眼泪，"你的书里有那么多人物，你是怎么给他们起名字的？我觉得给人起名是一件很困难的事，人的一生充其量也就只有给孩子起一两次名字的机会，就这还煞费苦心举棋不定。而你要给那么多人起名。你是怎么给你的作品中的人物起名的？翻字典？"

"我表弟是一家监狱的副监狱长，我让他给我复印了一份监狱的花名册。我写作时，从花名册中挑选人名，用一个勾掉一个。"梁功辰说。

"闹了半天，你的作品中再正经的人也盗用的是犯人的名字。"朱婉嘉笑。

"还从没人对我使用过'盗用'这个词。"梁功辰也笑，"和犯人同名没关系，别和犯人同德就行了。"

"不是所有监狱外边的人都比监狱里边的人德行好。"朱婉嘉一不留神也说了一句发人深省的话。

梁功辰瞪大了眼睛看朱婉嘉："很精彩的话，能转让给我吗？写进我的下一部作品。"

朱婉嘉说："我活这么大头一次说这样的话，是你的功劳，近朱者赤。不是转让，是引渡。你写进作品吧，这属于你自产自销。"

"我是抛砖引玉。"梁功辰说。

"但愿这话是双关语。"朱婉嘉小声说。

"你说什么？"梁功辰假装没听清。

梁功辰清楚朱婉嘉希望"抛砖引玉"是双关语的意思：梁功辰的书是"砖"，朱婉嘉是"玉"。和梁功辰相处不到一小时，朱婉嘉的智商明显提升。

"没听见就算了。"朱婉嘉说，"据说你很少看别人的小说？"

"几乎不看。"梁功辰点头。

"没有你喜欢的作家？"朱婉嘉问。

"海明威还凑合。"梁功辰说。

朱婉嘉说："既然你不看别人的小说，怎么会喜欢海明威？"

"我不喜欢海明威的小说，看不下去。我喜欢他写的信。海明威的精华都在他的信里。至今我不明白为什么海明威把好东西都放进小说之外的文字里。"梁功辰摇头。

"你很逗,不看名家的小说,倒爱偷看人家的信件。海明威也算是名家了吧?当然,得过诺贝尔文学奖的不一定是真正的大作家。"朱婉嘉说,"告诉我海明威写的信里最精彩的地方。"

朱婉嘉不知不觉中已经换用亲昵的口吻和梁功辰说话。

梁功辰倒背如流:"1935年8月19日,海明威在写给伊凡·卡希金的信中说:'作家像吉卜赛人,他同任何政府没有关系。他要是一位优秀的作家,他就永远不会喜欢统治他的政府。不会从政府那里拿一分钱。'"

朱婉嘉说:"海明威是美国作家,他不喜欢统治他的美国政府?"

"大概是。"梁功辰看表,"我该请你吃饭了。"

那是梁功辰和朱婉嘉此生首次共同进餐。此后,他们一发而不可收,共同进餐了十多年。但吃得最香的,还是头一顿饭。尽管那顿饭菜是什么味儿至今他们不知道。过来人都清楚,就着情吃的饭香在心里,嘴里却索然无味。

第四章　危险的牙龈炎

梁功辰的书大都在富阳出版社出版。富阳出版社的社长高建生毕业于名牌大学法律系，办事严谨，有强烈的合约意识，丁是丁，卯是卯，一切按合同办。高建生决不做向作者隐瞒印数的下流事。到了合同约定的向作者付版税的时间，他一秒钟都不耽搁。作者去世后，高建生还要众里寻他千百度，将版税送到法定继承人手中。高建生是有超前意识的出版家，除了具有判断稿件优劣的直觉外，他还能驾轻就熟游刃有余地对书籍进行成功的市场运作。梁功辰和富阳出版社已经合作出版了十本书，本本都是长销加畅销双料书，无一失败。梁功辰和富阳出版社的合作很愉快，属于名副其实的双赢：双方同步名利双收。

每当梁功辰有了下一本书的构思，他先同高建生和责任编辑谈，高建生听完构思说"就是它了"后，双方签订出版合同，约定作品字数、交稿时间、出书时间、首次印数和版税率。高建生将梁功辰称之为出版社的支柱作家：能为出版社带来品牌效应和大额利润的作家。对于像梁功辰这样的支柱作家，富阳出版社在签订出版合同时会主动向作者预付数十万元版税。

梁功辰的下一本长篇小说的题目是《影匪》。按合同约定，梁功辰必须在两个月后交稿。富阳出版社已经在三个月前签订《影匪》合同时向梁功辰预付了八十万元版税。高建生这次之所以突破预付版税纪录,是由于他对《影匪》太感兴趣了。《影匪》故事梗概如下:一著名导演拍一部警匪电影,其中一段重头戏是几个匪徒抢劫银行。为了演得逼真,导演起用的主要演员全是没演过戏的新人。导演率领饰演匪徒的演员到监狱同因抢劫银行入狱的犯人打成一片,向他们取经。演员经过和顶级抢劫银行犯同吃同住一个月后,个个成了抢银行的专家。导演对于演员在拍摄现场拍摄抢银行时炉火纯青的表演大加赞赏。电影封镜进入后期制作时,尚未成名的演员们无所事事,"抢银行"抢上瘾的他们突然感到失落,手脚都不知道往哪儿放,再加上手头拮据,终于在一天晚上,饰演男一号的小子对同伙说,听说过屠龙之技吗?心领神会的同伙装傻说你不会是指咱们掌握的抢银行的本领吧?男一号说如果咱们操作一回,保准警方破不了案,名师出高徒嘛。众演员摩拳擦掌。经过缜密踩道和计划,三天后,头套长筒丝袜手持仿真重武器怀揣摄像机干扰器耳戴对讲机脖子上缠着喉头送话器的演员们天衣无缝地抢劫了一家位于市中心最繁华地段的储蓄所,整个过程只有两分三十七秒,以至于银行职员都错以为是在身临其境观看一部三百六十度环幕电影大片。警方面对手法如此精湛的抢劫银行案,束手无策。半个月后,《影匪》举行首映式,货真价实的歹徒演员们站在电影院的前台上怀抱鲜花向观众致意,台下坐着应邀来出席首映式的警方嘉宾,其中还包括担任侦破该次银行劫案的警探,该警探还请歹徒演员签名留念……

这是小说的开头,后边悬念迭生,故事曲折。表面看,《影匪》是畅销书的路数,其实不然。用引人入胜的故事包装严肃的内涵是梁功辰写小说的绝招。雅俗共赏老少咸宜是历代小说家梦寐以求的境界,梁功辰已经接近。

富阳出版社社长高建生投入六十万元为《影匪》做前期宣传。期待梁功辰新作的读者早已进入望眼欲穿的持币待购状态。由于梁功辰概不授权将他的作品改编影视，此举导致他的读者与日俱增。不少导演发毒誓一定要咬牙坚持活到梁功辰辞世后的第五十一年，著作权法规定的作者死后五十年著作权保护期一过，老态龙钟的他们再撒开了噬咬疯拍梁功辰的已进入公有领域的著作权丧失殆尽的作品。

在智齿的幕后操纵下，梁功辰每天上午写两千字一流小说。他不知道什么叫思源枯竭，只要他坐在桌子前，灵感就像从天而降的瀑布，飞流直下三千尺。梁功辰写作不需要安静的环境，相反他还会人为制造喧嚣，播放分贝较高的音乐，以获得"两岸猿声啼不住，轻舟已过万重山"的气势磅礴豪放感。

梁新的同学对于她的爸爸不出家门就能挣钱感到羡慕。同学的父母如果不离开家，大都只能饿肚子，有的连周末都出去忙着挣钱，没时间和孩子在一起。未成年人视和父母在一起为最大的享受，遗憾的是不少父母给孩子钱不吝啬，但给孩子一起相处的时间却一毛不拔。"你在家时，随时能见到你爸？"是同学对梁新说得最多的一句话，其惊讶和羡慕溢于言表。

这是一个周六的上午，梁功辰坐在自己的写作室里写《影匪》，音响播放着摇滚乐。

《影匪》写作进程已过半。按照合同，梁功辰必须在两个月后将《影匪》的磁盘交给富阳出版社，从未有过爽约"前科"的梁功辰对于按时交稿稳操胜券。《影匪》中的一个重要人物是光头，梁功辰此刻正在描写他。自愿剃光头的人，百分之八十是名人。没有任何装饰的头颅最体现个性，而彰显个性是名人之所以成为名人的不二法门。

有人敲门。

"请进。"梁功辰停止写作，他抬头看门。

朱婉嘉在门外探头问:"还没写完?"

家人都知道梁功辰每天的定额。

"差不多了,还差二百字。有事?"梁功辰问妻子。

"梁新刷牙时牙流血。"朱婉嘉说。

"梁新的牙不应该有毛病,咱俩的牙都很好呀!"梁功辰一边说一边为今天写的文字存盘备份。

三年前梁功辰用电脑写作丢失过一次作品,他为此捶胸顿足。从那以后,他就牢记离开电脑前必须存盘备份的"血"的教训。

"我去看看。"梁功辰站起来。

梁功辰和朱婉嘉上楼,梁新正在她的卫生间刷牙。

"我看看。"梁功辰问女儿,"牙出血?"

梁新张开嘴让爸爸看。梁新的一道牙缝里往外渗血。

"头一次?"梁功辰问女儿。

"前几天我吃苹果时,看见苹果上有点儿血,我照镜子,是我牙上的血沾在了苹果上。当时你和妈妈不在家,等你们回来,我忘了跟你们说了。"梁新一边漱口一边说。

朱婉嘉从梁新懂事起就告诫她,发现身上有异常现象,必须马上告诉父母。

"下午咱们带她去医院看看。"梁功辰对朱婉嘉说。

"去哪家医院?"朱婉嘉问。

"当然是看牙最好的医院。"

"市口腔医院?"

"对。"梁功辰说。

"下午我约了同学来玩。"梁新说。

朱婉嘉说:"你给他们打电话,改明天来。"

梁新点头。

梁功辰回到写作室，朱婉嘉跟在他身后。

"如果你没写完，下午我带她去医院，你就不用去了。"朱婉嘉在丈夫身后说，她知道梁功辰今天还差二百字没完成工作量。而梁功辰在写作时被打断，一般无法立刻继续写。

"我去。我现在接着写。"梁功辰坐在电脑前。

梁功辰视接触生活中的陌生领域为淘金，他不知道自己的写作天才是智齿的结果，还以为是自己观察生活独到，因此他从不轻易放过任何体验的机会。

朱婉嘉轻轻关上门出去了。

午餐后，梁功辰、朱婉嘉和梁新驱车赴市口腔医院，朱婉嘉驾车，梁功辰坐在朱婉嘉身边，梁新坐在后座。

周末不堵车，半小时后，梁功辰一家抵达市口腔医院。

"我去挂号。"朱婉嘉锁上车门，说。

梁功辰和梁新在门诊大楼的入口大厅等朱婉嘉。梁功辰看到在大厅的一角有个售货摊位，一个穿白大褂的中年妇女坐在摊位后边守株待兔。

梁功辰对女儿说："咱们过去看看。"

梁功辰和梁新走到摊位前。摊位上摆着各种牙刷、牙线、牙膏和口腔保健书籍。

梁功辰拿起一本口腔保健书翻看。

"牙很重要，作为家长，应该了解怎样保护孩子的牙齿。"中年妇女对梁功辰说，"这本书是我们院长写的，很不错。"

"我买一本。"梁功辰翻转书，在书的"臀部"找定价。

梁功辰戏称书的封底为书的"臀部"。

"二十元。"中年妇女说。

梁功辰付款。

中年妇女接过二十元面值的钞票，她很职业地使劲儿用双手蹂躏那纸币，以判断其是否假钞。每当这种时刻，梁功辰都会有受辱的感觉。

"现在假钞太多，收了假钞，我得自己赔。"中年妇女觉察出梁功辰的心思，"我给您拿一本新书。"

梁功辰对于中年妇女竟然拥有高善解人意度感到惊讶。

中年妇女将验明正身的钞票收起来，她从摊位下边拿出一本未经顾客翻阅的"处女书"递给梁功辰。

朱婉嘉走过来，她对梁功辰和梁新说："挂好了，牙周科，在二层。挂的是专家号。"

口腔医院刚刚装修过，就诊环境高雅，扩音器里播放着舒缓的音乐，美中不足的是空气中还弥漫着装修时残留的气息。

梁功辰想起当年他因长智齿到医院看牙的经历，那家医院的牙科比较脏乱。

梁功辰一家坐在候诊室的彩色座椅上等候护士叫号。

"爸，不疼吧？"梁新问。

"应该不会疼，又不是拔牙。"梁功辰说。

除了那次长智齿，梁功辰从未进过医院牙科，在他的想象中，看牙病只有拔牙最疼。

朱婉嘉也没看过牙医。

"十九号，梁新。"护士通过扩音器叫。

朱婉嘉和梁功辰同时站起来带女儿到护士办公台前。

"只能进去一名家长。"护士说。

"你去吧。"朱婉嘉对梁功辰说。

梁功辰同梁新跟着护士走进诊室，诊室里有十部周身"节外生枝"的牙科专用治疗椅，几乎每部椅子上都坐着张着血盆大口的患者，椅子旁的医生手持器械近距离地在患者口中不停地探索。

护士将梁新和梁功辰带到一位戴大口罩的四十岁左右的男医生身边。医生指着座椅对梁新说："坐上去。"

梁新半躺在座椅上，一位护士将淡蓝色的一次性纸围巾系在梁新脖子上。

"怎么了？"医生先看梁新，再看梁功辰。

"她刷牙时牙出血。"梁功辰说。

"张开嘴，我看看。"医生对梁新说。

梁新张开嘴。

医生右手拉过灯光，左手使用器械将梁新的嘴唇从各种角度掀起。医生观察梁新的牙龈。

"牙龈炎，已经引起牙龈增生。"医生指给梁功辰看。

"严重吗？"梁功辰看到女儿的牙龈确实红肿。

"百分之八十的青少年患有不同程度的牙龈炎，一般的是慢性单纯性牙龈炎。她的稍微严重点儿，有可能需要手术治疗。"医生对梁功辰说。

一听说手术，梁功辰吓了一跳。

"手术？牙出点儿血就动手术？"梁功辰问医生。

"你不要一听手术就害怕。是很小的手术，把增生的牙龈切除就行了。"医生说。

"进手术室？"梁功辰脑子里浮现出家属签字后将亲人送进手术室然后在长椅上焦急不安地等待的画面。

"不用去手术室，就在这儿。"医生说。

"疼吗？"梁新问。

"打点儿麻药，不疼。"医生说。

"现在就动手术？"梁功辰觉得草率了点儿。

"今天我先给她洗牙。一周后的今天你们再来,如果有好转,咱们尽量不手术。如果需要,就手术切除增生的部分。"医生说。

梁功辰问:"洗牙多长时间?"

"半小时左右。您可以出去等了。"医生对梁功辰说。

梁功辰对女儿说:"我在外边等你。"

梁功辰回到朱婉嘉身边,坐下。

"医生怎么说?"朱婉嘉问,"我问护士了,给梁新看病的是这个科的主任。"

"牙龈炎,比普通的牙龈炎重点儿,可能需要手术治疗,你不用怕,是小手术。"梁功辰向妻子通报。

"手术?"尽管梁功辰强调是小手术,朱婉嘉还是很吃惊,"他们不会是为了赚钱吧?昨天报上说,东北一家医院为了创收,涂改来医院体检的健康人的验血化验单,然后收人家住院治疗'肝炎'。"

"医生让我看了梁新的牙龈,确实红肿。"梁功辰说。

"你会看牙龈?"朱婉嘉表示怀疑。

"我看看你的,比较一下。"

朱婉嘉张开嘴让梁功辰看。

"张嘴没用,你把嘴唇抬起来,咬住牙。"梁功辰说。

"我的手不干净。"有洁癖的朱婉嘉说,"刚才挂号拿钱了。"

"我来。我的手干净。"梁功辰伸手。

"你刚才买书时没摸钱?"朱婉嘉提醒丈夫。

梁功辰缩回自己的手。

朱婉嘉从包里拿出纸巾,垫在自己的嘴唇上,再用手间接翻转嘴唇。

梁功辰看着妻子的牙龈说:"和梁新的绝对不一样。"

朱婉嘉松了口气。

"再说人家也不是今天就给梁新动手术，医生说今天洗牙，一周后再来。如果有好转，就不手术了。"梁功辰说。

朱婉嘉伸脖子往诊室那边看。

梁功辰掏出刚才买的口腔科普书，翻阅。

"这书上说，每半年到一年，人至少应该洗牙一次，发达国家就是这样的。"梁功辰边看书边对妻子说。

"咱们从来没洗过牙，不也挺好的？"朱婉嘉说。

梁功辰给朱婉嘉念书："书上是这么说的，牙菌粘在牙齿不易清洁的部位，形成牙菌斑，再钙化成牙石。牙石导致牙龈发炎。洗牙能洗掉牙石和牙菌斑，预防牙龈炎和牙周炎。牙周炎和牙龈炎最终导致牙齿松动脱落。"

"我没听说谁半年洗一次牙的。"朱婉嘉说。

"那是因为你生活在发展中国家。"梁功辰说，"等着也是等着，咱们趁这机会洗洗牙吧？"

"你要洗牙，我去给你挂号交费。我不洗。"朱婉嘉说。

"你去挂号吧。"梁功辰说。

朱婉嘉下楼。

五分钟后，朱婉嘉回来递给梁功辰挂号单。

"洗牙不用等。一百二十元。"朱婉嘉说。

梁功辰将挂号单交给护士，说："洗牙。"

护士将梁功辰带到与梁新相隔两个座位的椅子上，一位二十多岁的女医生给梁功辰洗牙。

梁功辰这才知道洗牙和洗澡不是一个概念。一根说不上是什么质地的类似钻头的物质由医生操纵在梁功辰的牙齿上打磨，说是超声波，感觉却分明是锉。梁功辰感到牙齿酸痛。

"漱口。"女医生吩咐梁功辰。

梁功辰拿起左侧一个托盘上的一次性口杯，漱口，再将嘴里的水吐到瓷盆里。当他看到自己吐出的液体里有不少黑色的斑块时，梁功辰心理才平衡了。

"这就是牙石？"梁功辰问女医生。

女医生说："对。你的牙早该清洗了，内侧很脏。"

医生继续给梁功辰洗牙。

随着漱口次数的增加，梁功辰吐出的牙石越来越多。

洗牙结束时，梁功辰问医生："我的牙齿没什么问题吧？"

医生说："有一颗智齿必须拔除。"

"为什么？"梁功辰早就忘记了自己的智齿。

女医生说："你的这颗智齿下边没有对称的智齿，而且长歪了，已经对你的口腔黏膜造成了磨损，久而久之，易引发黏膜恶变。"

梁功辰吓了一跳："癌？口腔癌？"

医生说："有这种可能。此外，这颗智齿还能导致邻牙龋坏，已经有征兆了。"

"您是说，我的这颗没有咀嚼功能的智齿还能把挨着它的牙齿带坏？"梁功辰不信智齿一无是处。

"是这样。"医生说，"你的这颗智齿必须拔。"

"现在就拔？"梁功辰害怕智齿带给他癌症和龋齿。

"拔牙去外科。"医生看表，"今天来不及了，快下班了。"

梁功辰到候诊室时，梁新已经和朱婉嘉坐在一起等他了。

"洗牙特难受吧？"梁功辰以过来人的口气问女儿。

"反正不舒服。"梁新说，"爸爸真逗，自找苦吃。有这样的家长吗？等孩子看病治疗时，他没事也治疗治疗。"

梁功辰笑着说："我洗牙洗对了。医生说，我的智齿必须拔除。"

"好好的拔什么牙？"朱婉嘉说。

三个人一边下楼一边说话。

"医生说,我的这颗智齿已经把我的口腔黏膜磨坏了,还能致癌。"梁功辰说。

"拔牙很疼。"朱婉嘉说。

"该拔就得拔。爸爸是咱家的核心。"梁新说。她怕爸爸得癌。

"我下周和梁新一起来,梁新看牙龈,我拔智齿。"梁功辰说。

一家人上车。

朱婉嘉发动汽车。

"医生没让你好好刷牙?"梁功辰问女儿。他一直认为梁新刷牙太草率。

"能不说吗?"梁新看着车窗外说,"我就奇怪了,动物比如老虎从不刷牙,牙齿吃肉管用着呢。"

第五章　智齿殊死阻拦

回家后，梁功辰首先张嘴照镜子，他确实看见自己嘴里位于右侧上排牙最末端的那颗智齿将它附近的口腔黏膜磨白了，它的下边没有与其遥相呼应的牙齿。

梁功辰在他的记事日历上写道：下周六，同梁新去口腔医院，我拔智齿。

梁功辰的智齿没想到事情变化得如此突然，梁新刷牙时的一次出血竟然诱发梁功辰决定拔除使他成为超级作家的智齿。失去智齿，梁功辰将从天才沦落为普通人。离了梁功辰，智齿也将英雄无用武之地，成为一颗没有任何价值的连牙齿都称不上的废弃物。

智齿明白自己必须想尽一切办法阻止梁功辰拔除它。它有七天时间。

智齿的优势是它能通过黄金通道左右梁功辰的大脑。劣势是它无法和梁功辰直接沟通，只能转弯抹角对梁实行"启发式教育"。

梁功辰和家人用晚餐时，电话铃响了。

朱婉嘉接电话。

"功辰，高建生的电话。"朱婉嘉对梁功辰说。

梁功辰放下筷子，起身离开餐桌接电话。

"你好。"梁功辰说。

"梁先生，《影匪》的封面已经设计好了，拿给你看看？"高建生说。

"可以。"

"我什么时候去合适？"

"现在就行。"

"有件事，我说了你也不会同意，算了，不说了。"高建生欲言又止。

"你说吧。"梁功辰说完心里很惊讶，一般如果对方说这样的话，梁功辰肯定说"那就别说了"。梁功辰不清楚今天自己为什么这么说。

"有家报社的记者找了我很长时间，他想采访你。我知道你几乎从来不接受媒体采访，就谢绝了他好多次。他今天上午又找我，说对《影匪》很感兴趣，他是从传媒上看到我们社为《影匪》做的前期宣传。这人我认识很多年了，有头脑。"高建生说。

"让那记者和你一起来吧。"说完这话，梁功辰一愣。

"我没听错吧？"高建生更是大吃一惊，他和梁功辰交往这些年，除了他，梁功辰几乎不让任何人进他的家门。

"没听错，你和他一起来。我理应亲自出马为《影匪》做宣传。"梁功辰不明白自己怎么会说这种话。

"我马上通知他，谢谢你！"高建生的声音里全是兴奋和狂喜。

梁功辰放下电话听筒，发呆。

他慢慢转过身看餐桌旁的家人。朱婉嘉和梁新大眼瞪小眼，连一旁的保姆王莹都瞠目结舌。

梁新问："爸，你接受记者采访了？还是在家里！"

朱婉嘉用看西边出太阳的眼光看梁功辰："咱家连客厅这个编制都没有。"

"就是，我怎么会接受记者采访呢？我怎么会在家里接受记者采访呢？"梁功辰皱眉头。

他不知道这是智齿设的圈套。智齿计划在梁功辰接受采访时，让他妙语连珠，诱使记者不得不向梁功辰提这样的问题：您为什么这么聪明这么成功？

智齿希望梁功辰因此大彻大悟。

"爸爸很反常呀。"梁新看妈妈。

"你爸有他的考虑。"朱婉嘉说。

梁功辰回到餐桌旁，一边吃饭一边思索。

"你们有过自己心里不想这么说，可嘴却偏这么说的时候吗？"梁功辰问妻子和女儿。

朱婉嘉和梁新对视。她俩再同时将目光投向梁功辰。母女再同步摇头。

"你不想让那记者来？"朱婉嘉问丈夫。

"身不由己？"梁新问爸爸。

"当然不会身不由己……"梁功辰说，"我想接受采访，我都能拔好牙，怎么不能接受记者采访？"

"哪儿跟哪儿呀？"朱婉嘉放下筷子看丈夫。

梁功辰发愣。

"爸爸不会在医院传染上什么病了吧？"梁新说。

"乱讲，又不是传染病医院。口腔医院能传染什么病？龋齿？"朱婉嘉笑。

"口腔医院不是什么好地方。"梁功辰又冒出这么一句。

"我同意。"梁新一边往杯子里倒果汁一边说。

"你在哪儿见记者？"朱婉嘉问梁功辰。

"就在这儿。"梁功辰指指餐厅。

"都吃完了？"朱婉嘉问完对王莹说，"快点儿收拾，一会儿有客人。"

梁功辰上楼到写作室,他要单独想想到底是怎么回事。

我怎么会同意记者来家里采访?

为什么不可以?

作家应该只用作品说话。

作家为什么不能用嘴说话?

梁功辰觉得大脑成了辩论场,只要他一有想法,反方马上针锋相对。

梁功辰听见楼下门铃响。

他下楼。高建生和一位男记者已经坐在餐厅。

高建生介绍双方。

记者说:"我知道梁先生不见记者,特别是不在家里见。谢谢您对我的信任。"

梁功辰说:"家是缩小的国。国是放大的家。和家境联系最密切的,是国境。"

"精辟!"记者叫绝,"真是百闻不如一见。"

说完后,梁功辰回味自己的话,越想越觉得有意思。

记者问:"据我所知,您大概是咱们国家最富有的作家了。如今很多人为挣不到钱着急。作为一个成功挣到钱的人,您对他人有什么忠告?"

梁功辰连想都没想就说:"每个人都是亿万富翁,每个人都拥有一千亿脑细胞,每个脑细胞至少值一元钱。奇怪的是,不少人主动将自己的脑细胞冻结封存,却终日为缺钱苦恼。抱着金碗要饭是绝大多数人的生存状态。"

"确实不一样!确实不一样!"记者感慨。

记者就这么不停地发问,梁功辰不停地狂吐金科玉律。

记者最后说:"下边这个问题我很想找到答案。咱们虽然只接触了半个小时,但从您的言谈中,我只能得出您是天才的结论。您几乎不看小说,您上大学学的又不是文学,究竟是什么使您能写出如此受欢迎的文学作品?"

梁功辰说:"反正不是遗传,我祖上没有舞文弄墨的。"

记者问:"那是什么?是什么使您拥有了文学天赋?为什么别人没有?"

梁功辰沉思。

高建生看表,他对记者说:"今天就到这儿吧。梁先生明天上午还要写作。"

记者点头。

"这是《影匪》的封面设计稿,你看怎么样?"高建生从包里拿出封面给梁功辰看。

梁功辰提修改意见。

梁功辰送高建生和记者出门时,记者又问了梁功辰一个问题:"假如有一天您失去了文学天赋,您会怎么生活?"

梁功辰愣了一下。

高建生笑着说:"梁先生绝对不会失去天赋。他是一部比一部写得好。"

不知为什么,记者的最后一句话让梁功辰足足琢磨了两个小时。

就寝前,梁功辰靠在床上发呆。

朱婉嘉洗完澡穿着浴衣从卫生间出来,她一边擦头发一边问梁功辰:"怎么了?后悔让记者来了?"

"你说我靠什么写作?"梁功辰问妻子。

朱婉嘉坐在梁功辰身边,一边换睡衣一边说:"你今天到底是怎么了?"

"回答我的问题。"梁功辰说。

"除了你自己,这世界上,我觉得我最了解你。"朱婉嘉说,"你写作,全靠天赋。咱俩结婚这么多年,我几乎就没看你正经看过一本书。买了书,你都是随便翻翻就扔了。你看人家哪个作家家里没有书房?"

"你去过多少作家家?"梁功辰笑了,"你这是想象。"

"我是没去过别的作家家,但我从画报上见过记者写作家专访时配的照片,作家大都爱在书房让记者拍照。"

"狐假虎威。"梁功辰说。

"那也不一定,自己有书,需要时,查起来方便。"朱婉嘉从床的另一侧上床,和梁功辰并排靠着。

"写作时查阅别人的书,本质上是一种抄袭,起码算变相抄袭。"梁功辰说。

"所以我说你写作完全靠天赋。你不看书,不和任何作家来往交流创作体会,和非作家人士接触也不多,大学学的还是建筑,可你坐在桌子前就能哗哗地写,而且一本比一本写得好。不是天赋是什么?"朱婉嘉说。

"我每次写作时,都有身不由己的感觉。大部分词汇和描述在我的脑海里从来没有出现过。有时我写着写着就会有偷东西的感觉,不知这些词汇和描述是从哪儿弄来的。"梁功辰说,"事后我看自己写的东西,除了陌生就是惊讶。我总觉得,有个人在我背后指挥我写作,我不过是个替身而已。"

朱婉嘉说:"这更说明你是靠天赋写作。不早了,你明天上午还要写,睡吧?"

梁功辰关键的话还没说,他伸手示意妻子不要关灯。

"既然我不是靠自己的努力而是靠天赋写作,一旦失去天赋,我怎么办？咱们怎么办？"梁功辰说。

"天赋会失去？那是你身体的一部分，会伴随你终生。"朱婉嘉安慰丈夫。

"天赋是身体的一部分，它在身体的什么部位？人和人之间连基因都百分之九十九点九是相同的，别的器官就更是没什么差别了。你说天赋藏在我身体的什么地方？如果藏在小腿里，假如我遇到车祸，把小腿截肢了，我的天赋就没了。"

"你说点儿吉利话怎么样？"

"天赋能来，没准也能走。真要是走了，咱们可就惨了。"

"你的读者最惨。咱们的钱已经够活了。"

"人可不是光靠钱就能活好，没事干活不好。"梁功辰说。

"你是不是有什么预感？"朱婉嘉扭头看身边的梁功辰，"从口腔医院回来后，你比较反常。"

"你说我的天赋到底栖息在我身上的什么部位？"梁功辰也扭头和妻子对视。

"当然是在大脑里！"朱婉嘉拍拍梁功辰的头，说。

"必须重点保护我的大脑。"梁功辰说。

"我明天给你买个头盔，你在家时也戴着。"朱婉嘉开玩笑。

"在家不用戴，出门戴。"梁功辰笑。

"在家万一碰上地震呢？"朱婉嘉提醒梁功辰。

"你说我的写作天赋会不会藏在我的智齿里？"梁功辰突然说。他觉得这句话不是他想说的，属于脱口而出。

"你可以改行写童话了。你都三十八岁了，早过了胡思乱想的年龄了。别杞人忧天了，都是那记者闹的。你以前不接受记者采访的方针特英明。"朱婉嘉说。

"关灯吧。"梁功辰说。

这个晚上，从不失眠的梁功辰有五个小时没睡着。在他经过反复确认自己的写作天赋栖身于大脑后，他决定今后对自己的头部实行特别保护。

智齿哭笑不得。

次日上午，梁功辰写作进行得很顺利，全是令他叹为观止的神来之笔。

智齿必须表现自己，以使梁功辰确信他的写作才能是外力所致，从而导致梁功辰寻根求源保住智齿。

见梁功辰执迷不悟，甚至南辕北辙错集三千宠爱于大脑，智齿决定托梦。

这天入睡不久，梁功辰被朱婉嘉叫醒了。

"你怎么睡到十点还没醒？你今天要带梁新去口腔医院，你不是也要拔智齿吗？"朱婉嘉对睡眼惺忪的梁功辰说。

梁功辰看了一眼床头柜上的表，赶紧坐起来。

"我睡过了？你干吗不早叫我？"梁功辰一边穿衣服一边说。

"我接了个电话，公司老总打来的，说了一个小时。公司有急事，我不能和你们去医院了。"朱婉嘉说。

"你们公司失火了？"梁功辰问。

"和失火差不多。一个歌星和我们签约出新碟，我们做了很多宣传，她突然反悔不和我们合作了。"朱婉嘉一边收拾出门的东西一边说。

"对这种不遵守合同的人，要让她身败名裂。"梁功辰在去卫生间的路上说。

梁功辰洗漱完毕，到楼下用早餐。王莹已将梁功辰早餐必喝的综合治理粥摆放在餐桌上。梁功辰早餐喜喝粥，粥由玉米面、大米、小米、牛肉末、青菜、鸡蛋清和黄豆组成，被梁功辰称之为"综合治理粥"。

用餐后，梁功辰驾车同梁新去口腔医院。

到口腔医院后，梁功辰在给梁新挂号的同时，也给自己挂了外科号。

梁功辰将梁新送到牙周科就诊后，自己到外科拔牙。

一个长得酷像林肯的医生接待梁功辰。他让梁功辰坐在椅子上。

"我拔智齿。"梁功辰说，"您是外国专家？"

"本国人。"医生一边看梁功辰的口腔一边说，"您是不是看我像美国前总统林肯？我戴上口罩像林肯，摘了口罩就不像了。"

梁功辰张着嘴无法进行到位的笑。

"您的这颗智齿不能拔。"林肯说。

"为什么？"梁功辰问，"我上星期来你们医院，医生让我拔的。"

"您的这颗智齿非同寻常。您从事什么工作？"林肯问梁功辰。

"这和我拔牙有关系？"

"当然。这么说吧，如果您从事体力工作，尽管拔智齿。可是倘若您从事脑力工作，智齿绝对不能拔除。"

"为什么？"梁功辰觉得新鲜。

林肯看看四周，表情像贼，他对梁功辰耳语："我们牙科医生都知道一个秘密，智齿和人的智力有直接关系。但为了给医院创收，这个秘密我们不能说，说了谁还来医院拔智齿？拔智齿是口腔医院的支柱产业。"

"您为什么要告诉我这个秘密？"梁功辰问。

"我觉得您长得像华盛顿，我不能不告诉您。"林肯神秘兮兮地说。

梁功辰觉得荒唐。

"谢谢您对我的关照。"梁功辰说,"我要拔掉它。它会导致我得癌。"

"您是不识好歹的人。身在福中不知福。"林肯说。

"我会投诉你。"梁功辰坐起来。

林肯突然将梁功辰按倒在椅子上,他强行扒开梁功辰的嘴,用一把电工用的生了锈的钳子夹住梁功辰的智齿,将智齿拔除,梁功辰疼得死去活来。

林肯将一块早就沾有血迹的纱布塞进梁功辰嘴里,说:"咬住,半个小时后再吐掉。护士,叫下一个!"

梁功辰站不起来。

林肯拿电棍电击梁功辰,梁功辰立刻站起来了。

梁功辰捂着嘴到牙周科找女儿。牙周科里是堆积如山的牙齿,有几具活骷髅在牙齿山上寻找什么。

"梁新!梁新!"梁功辰心惊胆战地大喊。

"做噩梦了?"朱婉嘉推醒梁功辰。

醒来的梁功辰心有余悸,一身汗。

梁功辰赶紧摸牙。

"梦见什么了?"朱婉嘉给丈夫倒了杯水。

"一个长得像林肯的医生告诉我,我的智齿不能拔,它和我的智力有关系。"梁功辰说。

朱婉嘉说:"真逗,那你就别拔了。别人拔颗牙,没你这么嘀咕的。"

梁功辰惊魂未定地回忆刚才的梦。

"才三点,接着睡吧。"朱婉嘉对梁功辰说。

梁功辰没想到睡着后继续做刚才的梦。

他咬着纱布回到家里,家里没有人。梁功辰看表,距离拔牙已经快一个小时了,他吐出纱布。梁功辰张嘴照镜子,智齿不见了,伤口已停止出血。

梁功辰想喝水,他到饮水机旁接水,发现水桶是空的。梁功辰叫王莹换水,没人答应。梁功辰只好自己换水,当他弯腰抱起满满一桶纯净水时,他感到嘴里的伤口一热。

梁功辰再照镜子,智齿的伤口出血了,血流了一嘴。

梁功辰跑到楼上自己的卫生间漱口,一连漱了十杯水,吐出来的还是鲜红的血。

梁功辰叫家人,没人答应。他给口腔医院打电话,问值班医生拔牙后出血怎么办。医生说,现在这么晚了,你可以自己咬一块纱布,如果还出血,不要吐,可以咽下去。

梁功辰咬着纱布上床睡觉,嘴里的血满了他就咽下去。咽得稍慢一点儿,血就凝固了,像吃血豆腐。

第二天早晨,梁功辰发现自己的大便是黑色的。

梁功辰再次从梦中惊醒,他开灯张嘴照镜子,看嘴里有没有血。

"又怎么了?"朱婉嘉问丈夫。

"我梦见拔了智齿后止不住血。"梁功辰说。

"你绝对不能拔牙,还没拔就这么紧张。"朱婉嘉说。

"确实不能拔。"梁功辰说。

"四点半了,你还睡吗?"朱婉嘉问。

"睡!"梁功辰如释重负地说。

梁功辰倒头便睡,鼾声如雷,接踵而来的全是妙不可言的美梦。他一边睡一边笑。

一旁的朱婉嘉在黑暗中发呆。

第六章　前功尽弃

梁功辰决定不拔牙后，日子过得很平静，每天上午他按部就班写作。富阳出版社为名作家梁功辰的新作《影匪》制造的宣传攻势铺天盖地。

周五吃晚饭时，朱婉嘉对梁功辰说："明天我要去公司加班，你带梁新去口腔医院吧。"

梁功辰点头。

"牙还出血吗？"梁功辰问女儿。

"还出。"梁新说。

"不管怎么说，多小的手术也是手术，也不能全听医生的，一会儿我研究研究那本口腔医学科普书。"梁功辰说。

晚餐后，梁功辰找出在口腔医院买的那本书，翻看。

他随意翻开的那页碰巧是说智齿的。

这样的忠告映入梁功辰的眼帘：

　　智齿可导致智齿冠周炎，然后诱发下列并发症：骨膜下脓肿、牙龈瘘管、边缘性骨髓炎、咽旁间隙蜂窝织炎、口底蜂窝织炎、败血症和脓毒血症等。是否应该拔除智齿？答案是明确的。

梁功辰不寒而栗。败血症？脓毒血症？牙龈瘘管？这些一个比一个恐怖的名称令梁功辰毛骨悚然。

"必须拔除智齿。"梁功辰自言自语。

智齿傻眼了。

睡觉前，梁功辰出现了一个很奇怪的举动，他将自己历年出版的书摆在床上。

"这是干什么？"朱婉嘉问丈夫，"检阅成就？"

梁功辰看着床上的书说："我也不知道，就是想放在一起看看。"

"真不少。"朱婉嘉说，"什么天赋，我看你靠的是勤奋。你快著作等身了。"

"我确实很勤奋。"梁功辰说。

朱婉嘉看着书说："一个作家能写出其中的一本，这辈子就够了，你却写了这么多本，而且还在源源不断地写。"

梁功辰陶醉。

智齿本想通过检阅作品达到让梁功辰珍惜写作才能的目的，它始料未及的是梁功辰竟然贪天之功窃为己有。

"明天我拔智齿。"梁功辰对妻子说。

"怎么又变了？"朱婉嘉问。

"我看了看口腔保健书，还是拔了好。"

"那就拔吧。"朱婉嘉说，"打麻药，不会疼。"

入睡后，噩梦又光临梁功辰。全和牙齿有关。梁功辰索性起床到写作室写作，将明天上午该写的份额预写。

智齿不帮梁功辰写，梁功辰坐在那儿什么也写不出来，他以为是疲倦导致的。智齿只得再帮梁功辰写。梁功辰就这么断断续续一直写到天亮。

朱婉嘉很早就走了。梁功辰和女儿用完早餐，到车库开车。王莹将车库门打开。

梁功辰坐在驾驶员的位置上，梁新坐在爸爸身边。

"系上安全带。"梁功辰对女儿说。

梁新系安全带。

梁功辰不知为什么在发动汽车之前来回踩油门。

梁功辰转动汽车钥匙点火。发动机拒绝启动。梁功辰再打，发动机还是不转。

梁功辰继续打火，每次打时，他都狠踩油门。

发动机无动于衷。

"车坏了？"梁新问爸爸。

"昨天你妈开出去还是好的呀。"梁功辰纳闷。

"再试试。"梁新说。

还是打不着。

梁功辰掏出手机给朱婉嘉打电话。

"车子怎么打不着？"梁功辰问妻子。

"怎么会？昨天我开很好呀！"朱婉嘉说。

"打了几十次了。"梁功辰说。

"打火之前你没踩油门吧？"朱婉嘉问。

"踩啦。"梁功辰说完就拍自己的脑袋，"我怎么这么笨？"

他们的车打火前不用踩油门，踩油门反而导致油大打不着火。这个道理，梁功辰很懂。他不明白自己为什么会鬼使神差般地猛踩油门。

智齿的杰作。

"你踩了多少下？"朱婉嘉问。

"少说有三十次。"梁功辰说。

"至少一个小时后，车才能打着。"朱婉嘉说。

"我们坐出租车去。"梁功辰说完挂断电话。

梁新解开安全带。下车。

梁功辰下车对站在车库门口的王莹说："关上车库门，我们改坐出租车去医院。"

梁功辰和梁新从车库和厨房相连的门进入餐厅，他们朝家门走去。

智齿急了，它清楚，只要梁功辰和女儿出门上了出租车，它就回天无力了。

智齿只有直接将道理告诉梁功辰一条路了。智齿不会说话，它只能通过梁功辰的大脑向他传输信息。

智齿用最快的速度向梁功辰的大脑传送如下信息：你之所以具有别人没有的写作天赋，是因为你有一颗文学智齿。可你却鬼迷心窍想拔掉它！你的智齿不得不想方设法提醒你不要拔它，它托梦，它指挥你的腿在给汽车点火前猛踩油门导致汽车无法启动你就去不了医院，可你依然执迷不悟……

已经拉开家门的梁功辰站住了。

"忘东西了？"见爸爸停住脚步，梁新问。

"我有了一个不错的构思，我得记下来。"梁功辰说。

梁新已经习惯爸爸的这种举动，她跑到电话机旁边拿纸和笔。

梁功辰接过女儿递给他的纸笔，坐在门旁的小茶几边记录新构思。

"大构思？"梁新问。

梁功辰将构思分级：构思、大构思和超级构思。

"超级构思。"梁功辰一边写一边说。

"我的功劳？"梁新问。

以往梁功辰有了构思时，在他身边触发他产生这个构思的家人就会自豪。其实梁功辰的所有构思都是智齿给他的。程序是这样：智齿先给梁功辰构思，再指挥他写。

"当然是你的功劳，如果你的牙齿不出血，不会有这部作品。"梁功辰说。

"女儿牙出血都能导致作家产生超级构思。"梁新说。

"不管什么经历都是作家的财富。"梁功辰已经将一张便笺写得密密麻麻。

"和牙齿有关的构思？"梁新站在一旁问。

梁功辰说："这本书的名字我都想好了，叫《第八颗是智齿》。"

"《第八颗是智齿》，有意思。"梁新点头，"梗概？"

梁功辰说："一个天才作家，写了很多天才的小说。其实是一颗智齿使得他获得写作天赋的。可他不知道，也不会知道。一天，他的儿子刷牙时牙齿出血——咱们把女儿改成儿子。作家带儿子去口腔医院看牙，作家在等候时闲得没事干，他买了一本口腔保健书，他看到书上说人应该每年洗一次牙。于是作家就利用等儿子治疗的时间洗牙。给作家洗牙的医生告诉他，他嘴里有颗智齿必须拔除。回家后，智齿想方设法阻止作家拔它，直到作家和儿子准备开车去医院前，智齿还通过作家的大脑给作家的腿下达猛踩油门导致汽车无法启动的指令，以此阻拦作家去医院拔除智齿。但那作家死不开窍，改乘出租车去医院，最终把智齿拔了，从此作家失去了写作才能……"

"不会是真的吧？"梁新问爸爸。

"什么是真的？"梁功辰没听明白。

梁新说："我的意思是，您写作真的是靠您的智齿，您的智齿真的在阻拦您拔它，要不然，您从来没在给汽车打火前乱踩过油门呀！"

梁功辰哈哈大笑："真是超级构思，连身为作家女儿见怪不怪的你都信以为真了，这书出版后肯定叫座！"

"其实您不必拔智齿。"梁新一本正经地说。

"你真的觉得爸爸写作是靠智齿？"梁功辰笑，"就算我的写作才能和耳朵有关系，也不会和牙齿有关系。"

"您总是告诉我，说人类对自然和自身的认识是永无止境的。"梁新说。

"我觉得，人类对智齿的认识已经封顶了。"梁功辰说，"我把构思放到写作室去，然后咱们走。"

梁功辰上楼将写有《第八颗是智齿》构思的便笺放进写作室的抽屉。

不知为什么，梁功辰没有马上离开，他站在写字台前，像永别那样看写字台。

"会是真的吗？我的写作真的全靠智齿？"这样的念头出现在梁功辰的大脑里。

梁功辰笑着摇摇头，否定了。

梁功辰和梁新乘坐出租车来到市口腔医院，梁功辰给女儿挂了牙周科专家号，给自己挂了外科号。

梁功辰先送梁新到牙周科，主任给梁新检查后对梁功辰说："我对她的牙龈进行一些处理，打点儿麻药，不会疼。"

"手术？"梁功辰问。

"说手术你们害怕，就算处理一下吧。"主任说。

梁功辰同意。

"您到外边等吧。"主任对梁功辰说。

"我有个事，想麻烦您一下。"梁功辰对主任说，"我上次在这儿洗牙，医生说我的智齿应该拔掉，您看应该拔吗？"

059

梁功辰张嘴让主任看。

"必须拔。"主任看完说。

"拔牙很快吧？"梁功辰问。

"很快。您现在去拔牙，拔完了再来等她。"主任说。

梁功辰去外科拔牙。

一位四十多岁的女医生给梁功辰拔牙，梁功辰直到坐在椅子上，还有些犹豫。

护士给他系上浅蓝色的纸围巾。

梁功辰想起了日前他做过的拔牙噩梦，他看身边的女医生，长得不像林肯。

"我的智齿必须拔吗？"梁功辰问医生。

医生看后说："应该拔除。"

梁功辰最终拍板。

医生拿起一根针管往梁功辰智齿附近的牙龈上打麻药。

"稍等一会儿。"医生对梁功辰说，"等麻药生效了再拔。"

"拔掉的智齿可以给我吗？"梁功辰想留纪念。

"当然。"医生说，"幸亏你早说。刚才有个老太太，拔牙后要牙，她的牙已经扔进桶里了，她在几百颗牙里找她的牙，很费事。"

梁功辰突然感觉自己有一种冲动，他想站起来就走。梁功辰克制自己。

"行了，张开嘴。"医生对梁功辰说。

梁功辰张开嘴。医生拿器械撑住梁功辰的嘴，梁功辰感觉医生用一根小棍子别了一下他的智齿，牙掉了。整个过程不到三秒钟，一点儿不疼。

医生将一块纱布塞进梁功辰嘴里，说："咬住，半小时后吐掉。今天不要吃热东西，吃些软的食物。"

梁功辰坐起来。

医生给梁功辰看他的被拔除的智齿。

"就用纸围巾包上吧。"医生给梁功辰摘下围巾,她用围巾包住智齿,递给梁功辰。

梁功辰将智齿装进衣兜。

"您去交费。"医生递给梁功辰交费单,"收费处在一层。"

梁功辰看了一眼金额,二百二十元。

梁功辰在去交费处的路上得意地想:你挣我二百二十元,我挣你二百二十万元。

二百二十万元是梁功辰对《第八颗是智齿》的匡算版税。

梁功辰回到牙周科时,梁新还坐在椅子上接受治疗。梁功辰在门口看见主任使用一把剪子在剪除梁新的部分牙龈。

梁功辰坐在候诊室等梁新。他掏出智齿看。智齿侧面有一个小小的龋洞。智齿上有血迹。

梁新出来了。

"怎么样?"梁功辰只动嘴唇不动牙地跟女儿说话,"疼吗?"

"还行,打麻药时疼。"梁新一张嘴,露出牙龈上粘着的厚厚的像口香糖那样的东西。

"牙龈上是什么?"梁功辰问。

"糊的药。"梁新说。

"就这么一直糊着?"梁功辰问。

"自然脱落为止。"梁新说,"您去交费。"

梁功辰对于市口腔医院先看病后交费感觉不错。

"您的智齿拔了?"梁新看出爸爸说话不利索。

"拔了,不疼。"梁功辰说。

"不会从此写不出来了吧?"梁新逗爸爸。

061

"当然不会。"梁功辰说,"不但不会写不出来,还会写得更好,比如《第八颗是智齿》。"

在回家的路上,梁新说:"今后我要认真刷牙,我再不会来看牙医了。"

第七章　祸从天降

梁功辰和梁新到家时,朱婉嘉已经在家等他们了。

"到底还是拔了?"朱婉嘉先问丈夫。

梁功辰拿出智齿给妻子看。

朱婉嘉问女儿:"手术了?"

梁新说:"医生一边用剪子剪我的牙龈,一边对护士说:'明天给我换一把快点儿的剪子。'"

"真可怕。"朱婉嘉说,"牙床子上糊的是药?"

梁新点头。

"我们只能吃软的食物。"梁功辰说。

朱婉嘉吩咐王莹。

梁功辰看表,他吐了嘴里的纱布。伤口没有出血。

"你怎么会在打火之前来回踩油门?"朱婉嘉问梁功辰,"你忘了我刚学开车时老爱在打火前先踩油门,还是你纠正我的。"

"爸爸因此有了超级构思,值得。"梁新对妈妈说。

"《第八颗是智齿》。"梁功辰说,"写完《影匪》就写它。很棒。"

"加塞儿?推迟写《寒夏》?"朱婉嘉知道丈夫的下一部小说名为《寒夏》。

梁功辰点头。

"给我找个透明的小瓶子,我把智齿装起来。"梁功辰对妻子说。

063

朱婉嘉从她的梳妆台上拿了一个装珍珠胶囊的小瓶,给梁功辰装智齿用。

梁功辰将智齿装进小瓶,看了看,放进抽屉。

次日早晨,梁功辰喝完综合治理粥后,进入写作室准备写作。

王莹已将茶水放在电脑旁。

梁功辰打开音响,写作室充满他喜欢的旋律。

电脑开启后,梁功辰将双手放在键盘上。往常,梁功辰的手指会不由自主地敲击键盘,屏幕上由此出现一行行精彩绝伦的文字。

今天,梁功辰的双手在键盘上按兵不动。

梁功辰低头看自己的手。

手还是不动。

梁功辰强行打字,他看见屏幕上出现了驴唇不对马嘴的文字。

梁功辰移动鼠标,看昨天写的内容。

昨天写得很精彩,而且是在知道往下怎么写的地方停止的。今天没有任何理由写不出来。

梁功辰再尝试写,可他的脑子一片空白,他甚至不会基本的遣词造句。

梁功辰认为是音乐的缘故,他换了一张光盘。

还是写不出来。

自从梁功辰动了从事写作的念头以来,他从来没坐在写字台前写不出来的经历。

梁功辰站起来,他在屋里转了两圈,开门下楼。

梁功辰对王莹说:"你给我弄一杯咖啡。"

梁功辰说完上楼,他在楼梯上碰到朱婉嘉。朱婉嘉对于在这个时间在写作室之外的地方见到梁功辰感到吃惊。

"这么快就写完了?"朱婉嘉问。

"还没写。我让王莹给我冲一杯咖啡。"梁功辰说。

朱婉嘉清楚梁功辰很少喝咖啡。

"昨晚没睡好？"朱婉嘉问。

"睡得挺好。"梁功辰说。

"那干吗喝咖啡？"朱婉嘉奇怪。

"提提神，脑子有点儿乱。"梁功辰说，"我去写了。"

朱婉嘉回头看丈夫在楼梯上的背影。

喝了咖啡后，梁功辰还是写不出来。

梁功辰看表，从他进写作室到现在，已经过去一个小时了。往常，一个小时他板上钉钉能写出数百字。

梁功辰从桌子下边拿出一本自己写的书，从中间开始翻看。他几乎一口气读完了。确实精彩。

"这会是我写的？"梁功辰怀疑。

当梁功辰经过反复论证，确认这本书的的确确是他写的后，他回到电脑前。

梁功辰强迫自己打字，他不看出现在屏幕上的文字，只管不停地敲击键盘。

打满屏幕后，梁功辰审视这段文字。

正宗的八流作家写的文字。直看得梁功辰面红耳赤，忙不迭地删除了。

时钟告诉梁功辰，到吃午饭的时候了。

梁功辰盯着电脑屏幕发呆。

见梁功辰没按时下楼吃饭，朱婉嘉来敲门。

梁功辰关闭电脑，站起来。

朱婉嘉推开门，她从梁功辰脸上看出异常。

"功辰，怎么了？"朱婉嘉问。

"没写出来。"梁功辰阴沉着脸说。

"没完成定额？"朱婉嘉问。

"一个字都没写出来。"

朱婉嘉一愣。

"没关系，也不能老写呀，"朱婉嘉安慰梁功辰，"前几天我看一张报纸上说，托尔斯泰还有写不出来的时候呢。"

梁功辰心里好受了点儿。

"吃完午饭，你睡一会儿，下午写。"朱婉嘉说。

梁功辰点点头。

下午梁功辰在电脑前整整坐了三个小时，一无所获。

晚餐前，朱婉嘉轻轻推开写作室的门。

梁功辰扭头看她。

朱婉嘉从梁功辰眼中看到了噩耗。

"我从前写的东西，确实不是我写的。"梁功辰叹了口气，对朱婉嘉说。

"当然是你写的！"朱婉嘉坐到梁功辰旁边的沙发上，"你可能写得太多了，这些年，你几乎天天在写，是不是该充充电了？"

"充电？"梁功辰思维略显迟钝。

"看看别人的书？文学名著什么的。或者读读文学泰斗的传记？"朱婉嘉说。

梁功辰想了想，说："明天上午我如果还写不出来，就按你说的办。只是我和富阳出版社的合同约定的交稿时间，是按我的正常写作进度计算的，不能耽搁。"

朱婉嘉意识到了事情的严重性：梁功辰必须按时交稿。富阳出版社为《影匪》已经是箭在弦上，前期宣传妇孺皆知。万事俱备，只欠东风。东风就是梁功辰的稿子。

"你一定能写出来，你不可能写不出来。"朱婉嘉说。

"你不知道，我坐在这儿的感觉和原先大不一样。"梁功辰需要倾诉，"原先我往这儿一坐，思如泉涌，身不由己地写，就像被马拖着走。今天我坐在这儿，就像被钉死在架子上，动不了呀！拖我的马去哪儿了？"

梁功辰眼睛里有泪水。

这是朱婉嘉和梁功辰结婚以来，头一次见丈夫伤心落泪。朱婉嘉控制不住自己，哭了。她心疼梁功辰。

朱婉嘉头一次意识到，梁功辰写这么多书，确实很不容易。过去她只看见梁功辰易如反掌地写作，从没想过他的艰辛和毅力，从没想过作家根本不是用笔和电脑写作，而是用心血写作。朱婉嘉还不知道智齿的作用，她只能将梁功辰著作等身归功于丈夫的勤奋。

"你写的已经很多了，不写也行了。"朱婉嘉对梁功辰说，"知止是人的最高境界。"

"已经和富阳出版社签约的《影匪》怎么办？读者已经在等着买书了。"梁功辰提醒朱婉嘉。

朱婉嘉一愣，说："《影匪》已经写了一半了吧？你无论如何能写完它！"

梁功辰说："咱们去吃饭吧，梁新等着呢。"

餐桌旁的梁新看见父母眼圈有些红。

"你们吵架了？"梁新几乎没见过父母吵架。

"没有。"朱婉嘉勉强给了女儿一个微笑，比哭还难看。

"出什么事了？"梁新问爸爸，"有亲友辞世了？"

"别瞎说。"朱婉嘉说女儿。

次日上午，梁功辰一坐到电脑前就知道自己完蛋了，一个字也打不出来。干坐了半个小时后，梁功辰决定去书店买别人的书"充电"。

等候在写作室外边的朱婉嘉见丈夫从屋里出来了，她看出今天上午又是滑铁卢。

"我去书店。"梁功辰说。

"我陪你去。"朱婉嘉说。

朱婉嘉驾车和梁功辰去书店，梁功辰坐在妻子身边，他注视着汽车前方，表面平静，心里发慌。

朱婉嘉选择了她和梁功辰相识的那家书店，她认为该书店能唤起梁功辰的自信。

书店门口没有停车场，朱婉嘉将汽车开进书店对面一家商场的停车场。朱婉嘉还没熄火，一个戴红袖章的人隔着车窗玻璃向朱婉嘉伸出两根手指头。

朱婉嘉从包里拿出两元钱。

"停车费不是一元吗？"梁功辰说。

朱婉嘉扭头像不认识似的看丈夫。按政府物价部门的规定，本市小轿车白天的停车费确实是一元，但有不少看车的人自行将这个价格提升到两元。往常遇到这种人，梁功辰从来没提出过质疑，相反，有一次朱婉嘉因只有一元零钱没有两元零钱而同看车人交涉时，梁功辰竟然还站在看车人一边大义灭亲。梁功辰今天是怎么了？

"不能给他两元，他这是违法。"梁功辰对妻子说。

朱婉嘉换了张一元的。

梁功辰解开安全带，开车门。

朱婉嘉从另一侧下车，她将一元钱递给看车人。

"大姐，是两元。"看车人提醒朱婉嘉。

梁功辰从车头绕过来，他问看车人："物价局规定是一元，你怎么收两元？"

"我们这儿是两元。"看车人看了梁功辰一眼，说。

"你这是违法的。"梁功辰说。

"我只有两元的收据。"看车人给梁功辰看他手里的收据。

"我会向物价局举报你。"梁功辰说。

"物价局就在商场后边,您去吧。"看车人转头对朱婉嘉说,"两元。"

朱婉嘉对梁功辰说:"算了,给他两元吧。"

"不行!只能给一元!"梁功辰勃然大怒。

朱婉嘉发呆,她终于明白了从不发脾气的梁功辰是建筑在写作顺利上的,有成就感的人一般不会和别人斤斤计较。朱婉嘉意识到梁功辰一旦写不出来,后果不光是《影匪》爽约,家庭从此失去祥和才是真正的恶果。

"我不要你们的钱了,你们走吧。"看车人的脸上浮现出狞笑。

朱婉嘉清楚看车人的话属于威胁:你们不交钱,车被划了别找我。而车身八成会被划伤。

"给他一元,咱们走!"梁功辰转身就走。

朱婉嘉将一元钱递给看车人,她回头看梁功辰没注意她,赶紧又拿出两元塞给看车人。

看车人接过三元钱,说:"还是大姐善良。"

朱婉嘉瞪了他一眼,去追梁功辰。

梁功辰虎着脸和朱婉嘉走进书店。

朱婉嘉小声提醒梁功辰:"这儿没准儿有人能认出你,别发火。"

梁功辰没说话。

朱婉嘉有意将梁功辰带到摆有他的书的书架旁,有几位读者在翻阅梁功辰的书。

一对明显是情侣的读者在看梁功辰的书。

"这几本我都要买。"女方指着梁功辰的书对男友说。

"先买一本看吧。"男方说。

"我都要。"女方坚持。

"好，我给你买。"男方累计书价。

朱婉嘉看梁功辰。梁功辰面无表情。

"你应该高兴呀？"朱婉嘉一边小声说一边推丈夫。

"越看越伤心，如果再也写不出来的话。"梁功辰神色黯然。

朱婉嘉没辙了。

梁功辰走到标有"外国文学名著"的书架前。

他茫然地看着那些听说过书名但从没看过的名著。

"这本怎么样？"朱婉嘉从书架上抽出一本《红与黑》，递给丈夫。

梁功辰翻看。

朱婉嘉又从书架上拿下一本《战争与和平》，塞到梁功辰手里。

世界名著轮番被梁功辰触摸。

原先梁功辰看待世界名著的目光是居高临下俯视，今天他却是仰视。

"服务员！"梁功辰冲服务员招手。

"你要哪本？我跟她们说。"朱婉嘉担心梁功辰和服务员起冲突。

服务员过来了。

"这个书架上的书我每样买一本，你们能给我送到车上去吗？"梁功辰说。

"先生的车停在哪儿？"服务员问。

"如果是我，买这么多书，车停在外国我也会送。"梁功辰说。

朱婉嘉赶紧告诉服务员车就停在马路对面。

"所有的作家传记也要。"梁功辰说。

服务员显然很高兴，她一边告诉同事拿书一边问朱婉嘉："你们是图书馆的？"

梁功辰诧异地问那服务员："你们有规定，只有图书馆才能买这么多书？"

"没有没有。"那服务员再不敢张嘴了。

朱婉嘉轻轻叹了口气。往常梁功辰外出，对任何人都彬彬有礼。有时朱婉嘉因商家服务态度差同人家发生争执时，都是梁功辰大事化小小事化了。每每此时，梁功辰还教育妻子要按孔子说的做：出门如见大宾。

得意导致和气，失意造就冲突。街上吵架的人多，说明失意的人多。朱婉嘉想。

"还记得咱们在这儿第一次见面的情景吗？"朱婉嘉指着她心中的"圣地"说。

梁功辰点头。

"把书放到车上后，咱们去多瑙河坐坐？"朱婉嘉问梁功辰。

"没时间了。"梁功辰说，"以后吧。"

朱婉嘉明白梁功辰说的没时间是指《影匪》的交稿时间，梁功辰要回家突击拿名著充电。

历次和出版社签订合同后，梁功辰和家人还从没体会过"交稿时间"这种压力。朱婉嘉现在才明白，眼看交稿时间一天天逼近，如果写不出来，那种压力足以将作家窒息死。

朱婉嘉暗自庆幸：幸亏梁功辰一年就交一两次稿，如果一个月交一次稿，碰上写不出来，全家人就都甭活了。

服务员捆好书，朱婉嘉交款。

服务员们将书搬到汽车上。

朱婉嘉驾车拉着梁功辰和世界名著回家。

王莹在梁功辰家头一次见到这么多书,她在朱婉嘉的指挥下将书搬进梁功辰的写作室。

梁功辰在写作室看着堆在地上的书对妻子说:"把午饭端来,我在这儿吃。"

朱婉嘉点头。

梁功辰拿起一本《巴尔扎克传》,看巴尔扎克有没有写不出来的经历。

随着书页的翻转,微笑浮现在梁功辰的嘴角。巴尔扎克写不出来的时候挺多,有一次烦得他撕了一件衬衣。巴尔扎克写作主要是为了还债,写不出来自然急。

梁功辰又翻《托尔斯泰夫人日记》。托尔斯泰写不出来的时候更多。托尔斯泰甚至对妻子说,他写不出来时觉得对不起家人。托尔斯泰写不出来就玩纸牌,玩着玩着就写出来了。托尔斯泰写出来就精神愉快,什么也不计较,那天就是全家的节日。写不出来他就找碴发火。

梁功辰一边翻阅名作家传记从中像探宝那样找寻人家写不出来的光辉足迹一边吃饭。

吃完了看够了,梁功辰吩咐朱婉嘉给他拿一副扑克。

"扑克?"朱婉嘉以为自己听错了。

"扑克。"梁功辰确认。

朱婉嘉迟疑了一下,去给梁功辰找扑克。

梁功辰打开电脑,他看已经写出的《影匪》。他一边看一边拍案叫绝。

朱婉嘉进来,她将一盒扑克放在电脑边,轻轻出去了。关门时,朱婉嘉看梁功辰的眼光里全是超级期待。

朱婉嘉嫁给梁功辰后,从没觉得梁功辰的写作很珍贵,她觉得梁功辰每天哗哗地写是天经地义的事，就像他每天能吃饭一样。如今，朱婉嘉才意识到丈夫写作的难能可贵，那是全家人光荣、自由和财富的根基。从刚才梁功辰和朱婉嘉外出买书的经历，朱婉嘉明白了一旦梁功辰写不出来，就是这个家的末日。她怕得要命。朱婉嘉曾经听说海明威开枪自杀的真实原因是他写不出来了，当时她还不理解，您海先生已经拿了诺贝尔奖了，写不出来有什么关系？作家的价值是已经写出的作品，不是没写出的作品。现在朱婉嘉明白了，对于读者来说，作家的价值是已经写出的作品。而对于作家来说，他们的价值绝对是还没写出的作品。

关上写作室的门后，没有任何信仰的朱婉嘉在胸前画十字，她祈祷梁功辰能恢复写作功能。

梁功辰通过看自己写的《影匪》前半部分热身，当他被自己的作品刺激得心潮澎湃热血沸腾后，他开始写作。

梁功辰发现自己的手指根本不知道往键盘的什么地方运作，梁功辰感觉自己的脑细胞全都不翼而飞集体叛逃。

梁功辰拿起电脑旁的扑克牌，他从盒里抽出扑克，一张一张往写字台上摆。这是一副汽车图案的扑克，每张扑克牌上都有一辆豪华汽车。梁功辰有个心愿，他想在梁新过十八岁生日时送给她一辆跑车，庆祝女儿成人。过了十八岁，就该孩子给父母操办过生日送父母礼物了。梁功辰认为，十八岁必须是孩子的经济独立日。他为自己十八岁时还靠父母供养上大学感到羞耻、惭愧和内疚。

扑克上的汽车一辆一辆向梁功辰开过来，梁功辰感到压力。他清楚，如果自己从此写不出来，到梁新过十八岁生日时，他很可能不具备送女儿跑车的经济实力了。

梁功辰发誓要送梁新跑车，他以此激励自己写作。

然而他发现自己已经对写作一窍不通。

两行热泪在洗涤梁功辰的脸庞后，滴落在键盘上。

梁功辰在心里呐喊：为什么？这是为什么？我写过那么多本书，本本都是一流的杰作，怎么说写不出来就写不出来了呢？过去那些书是怎么写出来的？天赋跑哪儿去了？

梁功辰从地上拿起一本《巴黎圣母院》，只看了两眼，他就将书撕得粉碎。他又拿起一本《浮士德》，继续虐待。地上的世界名著轮番被梁功辰施暴。

距离用晚餐只有半个小时了，梁功辰在写作室待了一个下午，一无所获。

梁功辰心慌意乱，他不知道将自己的双手往哪儿放。往常只要他坐在这儿，他从来没意识到自己有双手，那时，他的双手和键盘是融合在一起的。如今，他的身体仿佛只剩下一双手，一双不知所措的多余的手。

梁功辰的手似乎察觉到主人对它们的埋怨，它们漫无目的地没事找事做。一只手拉开写字台的抽屉。

梁功辰的目光停留在抽屉里的一张纸上，他的血液立即罢工，停止流动。

那张纸是《第八颗是智齿》构思便笺。

梁功辰在全身血液凝固的状态下屏住呼吸将《第八颗是智齿》的构思连看了三遍。他呆若木鸡。

这是真事？智齿用给我构思的方式最后一次提醒我不要拔除它？我过去的天才写作靠的是智齿？

梁功辰呆坐着，他的一只手从抽屉里拿出装智齿的小瓶，梁功辰看着瓶里的智齿，他再看便笺上的构思。

就是，我怎么会在发动汽车前踩油门？是智齿在阻止我去口腔医院拔除它！它还托梦给我！临出门前，它只能直接告诉我，我却把它的忠告当作灵感变成了长篇小说的构思！梁功辰恍然大悟。

可这怎么可能？智齿和写作能有什么关系？难道人靠智齿思维？太荒诞了，绝对不可能。梁功辰用理智强行将自己从真理边缘拉回到执迷不悟。

理智是真理的天敌。

朱婉嘉战战兢兢地敲门，比没敲声音还小。

"进来吧。"梁功辰叹气。

朱婉嘉推开门，她看见地上被五马分尸的世界名著，朱婉嘉眼泪喷涌而出。

她心疼梁功辰。

梁功辰将智齿和构思便笺放进抽屉，站起来。

"去吃饭吧。"梁功辰用力拍拍妻子的肩头。

梁功辰走后，朱婉嘉一边哭一边为世界名著"收尸"。

梁新在餐桌旁对父母说："你们应该告诉我家里到底出了什么事。"

朱婉嘉红着眼睛看梁功辰。

梁功辰点点头。

朱婉嘉对梁新说："你爸爸……写不出来了……"

梁新不明白："写不出来了？什么写不出来了？"

梁功辰说："爸爸不会写作了。"

梁新说："这不可能。爸爸是写得太累了，应该休息休息。听我们班老师说，运动员停止训练一段时间，成绩反而会提高。爸爸是提高前的小憩。"

梁功辰摇头。苦笑。

梁新说："写不出来就不用写了。我早就觉得爸爸整天这么写太苦了，早该享受生活了！这是好事，你们应该高兴才对呀！喝酒庆祝！"

"谢谢你。"梁功辰感激地看女儿。

"《影匪》合同怎么办?"朱婉嘉对女儿说,"再说,你爸如果写不出东西,脾气可能会变坏。"

朱婉嘉将梁功辰今天上午外出的异常表现向梁新转述。

"收两元存车费的人就是该教育。爸爸过去那叫姑息养奸。都这样别人要多少就给多少,社会成什么了?不给他两元属于见义勇为。"梁新说,"那书店服务员问车停在哪儿纯属多余,顾客会把车停在家里吗?我觉得爸爸教育她的话特幽默。我们老师说,她有一天去一家书店买了三百五十元的书,那书店给她办了一张卡,说是在那书店消费满五百元后,再买书可享受打折。从此我们老师只去那家书店买书,还宝贝似的珍藏着那卡。等到满五百元后,老师问,怎么不给我打折?书店说,我们的意思您理解错了,是办卡后累计满五百元才打折。从此我们老师再不去那家书店买书了。"

梁功辰破天荒给女儿夹菜。梁功辰和家人在家里共同进餐时,从不互相夹菜。

"我有个心愿,过去没说过。"梁功辰对梁新说,"我想在你过十八岁生日时,送给你一辆跑车。如果我从此写不出来了,我的这个愿望就难以实现了。"

梁新眼睛湿润了:"爸,您有这样的心愿,我很感动。您毕竟不是亿万身家的企业家,也不是鱼肉人民的贪官,您送给我的跑车,全得靠您一个字一个字写出来。我现在已经在心里开上您送给我的跑车了。是什么牌子的?什么牌子最好?法拉利?保时捷?我已经开上您送给我的法拉利了,红色的敞篷跑车!爸,您信不信,您过五十岁生日时,我要送您一辆奔驰,一言为定。"

"一言为定。"梁功辰强忍着不掉眼泪。

第八章　论证

晚餐快结束时，梁新突然说："爸，过去会是智齿在帮您写作吗？"

梁功辰摇摇头："我刚才也想到了智齿，稍有常识的人都会得出否定的结论。不会。"

朱婉嘉看丈夫和女儿："写作怎么会和智齿有关系？"

"当然没关系。"梁功辰说。

梁新看着妈妈说："那天爸爸带我去医院，汽车打不着火，爸爸由此产生了《第八颗是智齿》的构思。您还不知道那构思吧？我给您讲讲。"

梁新叙述一遍。

朱婉嘉看梁功辰："你确实做了拔牙的噩梦。"

"真的？"梁新吃惊地看爸爸，"爸爸你没说。"

"纯属巧合。"梁功辰说。

梁新说："我过去老听你们说，爸爸写作挺怪的，不看名著，不出去生活，坐在那儿就能写，还写得特好。怎么拔了智齿就写不出来了？拔智齿前您写出来了吗？"

梁功辰点头。

梁新又问："拔了后再没写出来？"

梁功辰点头。

"爸爸的写作天才肯定和智齿有关系！"梁新激动地说。

"人是靠大脑思维，和牙齿有什么关系？"朱婉嘉说。

"昨天我们老师还说，最难认识的，就是人类自身。照你们说，人对自身的认识已经全部完成了？"梁新说。

"当然没完成，也不可能完成。但是人类对自身的牙齿和大脑之间的关系的认识肯定完成了。"梁功辰说。

"未必。"梁新说，"智齿，智！干吗管它叫智齿？一颗牙，能和智挨边吗？"

"人长智齿一般都在二十岁左右，之所以叫它智齿，是说人到了比较智慧的时候才长它。"梁功辰解释。

"是人到了智慧的时候长智齿，还是人因为长了智齿才智慧？"梁新说。

梁功辰和朱婉嘉感受到童言无忌的威力。

"智齿是人身上多余的东西。"朱婉嘉说。

"我觉得人身上没有多余的器官，只有多余的认识。"梁新说。

梁功辰沉思。

朱婉嘉和梁新都不说话。

"你有智齿吗？"梁功辰突然问朱婉嘉。

"干什么？"朱婉嘉问。

梁功辰认为朱婉嘉不是天才，她如果有智齿，就说明智齿和智慧无关。

"让我看看。"梁功辰迫不及待。

朱婉嘉张开嘴。

梁功辰从妻子上下牙的中缝往两边数。

"你没有智齿。"梁功辰激动。

"我总算明白我为什么不行了。"朱婉嘉一边闭上嘴一边自嘲。

"再看看王姐有没有。"梁新建议爸爸再看王莹有没有智齿。

王莹被朱婉嘉叫过来。

"张嘴。"朱婉嘉对王莹说。

"做什么？"王莹警惕。

"看看你的牙。"朱婉嘉说。

"我的牙没病。"王莹紧张。她怕由于龋齿被炒鱿鱼。

"不是检查你有没有牙病。"梁新说。

"那做什么？"王莹还是不想张嘴让雇主检查，她想起了家乡买卖牲口时的看牙口程序。

"我爸写不出来了，我们要证实一件事。"梁新说，"王姐，你就张嘴让我妈看看吧。"

"你们是不是怀疑我偷吃东西了？"王莹红着脸问。

"你可真逗，我们什么时候禁止你吃任何东西了？"朱婉嘉说，"张开让阿姨看看，就一下。"

"不说清为啥，我不让看。"王莹维权意识极强。

梁功辰说："我拔了智齿后，就写不出东西来了。你肯定已经觉察到咱们家这几天出了问题。我们怀疑是智齿在起作用。如果你没智齿，就说明很可能是我拔了智齿导致我写不出东西来了。"

王莹张嘴让朱婉嘉寻觅。

"她有两颗智齿。"朱婉嘉说。

"我说和智齿没关系吧！"梁功辰弄不清自己是失望还是得意。

"智齿会不会分类？"梁新假设。

"分类？"朱婉嘉看女儿。

"比如说有的智齿擅长文学，有的智齿擅长数学，王姐的智齿擅长做家务。"梁新逼近真理。

"天方夜谭。"梁功辰说。

距离真理最近的，是无知。距离真理最远的，是有知。无知者无畏，无畏才能创新。

"说不定真和智齿有关系。"朱婉嘉沉思，"否则不会这么巧。"

"咱们怎么证实是不是和智齿有关？"梁功辰像是问自己，又像是问家人。

看到父母开始转变了，梁新兴奋："很好办，找个本国最天才的作家，看看他有没有智齿，不就真相大白了？"

梁功辰眼睛一亮。

"本国最天才的作家远在天边近在眼前。"朱婉嘉指着梁功辰说。

"这倒是。"梁新说，"不过咱们国家这么大，天才作家肯定不止爸爸一个。"

"那当然。"梁功辰说。

"可你和任何作家都不来往，也不看人家的作品，怎么知道谁是天才作家？"朱婉嘉说。

"找本权威文学评论书看看。"梁新有很多主意。

"文学评论大都是胡说八道，靠不住。"梁功辰说。

"去书店把国内当代作家的书都买来，咱们分头突击看，能找出天才作家。"朱婉嘉说。

"就算找出来，我和人家素不相识，突然提出要见面，唐突吧？再说了，天才作家肯定和我一样，不爱和同行交往。"梁功辰为难。

"都什么时候了，还考虑这些。以你的名气和实力，我估计你主动提出交往，人家不会轻易拒绝。"朱婉嘉说。

"就算人家同意见面，我怎么提出看人家的牙？假如还是位女性呢？"梁功辰问。

"天才作家应该会有同情心，他不能见死不救。再说了，如果文学天才真的和智齿有关系，你也算是通知他好生保护智齿，利人利己利国利民，他没理由反对。"朱婉嘉说。

"越说越没边了，利人利己还说得过去，怎么会利国利民呢？"梁功辰摇头苦笑。

朱婉嘉说："怎么不是利国利民？作家写出了畅销长销的好书，能给多少人创造就业就会？出版社员工、印刷厂职工、书店服务员和铁路运输工人。还有造纸厂、排版公司、图书装帧设计人员……怎么不是利国？再有，没有文化实力的国家可不能成为真正意义上的强国。利民就更不用说了，读者就是民。"

"我们老师说，作家是人类灵魂的工程师。"梁新在一旁添油加醋。

"人类的灵魂根本就不需要工程师。每个人的灵魂的工程师是他的父母。能把自己的灵魂交给外边的工程师去改造的人，本身就没有灵魂。"梁功辰说。

"你这么说也不对，我小时候看的几本书至今对我影响很大，优秀作家当然是人类灵魂的工程师。"朱婉嘉反驳丈夫。

"好了好了，现在迫在眉睫的是按期交稿，等过了这关，咱们再讨论人类灵魂需要不需要工程师的事。"梁功辰说。

"我去给你买书。"朱婉嘉说。

"这么晚了，书店都关门了吧？"梁功辰说。

"还来得及，有晚上十点关门的书店。"朱婉嘉招呼王莹和她一起去。

"书店所有的本国当代作家的书我都要。"梁功辰说，"要不我也去？"

朱婉嘉忙摆手："写不出东西，你就别再出门了，我怕你。"

"爸爸看看DVD？换换脑子，我那儿有特棒的。"梁新对梁功辰说。

"也好。"梁功辰同意了。

一顿晚饭的工夫，梁功辰对梁新刮目相看。

家庭影院挨着梁新的卧室，梁功辰很少看影碟。梁功辰和女儿上三楼，进入家庭影院，梁功辰环顾四周感觉陌生：真皮沙发像电影院那样排列，登峰造极的大型背投电视机令人望而生畏，无所不在的音箱上天入地。

梁新拿出一堆光盘让梁功辰选择。

"你给我推荐一部，看了能忘记一切那种。"梁功辰对梁新说。

梁新将一张光盘放进影碟机，八面埋伏的音箱里释放出武装到牙齿的片头环绕音响效果，轰鸣的飞机围着梁功辰转着圈飞，一座陡峭的山崖上镌刻着环绕立体声标志。

大屏幕上出现了警车追匪车的场面，梁功辰眼中全是他的电脑屏幕，一会儿是文字，一会儿是智齿。

梁功辰清楚，如果他从此写不出来，他只能以活僵尸的身份度过余生。

梁功辰硬着头皮陪女儿看电影。梁新心甘情愿陪爸爸看她已经看过三遍的电影。

朱婉嘉和王莹满载而归。

"分工审读。"梁功辰看着餐厅地上堆积如山的书说。

"怎么有这么多人写小说？"梁新说。

梁功辰拿了一把椅子放在餐厅中间，他对家人说："看完的书扔到椅子那边，遇到好的，给我。"

"我也审读？"梁新问。

"何止你，小王也要审读。咱们得争分夺秒。"梁功辰对王莹说。

"俺？俺可不会。"王莹说。

"你这种读者最权威，无知者无畏。"梁功辰说，"再说你不是爱看言情小说吗？你有阅读水平。"

"我们怎么审？"梁新问爸爸。她很兴奋。自己竟然掌握了作家的生杀予夺大权。作品是作家的生命。

梁功辰弯腰从地上拿起一本书作示范："随便翻开一页，看五分钟。五分钟后，如果你还没被吸引，就扔到椅子那边去。好书首先要好看。不好看的书绝对不是好书。"

"好看的书都是好书？"朱婉嘉担心漏掉天才作家。

"好看的书不一定是好书，但好书肯定好看。"梁功辰说，"咱们包产到户，一人一堆。"

王莹用脚将书分成四堆。

梁新先拿起一本，她惊呼："这是大作家，我们的课本里有他的文章。爸爸你看看他行不行。"

梁功辰接过"大作家"的书，翻开看。

梁功辰皱眉头，他问女儿："你们的课本里有他的东西？"

梁新点头。

"误人子弟。连他自己都不知道自己写的是什么。"梁功辰将书扔到椅子那边。

"他不是天才，但应该算是大作家吧？课本上说，人家是哪个省的作家什么会的副主席呢。"梁新说。

"一流职务，九流作品。"梁功辰嗤之以鼻。

"抓紧看吧。"朱婉嘉提醒家人不要耽误时间。

四个人埋头翻书，书们争先恐后飞越椅子。无数张名家精心挑选的印在书上的玉照互相亲吻，像在开笔会。

临近午夜时分，审读结束。从三百本书里挑选出的五本书被放在桌子上，等待梁功辰的终审。

梁功辰坐在餐桌旁，每本看五分钟。

家人侍立在两旁，大气都不敢出。她们生怕一个都挑不出来。

随着梁功辰不断摇头，已经有两本书被扔去参加笔会了。

家人的心揪紧了。

第三本书在梁功辰手里停留了比较长的时间，家人看见了曙光。

"这是个天才。"梁功辰终于说出了大家期待已久的话。

朱婉嘉和梁新争先恐后看作者姓名。

"谭青，女，二十五岁。"朱婉嘉边看边念。

"没名？"梁新问爸爸。

"我头一次听说这名字。"梁功辰说，"不是天才写不出这样的东西。"

"怎么找她？"梁新问。

"通过你姥爷找她。你姥爷在音乐家协会，他肯定在作家协会有熟人。"朱婉嘉说。

"但愿谭青在本市。"梁功辰说。

第九章　寻找谭青

朱婉嘉说："我现在就给我爸打电话。"

梁功辰看了一眼表，说："太晚了吧？"

"一分钟都耽误不得。"朱婉嘉拨电话。

"把地上的这些书收拾一下。"梁功辰拿着谭青的书，对王莹说。

"拿到您的写作室去？"王莹请示。

"卖废品。"梁功辰说。

"占线。"朱婉嘉放下电话，她对梁新说，"你去睡觉吧，明天还要上学。"

"不知道结果，我肯定睡不着。"梁新说。

"再打。"梁功辰对妻子说，"你对爸只说打听谭青，不要说智齿。"

朱婉嘉嗔瞪梁功辰一眼："我傻呀？我如果跟我爸说你拔了智齿写不出来了，我爸马上会打120叫急救车送我去精神病医院。"

朱婉嘉拨电话。

"通了。"朱婉嘉拿着话筒对家人说。

"妈，爸在吗？"朱婉嘉问。

"在，这么晚了，什么事？"朱婉嘉的母亲问女儿。

"功辰的事。托爸帮忙找个人。"朱婉嘉说。

"功辰挺好吧？我去叫你爸接电话。"母亲对女婿梁功辰从头到脚都是好感。当年梁功辰孝敬她的往洗衣机上安装水表和电表的创意使得该公司的产品由此称霸洗衣机市场，她也因此从公司总工擢升为公司副总经理。

"爸，求您给办件事。"朱婉嘉说。

"傻丫头，跟爸还求什么？说。"朱冬说。

"您在作家协会有熟人吗？"

"当然有。经常在一起开会。"

"功辰要打听一个人，叫谭青，是个作家。"

朱冬觉得奇怪："功辰不是不和作家来往吗？"

"这事挺重要，谭青是个女青年作家，我们需要知道她住在哪座城市，她的住址和电话号码。"朱婉嘉说，"她肯定是作家协会会员，作家协会的网站里会有她的资料。"

"我明天一上班，就帮你们打听。"朱冬说。

"那就来不及了，现在就打听！"朱婉嘉说。

"什么事这么急？"朱冬警觉，"功辰和这个谭青有婚外恋了？你背着功辰打听她的地址？你要去找她闹？对付这种事，这是最傻的方法，使不得。"

"爸您想哪儿去了！功辰就在我身边呢。让他跟您说。"

朱婉嘉把话筒移交给梁功辰。

"爸，是我要找谭青。"梁功辰对岳父说。

"很急？明天都等不了？"朱冬问。

"很急。"梁功辰说，"我在作家协会一个人也不认识，只能麻烦您了。"

"怎么能说是麻烦？我现在就给作家协会的马书记打电话，一会儿我把结果告诉你们。谭青这个名字我没听说过，她写过什么？"

"长篇小说《控飘》。控制的控，飘扬的飘。"梁功辰看了自己手中的书名一眼，说。

"现在的年轻人，也不知怎么给书起的名字。你挂了电话吧，我一会儿给你们打过去。梁新这么晚了还没睡？我听见她说话了。都说未成年人过了晚上十一点再睡长不高。"

"我让她去睡。"梁功辰挂上电话。

"爸说马上给打听？"朱婉嘉问梁功辰。

"他让咱们等他的电话。梁新，你姥爷让你去睡觉。"梁功辰说。

"好吧，我去睡了。你们不会连夜奔袭去找谭青吧？"梁新问父母。

"应该不会。"朱婉嘉看了梁功辰一眼。她拿不准如果谭青不在本市，丈夫会不会立即驾车走高速公路去找她。

"动作大了要告诉我，我有知情权。"梁新走到楼梯跟前时回头说。

"你知道的词儿还不少。"朱婉嘉对女儿说。

"政治课老师说的。他说老百姓有多少财富不重要，重要的是老百姓对国家大事有多少知情权。知情权越多，财富越多。反之亦然。"梁新一边上楼梯一边说。

朱婉嘉对梁功辰说："咱们上楼等电话吧。"

梁功辰点头。

朱婉嘉对王莹说："小王，你把这些书捆好放到车库后，再用消毒水擦餐桌和地。明天有收废品的，你把书卖了。"

朱婉嘉和梁功辰上楼进入他们的卧室。

"你洗个澡？我等着电话。"朱婉嘉对丈夫说。

"你洗吧，我等电话。"梁功辰坐在沙发上，看谭青的《控飘》。

朱婉嘉去洗澡。

梁功辰被谭青的才华吸引了，他贪婪地读她的书。确实才华横溢。连标点符号都透着灵气。

朱婉嘉洗完澡，从卫生间出来问："还没来电话？"

梁功辰抬头说："没有。"

朱婉嘉拿起电话给父亲打。

"占线。"朱婉嘉放下话筒，"这么复杂？"

"我担心她连作家协会会员都不是。"梁功辰说。

"写得这么好，怎么会不是作协会员？"朱婉嘉说。

"真的写好了，就不需要任何装门面的东西了。"梁功辰抬抬手里的《控飘》说。

"你怎么是会员？"朱婉嘉反驳。

"所以说我还不是真行。"梁功辰说，"海明威在写给朋友的信中说过，最下流的事就是加入什么什么协会当会员或院士。"

"海明威胡说八道。"朱婉嘉反感梁功辰过分抬举谭青，"海明威连大学都没上过，只是个初中生。我看他连信都写不好。依我说，自杀才是最下流的事。"

海明威在拿了诺贝尔文学奖后写不出来了，自杀身亡。

梁功辰看着朱婉嘉说："屈原是自杀。"

"屈原也下流。"朱婉嘉强词夺理。

"普希金是决斗致死，和自杀差不多。"梁功辰逼视妻子。

"普希金也下流。"朱婉嘉提高声调。

"依我说，自杀是阻止下流的最后手段。"梁功辰站起来。

朱婉嘉突然意识到现在自己和梁功辰是因为梁功辰写不出东西而开始烦躁导致争吵，她不能让火药出现在家中。

"我错了。"朱婉嘉让步，"屈原、普希金和海明威都是伟人，自杀使他们更伟大。"

"你在挖苦他们？"梁功辰继续进攻。

"我真的承认自己刚才说错了。"朱婉嘉说，"功辰，在这种时候，咱俩可不能内讧。我知道你烦，我也烦。"

"谢谢你。"梁功辰说。

当丈夫不顺心时，雪上加霜和丈夫争吵的不是妻子，是刀子。朱婉嘉明白这个道理。

电话铃响了。

梁功辰和朱婉嘉都抢着接，又都站住让对方接。

梁功辰苦笑着摇头，说："你接吧。"

朱婉嘉拿起话筒。

"爸，怎么样？"朱婉嘉迫不及待地问。

"人家马书记在电脑里给查了，作家协会会员里没这个人。"朱冬说。

"怎么会？她怎么会不是作协会员？"朱婉嘉看丈夫，还真让梁功辰说中了，谭青没有加入作家协会。

"这有什么奇怪的，她还不够格呗。我们音协发展会员审批手续严格着呢，我估计作协也一样。"朱冬说。

梁功辰对妻子说："作协的工作人员里肯定会有人知道谭青，你让爸再想办法！"

"爸，功辰说谭青是天才级的作家，作协的工作人员不可能不知道她，您再给打听打听，这对我们很重要。"朱婉嘉央求父亲。

"我只认识人家协会的几个领导，普通工作人员我一个也不认识。现在已经是深夜一点了，我怎么可能让人家的领导这么晚给下属打电话查一个人。到底出了什么事？"朱冬问。

"反正是……很重要的事……"朱婉嘉看着梁功辰吞吞吐吐。

"告诉我，到底是什么事？功辰有麻烦？"朱冬问。

"功辰能有什么麻烦？他就是看了谭青的一本书，想找她……"

"不是爸说你，傻丫头，这种事我见多了，前天我还处理了一起，一个著名作曲家的妻子到我这儿来告状，说是丈夫同一个年轻的女歌星有婚外恋。婉嘉，是不是功辰通过看谭青的书，喜欢上她了？天才都愿意和天才交往。当然，谭青肯定不是天才，否则她不可能不是作家协会会员。婉嘉呀，你不要太傻，怎么能这么急着帮丈夫找女作家呢？她才二十五岁？如今这帮才女，意识别提多前卫多开化了，见一面就能……"

"爸！您想哪儿去了！功辰怎么会是这种人？我了解他，照着他说的办，没错。"朱婉嘉使劲儿攥着话筒，她感到全身急得发热。

"我见过的成功人士多了。知道我有什么感受吗？成功人士成功后最爱干的事是胡说八道。"朱冬深有体会地说，"人不成功是不能胡说八道的，只有成功后才获得了胡说八道的权力。"

梁新穿着睡衣推门进来："爸，妈，我有办法了！不用姥爷找谭青了。"

"你怎么还没睡？"梁功辰皱着眉头看女儿。

"是我的牙龈出血导致您拔智齿的，我睡不着。"梁新说，"妈，您挂了电话吧，我有办法找谭青。"

朱婉嘉对父亲说："那好，今天晚上就算了。如果白天还需要您帮忙，我再给您打电话。"

朱婉嘉把话筒放回到电话机上，被她焐热了的话筒将电话机烫伤了，气得电话机大骂话筒"本是同根生相煎何太急"。

梁功辰和朱婉嘉异口同声问梁新："什么办法？"

梁新从爸爸手里拿过谭青的书，说："出版这本书的出版社肯定知道谭青住在哪儿。"

梁功辰拍自己的头："这么简单的思路，我竟然想不到！"

"您是急的。"梁新说。

朱婉嘉搂着女儿说:"我今天发现梁新智商很高。"

梁功辰点头说:"遗传真厉害。"

梁新看手里的《控飘》,说:"构日出版社出版。"

"狗日?怎么像骂人?"朱婉嘉吃惊。

"你想到哪儿去了!我知道这家出版社,构日,构建阳光的意思。名字取得很别致。"梁功辰解释。

"构日出版社在哪儿?"朱婉嘉问。

梁功辰从女儿手里拿过书,翻看版权页。

出版社地址、邮编、电话和本书责任编辑的姓名一应俱全。

"构日出版社在本市。"梁功辰报喜。

"明天一早,我和你去构日出版社。"朱婉嘉对梁功辰说。

"你不上班了?"梁功辰问妻子。

"还上什么班!你的问题不解决,我上班肯定干的全是对我们公司不利的事。"朱婉嘉说。

梁功辰拍拍女儿的肩膀:"这回可以去睡觉了吧?今天你立了大功。你过十八岁生日时,老爸就是卖血也要送你跑车。有这样的孩子,真是三生有幸。"

"我是将功赎罪。"梁新说。

"不要再这么说了。就算真是智齿帮我写作,我拔它也是我自己决定的,和你没任何关系。何况智齿帮我写作的可能性太小了。"梁功辰说完送女儿上楼睡觉。

梁功辰和朱婉嘉干躺着睡不着,他们听着挂钟的嘀嗒声心情矛盾:既希望时间走快些,早点儿见谭青,又希望时间走慢些,《影匪》交稿期限迟到些。时间被梁功辰夫妇弄得不知所措,只好忽快忽慢,没了章法。

第十章　高建生大惑不解

　　早餐时，王莹发现她在喂三只兔子和熊猫串种的动物，梁功辰、梁新和朱婉嘉的眼珠一个比一个红，眼圈一个赛一个黑。

　　"你通宵没睡？"梁功辰一边喝粥一边审女儿。

　　"睡不着。"梁新说。

　　"上课困了怎么办？"朱婉嘉说。

　　梁新抓住机会："与其上课时睡觉，还不如不去。我跟你们去找谭青吧？我可以在车上补觉。"

　　"你应该去上学。"梁功辰不同意。

　　"爸，你都写不出来了，我上学还有什么意思？"梁新说。

　　"你正好说反了。"梁功辰纠正女儿，"我写得出来，你上不上学无所谓。我写不出来了，你就一定得好好上学，考名牌大学。如今上大学，不上名牌大学等于没上，照样找不到好工作。不好好上学怎么考名牌大学？"

　　"梁新，你爸要是真的从此写不出来了，你要有危机感。"朱婉嘉加入说教女儿的行列，"除了名牌大学博士文凭，其他的任何文凭今后都不会算数，没人要，找不到好工作。现在的老板都精着呢，与其招聘二把刀的本科生，还不如索性用工资低能力未必低的高中生。如今的企业，有多少工作是非得本科生才能干的？企业招聘博士生也大都是为了装饰门面。所以你一定得拿博士文凭，还得是名牌大学的，普通大学的博士同样没人要。"

"大敌当前，你们怎么冲着我来了？"梁新说，"我才十岁，考大学还有八年。八年后，会不会连博士文凭也不吃香了？"

"很可能。你要做好博士后的准备。"朱婉嘉说。

"我估计，八年后，会有新的文凭诞生。比如博士王博士帅博士皇什么的。"梁新说。

"这是肯定的。不管什么东西，多了就不值钱了，就得推出新的更少的品种。"梁功辰说，"所以你要好好上学。"

梁新看了看表，加快用餐的速度："我发誓一定要拿博士皇文凭。"

"名牌大学的博士皇文凭。"朱婉嘉修正女儿的誓言。

"除了北大清华，我哪所大学都不上。"梁新喝牛奶时说。

"好！有志气。"朱婉嘉赞扬女儿。

"再博士皇，也是老师培养出来的，老师了不起。"梁新冒出这么一句。梁新的理想是当老师，她没向父母说过。

"那当然，老师是蜡烛。依我说，最高贵的品质就是点燃自己，照亮别人。"梁功辰说。

"你该走了，要迟到了。"朱婉嘉催促女儿。

梁新从纸巾盒里拽出一张纸巾，擦嘴。她上楼拿书包，带着红眼球和黑眼圈去上学。

"咱们几点出发？"朱婉嘉问丈夫。

"出版社一般都是八点半上班。咱们七点五十分走。"梁功辰说。

"打电话问不到？"朱婉嘉说。

"估计够呛。反正我的责任编辑不会轻易将我的住址和电话告诉打探者。"梁功辰说。

"这倒是。"朱婉嘉点头,"咱们去了就能问出来?"

"得你出面。"梁功辰说。

"那当然,人家构日出版社如果认出你,还不高兴疯了,有名家这么送货上门的吗?"朱婉嘉说。

"还有半个小时,我去写作室待会儿。"梁功辰从餐桌旁站起来。

他想再试试能不能写出来,万一写出来了,就不用耗费时间和精力去构日出版社了。如果不是为了智齿,梁功辰对见谭青毫无兴趣。

梁功辰几乎是战战兢兢打开电脑,他祈祷能出现奇迹。

《影匪》还停留在老地方,它半身不遂地注视着梁功辰。梁功辰尝试让《影匪》站起来,他失败了。

"现在就结尾呢?"梁功辰生出给《影匪》截肢的念头,"曹雪芹就是这么对待《红楼梦》的。"

梁功辰浏览《影匪》,他泄气了。如果现在结束《影匪》,他估计高建生和读者会联手报警:有人盗用梁功辰的名字欺诈出版社和读者。

梁功辰叹了口气,关闭电脑。

七点五十分,朱婉嘉和梁功辰驾车前往构日出版社。坐在副驾驶座上的梁功辰一路翻看《控飘》。

梁功辰和朱婉嘉遭遇了堵车。一眼望不到头的汽车以比人类步行还慢的速度缓缓向前蹭着,像是一条奄奄一息的铁甲巨龙在苟延残喘做垂死挣扎。梁功辰不停地看表,他显得极其烦躁。身体在座位上不停地扭动。

"你只在周末出来,很少体验堵车。平常我上班出来都这么堵。"朱婉嘉宽慰丈夫。

"在城里,汽车比人腿慢,未必是坏事。"梁功辰出了口长气,

"车多是经济状况好的标志。"

"不是车多，是路少。"朱婉嘉一边频繁地操作一边说。

"每辆车都必须交养路税费，车越多，修路的钱应该越多。只见车多不见路多，说明养路税费挂羊头卖狗肉了。"梁功辰看着前边那辆汽车的屁股说。

朱婉嘉打开车载收音机，她想转移梁功辰对堵车的注意力。

收音机里传出一个女声："下面请听专业气象台为本台提供的交通天气预报。"

"还有非专业气象台？"梁功辰惊讶，"别的气象台都是业余的？"

"人家的意思是专门提供交通天气预报的气象台。"朱婉嘉为广播电台辩护，"这是交通台广播。"

"那叫行业气象台！"梁功辰嗤之以鼻，"广播电台的编辑应该有大学文凭吧？老师怎么教的？就你是专业气象台，人家都是业余气象台。再说了，什么叫交通天气预报？航空天气预报还说得过去，航海天气预报也凑合，在地上行走而且比人腿走得还慢的汽车需要什么专门的天气预报？五级风多踩油门，三级风少踩油门？刮南风就开车去城北办事省油？故弄玄虚！"梁功辰借题发挥排解无名火。

朱婉嘉看了丈夫一眼，她赶紧换台。过去梁功辰从不会这样说话，不管别人做什么，他都善解人意宽容大度。

朱婉嘉今天运气太差，另一个台的男播音员亦在播报天气预报，好像这个时间是宪法规定的天气预报时间。

男播音员报得更邪乎："百叶箱外十五摄氏度，百叶箱内十八摄氏度，水泥路面十九摄氏度，土路面十六摄氏度，舒适度三度。登山指数……下水指数……走平路指数……空气中的悬浮颗粒数量……"

梁功辰惊讶地瞪大了眼睛。

朱婉嘉赶紧关闭收音机。

梁功辰张开嘴，半天说不出话，直到汽车开出去足足半米之远他才说出来："外出走到水泥路面时脱衣服，以防出汗感冒。走到土路面时再赶紧加衣服？百叶箱内的温度和普通老百姓有什么关系？如今又不是穴居的裸体野人，气温和舒适度有直接关系吗？你整天用悬浮颗粒误导老百姓，给人以咱们的空气里都是大如砖头的渣子的错觉，即便空气质量再好，人们也会心惊胆战地呼吸，生怕把悬浮颗粒吸进肺里。再说了，咱们的空气真的像他们说的那么差？就算真的差，你再报多少空气质量和登山指数走平路指数对改进空气质量也没用。你改报每天的行贿指数、受贿指数、贪污指数、徇私枉法指数还有受贿舒适度、当官舒适度、老百姓舒适度等，保准空气质量立刻好转，也不会堵车了。"

朱婉嘉虽然觉得梁功辰是在胡搅蛮缠，但她明白自己必须顺着他说。

"照你这么说，电台每天播报当官舒适度和老百姓舒适度就能减少堵车？还能改变空气质量？"朱婉嘉笑。

"当官舒适度越低，老百姓舒适度肯定越高。如果一个国家的官员都觉得很舒服，老百姓肯定难受死。"梁功辰说。

本来半个小时的路程，朱婉嘉和梁功辰走了三个小时。他们到达构日出版社时，已经十一点了。

朱婉嘉将车停在出版社门口，她问梁功辰："我去？你在车上等？"

梁功辰一边点头一边翻开《控飘》的版权页给妻子看责任编辑的名字："责编叫姜新征，你直接找他。"

"我怎么说？"朱婉嘉请示。

梁功辰被专业气象台占用了脑子，他这才意识到自己应该利用堵车的时间策划正事。梁功辰沉思着说："谎称你是律师，找谭青继承国外的大额遗产？咱们得设身处地想想，如果有陌生人找到高建生打听我的地址，陌生人怎么说，高建生才会痛快地告诉他我的电话？"

"不管他怎么说，高建生都会先给你打电话，他绝对不会没经过你的同意就把你的联系方法告诉别人。"朱婉嘉说。

"这倒是。"梁功辰说，"如此看来，不能谎称，只能说实话。"

"我就说梁功辰要找谭青？"朱婉嘉问。

"似乎只能这么说了。"梁功辰有受辱的感觉。他不能想象自己竟然会通过出版社找另一个作家。

"责编如果问我，你找谭青有什么事呢？"朱婉嘉问。

"他有这种权力吗？他是警察？"梁功辰已接近崩溃。

朱婉嘉拍拍梁功辰的腿，说："你别急，我是想周全些。万一人家担心你帮着富阳出版社策反谭青呢？"

梁功辰想了想，咬咬牙，说："你就说我看了《控飘》，想和谭青见面。"

连朱婉嘉都觉得无地自容。

"好在她确实是天才，也没什么丢人的。"梁功辰安慰自己和妻子。

"我去了。"朱婉嘉开车门。

"咱们没时间再耽误了。"梁功辰鞭策妻子只许成功不许失败。

朱婉嘉下车关车门，她做了个深呼吸，烈士就义般朝构日出版社走去。

传达室的老头看朱婉嘉。

"大爷，我找姜新征。"朱婉嘉说。

"二层，207房间。"老头给朱婉嘉指路后欣赏她的背影。

朱婉嘉上楼，楼道两侧的房间门上挂着门牌，有美编室、总编室、一编室、二编室、财务室……

207房间的门上贴着一张《控飘》的广告画，门牌上写着"三编室"。

朱婉嘉敲门。

"请进。"男声。

朱婉嘉推开门，屋里有四张办公桌，只有一张办公桌旁坐着一位男士。

"请问姜新征先生在吗？"朱婉嘉担心扑空。

"我是。"那男士看朱婉嘉。

朱婉嘉松了口气，她觉得这是个好兆头，四分之一的机会都让她抓住了。

姜新征没站起来，他看着朱婉嘉等她说来由。

"您是《控飘》的责编？你和谭青熟悉？"朱婉嘉像小学生到班主任办公室那样恭敬。

姜新征点头。

"谭青住在本市吗？"朱婉嘉问。

姜新征先点头，又赶紧摇头。朱婉嘉已经得出了谭青住在本市的结论。

"我想和谭青联系，您能给我联系方法吗？"朱婉嘉问。

"你是？你找谭青什么事？"姜新征问。

"不是我找，是梁功辰找她。我是梁功辰的妻子。"朱婉嘉说。

姜新征一愣，他站起来："您说您是梁功辰先生的妻子？写小说的梁功辰？《圣女贞德》的作者？"

朱婉嘉点头。

"这怎么可能？"姜新征说完赶紧改口，"欢迎您，您请坐。我给您沏茶？"

"不用了。"朱婉嘉由小学生瞬间变成了校长甚至教育局局长，她的自尊得到了些许补偿。

姜新征问："您是说，梁功辰先生要找谭青？梁先生从来都是深居简出的呀！"

"梁功辰看了谭青的《控飘》，他很欣赏谭青的才华，想见见她。请您帮忙向我们提供联系方法，电话和住址都行。"朱婉嘉说。

梁功辰在出版界是天皇巨星级的作家，虽然他深居简出，但出版界谈起作家的话题，十有八九是说他。相反，喜抛头露面的作家反而没人提及。姜新征知道梁功辰不同任何作家来往，他对于梁功辰屈尊一反常态派妻子到出版社来打听谭青的联络方法感到蹊跷。

"您稍等，我同谭青联系一下。"姜新征站起来，去隔壁打电话。

朱婉嘉指着姜新征办公桌上的电话机，说："您能给我谭青的电话，由我直接和她联系吗？"

姜新征抱歉地说："对不起，您肯定理解，只有她同意了，我才能给您电话。"

朱婉嘉苦笑着点头。

姜新征开门后又回来将他放在桌子上的通讯录锁进抽屉。这个举动刺伤了朱婉嘉。

姜新征没有去隔壁给谭青打电话，他跑步去了社长办公室。构日出版社社长孙晨正在和一编室主任谈事。

"孙社长，我有急事。"姜新征打断他们。

"什么事？"孙社长看姜编辑。

"关于谭青的。"姜新征说。

当初姜新征送审《控飘》时，孙晨并不看好这部书稿，只是勉强同意出版。近几个月来，《控飘》的印数直线上升，为构日出版社创造了可观的利润。在利益驱动下，孙晨竟然同意向谭青隐瞒《控飘》的实际印数，只将蝇头小利给了谭青。近来孙社长多次叮嘱姜新征要"看住"谭青，不能让别的出版社挖走她。

"她要增加版税？"孙社长问。

姜新征和孙社长耳语。

孙社长吃惊："有这种事？梁功辰的老婆在你的办公室？"

一编室主任站起来："我一会儿再来，你们先谈。"

"抱歉。"姜新征对一编室主任说。

孙晨问姜新征："你认为梁功辰派老婆来向咱们打听谭青是什么目的？"

姜新征说："我想不出来，反正太反常了。其中肯定有问题。"

"会不会是梁功辰想帮富阳出版社把谭青从咱们出版社挖走？"孙晨分析。

"梁功辰会做这种事吗？当然也不能排除这种可能，作家什么都想体验。"姜新征说。

"绝对不能让他们把谭青挖走。"孙晨清楚，只要谭青的书一换到富阳出版社，构日出版社的损失不说，天壤之别的版税马上就能让谭青醒悟自己被构日出版社"抢劫"了。

"社长，怎么办？梁功辰的太太还在等着，我说我去给谭青打电话。"姜新征看表。

孙晨想了想，说："这种事，就得挑明了。我认识富阳的高建生，我直接给他打电话，警告他。都是同行，话摆到桌面上，他就不好意思把事做绝了。至于谭青，你就对梁功辰的老婆说，电话联系不上，你不能未经谭青同意就把她的电话号码告诉别人。你让梁功辰的老婆留下电话,你说有了信儿后你再同梁功辰家联系。"

姜新征点头出去了。

孙晨拿出通讯录,他边给高建生打电话边无意识地往窗外看。孙晨看见了站在汽车旁的梁功辰。孙晨看过梁功辰那次绝无仅有的电视专访,他认得出梁功辰。

梁功辰亲自出马!孙晨倒吸一口凉气。

电话通了。

"请找高社长。"孙晨说。

"我是。"电话那头说。

"你好,我是构日出版社的孙晨。"

"孙社长?你好!自从去年那次社长培训班后,咱们还没联系过。什么时候咱们再喝一次?我不服你的酒量。"

"你不服我的酒量,我服你的发行量。"孙晨开始务实。

"骂我?"

"谁不知道你靠梁功辰发了大财!你也得给我们留条活路呀!傻子也知道好作家是出版社的上帝,你把好作家都揽到你的麾下去了,别人怎么活?"

"这话怎么讲?"

"你派梁功辰来挖我的墙脚?"

"老孙,你喝多了?"

"有这个时间喝酒的吗?"

"那你是什么意思?"

"梁功辰来我们社打听一个叫谭青的作家。"

"梁功辰到你们社去了?还打听别的作家?"高建生哈哈大笑。

"你装什么?是你派他来的吧?梁功辰现在就在我的楼下。"

高建生看表:"老孙,你出洋相了。现在是梁功辰每天雷打不动的写作时间。他绝对不可能在这个时间出现在他的写作室之外的地方。"

"出洋相的是你。我现在就看着他呢，怎么他跟热锅上的蚂蚁似的？不信你往他家打电话，咱们打个赌，如果他在家，我输给你十万元。赌吗？"

"梁功辰真的在你们社？"

"你能演戏。梁功辰让他老婆到我们社打听谭青的联系方法，他在外边等着。是你派他来挖谭青？"

"谁是谭青？我从来没听说过。你先挂上，等一会儿我给你打过去。"高建生挂断电话。

高建生往梁功辰家打电话。

接电话的是王莹。

"我是高建生高社长，梁先生在吗？"

"他出去了。"王莹说。

"什么时候出去的？"高建生如五雷轰顶。

"早饭后。"

"他自己出去的？"

"和阿姨一起出去的。"

"……"

"您打他的手机。"王莹说。

高建生颤抖着手指打梁功辰的手机。

"功辰吗？我是高建生。你在外边？"高建生问。

"是……我是在……外边……"梁功辰明显吞吞吐吐。

"在哪儿？"

"……在……医院，朱婉嘉有点儿不舒服……"梁功辰撒谎，他无法向高建生解释他找谭青的举动。

"你现在在医院？需要我们帮忙吗？"高建生说。

"是在医院。小病。有事我找你。"梁功辰说。

高建生拿着电话听筒呆若木鸡。从来不和其他作家来往的梁功辰在写作时间去构日出版社打听一个无名作家的联系方法？打听就打听吧，可梁功辰为什么对他高建生不说实话？梁功辰的反常和《影匪》有关系吗？高建生对《影匪》倾注了大量精力和财力，一旦《影匪》有变，高建生这个社长肯定当不成了，他还会沦为出版界的笑柄。

高建生立即打电话叫《影匪》的责任编辑田畅到他的办公室来。

第十一章　剑拔弩张

"最近你和梁功辰联系过吗？"高建生劈头就问田畅。

梁功辰在富阳出版社出的所有书，都由田畅担任责任编辑。梁功辰对和田畅的合作很满意。

田畅看出高社长口气有异，她说："这几天我没有和梁功辰联系。出什么事了？前几天你去给他看过封面。"

高建生回忆："看封面时他很正常呀！"

"梁功辰出事了？"田畅心惊胆战。她也怕《影匪》有变。

"刚才我接到构日出版社孙社长的电话，他说梁功辰和朱婉嘉到他们社去打听一个叫谭青的作家。"

"梁功辰去构日出版社打听别的作家？这不可能！"田畅特肯定地摇头。

"开始我也这么想。"高建生说。

"他真的去了？"田畅愣了，"什么时候？"

"就现在。现在他还在那儿。"

田畅看表，她说："现在是他写作的时间呀！社长是怎么证实的？"

"我往他家打电话，保姆说梁功辰和朱婉嘉一早就出去了。我打他的手机，他说他送妻子去医院看病。而孙社长说从他办公室的窗户就能看见梁功辰。"高建生说。

"他为什么要向你隐瞒？这不通情理呀！"田畅百思不得其解，"构日的孙社长干吗给你打电话说梁功辰去他们社？"

"他怀疑是我派梁功辰去他们社把谭青挖过来。他警告我别这么做。"

"贼喊捉贼？"田畅分析。

高建生顿悟："你的意思是说，孙晨已经下手策反梁功辰了？"

田畅说："很有可能。社长你想，如今图书市场的竞争可以说是你死我活，像梁功辰这样的社会效益经济效益双料作家，谁不眼红？有的作家只有经济效益，没有社会效益，出版社出这样的作家的作品，只是一次性买卖，弄不好还会停业整顿。孙社长如果能将梁功辰挖到他们社去，不等于栽了一棵年年重印的摇钱树吗？有了梁功辰的作品，出版社的印刷厂就变成了印钞厂，这一点咱们比谁都清楚。"

"他孙晨不是栽摇钱树，是抢摇钱树！梁功辰这棵摇钱树是咱们社栽的。"高建生说，"可孙晨干吗要打草惊蛇呢？难道真像你说的那样，他采用恶人先告状的战术？很可能。不过咱们已经和梁功辰签了《影匪》的合同，梁功辰不能毁约，否则他会承担法律责任。"

"如果构日出足了钱，梁功辰毁约对他也不会有什么损失。由构日赔偿咱们。《影匪》如果有变，对咱们社的损失是毁灭性的，更大的损失是咱们失去了梁功辰后面的书。梁功辰的作品是一座真正的金矿，谁不看谁吃亏。"田畅痛心疾首地说。

"以我对梁功辰人品的了解，他不是这样的人。就算他被构日的天价吸引，他也会先同咱们打招呼，看看咱们是否能出同样的价码。"高建生说。

"的确很奇怪。太反常了。"

"你听说过谭青吗？"

"没有。我表妹在一环路书店，我可以打听到。"

"你现在就打听。"

田畅给在书店当服务员的表妹打电话咨询谭青。

放下电话后，田畅向社长汇报："谭青，女作家，二十五岁。有一本名叫《控飘》的长篇小说在书店卖，确实是构日出版社出版。"

"印数多少？"高建生问。

"版权页显示只有一万本。但我表妹说卖得挺不错的。怎么会只有一万本呢？"

"梁功辰怎么会对她感兴趣？"

"我分析基本上是孙社长虚构的梁功辰去找谭青。他也可能采用离间咱们和梁功辰的方法。"田畅说。

"前些天我看了一本美国某大学传媒出版学硕士教材，那书上说，作为出版公司，头等大事是看住自己的好作家，其次是想方设法挖别人的好作家。"高建生一脸的苦大仇深，"咱们麻痹了，像梁功辰这样的作家，肯定每天都有出版社的同行打他的主意！"

田畅又想起了什么，她说："对了，社长，刚才我表妹还说，昨天晚上，她看见朱婉嘉到他们书店买了很多国内当代作家的文学作品。"

"你表妹认识朱婉嘉？"高建生觉得奇怪。

"我家挂着一张我和梁功辰夫妇的合影，她见过。"田畅解释说。

"朱婉嘉去书店买本国当代作家的书？"没有安全气囊装置的高建生的脑细胞在急刹车时纷纷受挫。

"我表妹说，朱婉嘉进了书店就说凡是本国当代作家的文学作品全都要。她买了两千多块钱的书。"田畅说。

"梁功辰几乎从来不看别人的文学作品！咱们可以断定不是朱婉嘉对本国作家的创作突然发生了兴趣，肯定是梁功辰委派朱婉嘉去买书的。"高建生在办公室里来回狂走。

"梁功辰昨晚派妻子去书店买书，今天又在写作时间和妻子去构日出版社打听谭青，不管是孙社长有意打草惊蛇也好，或是梁功辰出了什么问题，反正这是一个足以令咱们全力应对的大事。"田畅说。

高建生思索。

"这样，我先给孙晨打电话，向他挑明了说。他还在等我的电话。"高建生说，"晚上，你和我以看望生病的朱婉嘉为名去梁功辰家，你买些高档水果。咱们摸摸他的底。如果是构日出了天价，咱们就出宇宙价，哪怕我向银行贷款预付梁功辰版税，我也要把《影匪》拿下来。美国前总统克林顿的老婆希拉里写回忆录，不也就拿六百万美元预付版税吗？他梁功辰还能高过希拉里？"

田畅不同意："说实话，社长，以书的价值相比，希拉里不能和梁功辰同日而语。希拉里写的是短命的畅销书，明年就没人买了。而梁功辰的书起码可以卖八十年不衰。梁功辰是天才。"

"这倒是。"高建生同意下属对梁功辰的定位。

"咱们去梁功辰家，事先打招呼吗？"田畅问。

"我估计，先打招呼他不会让咱们去。咱们当一回不速之客。咱们要和他开诚布公地谈。"高建生说。

田畅走后，公关部于主任进来问高建生："社长，电视台《每周一书》节目摄制组来了，他们在会客室等您，拍摄《影匪》宣传片。"

正给孙晨拨电话的高建生不耐烦地冲于主任挥挥手："让他们

等会儿，你没看我正忙着呢！"

于主任发呆。

"还愣着干什么？"高建生看于主任。

于主任忙关上门出去了，他在熟悉了十年的走廊里愣是找不着北。

"孙社长吗？我是高建生。"高建生拿着话筒说，他的表情严峻，像是给大战役下进攻令的指挥官。

孙晨说："梁功辰不在家吧？他和他老婆刚开车从我们社走了，你给他打了手机，通话时间一分二十三秒。你得多向电信局交三十七秒的钱，什么时候实行手机以秒计费呀？算了，电信资费千万别再变了，每次我一听说电信要降价我就腿肚子抽筋，明降暗升，世界首创呀，哈哈。"

孙晨的得意和他对高建生和梁功辰通话时间的了如指掌使高建生更加确信构日已经策反了梁功辰。

高建生怒不可遏："孙社长，你是猪八戒倒打一耙，咱们明人不说暗话，明明是你挖我们的墙脚，你却反诬我们！你说，你给梁功辰开了什么价？"

"你说什么？你是说我从你那儿挖梁功辰？"孙晨气疯了，"分明是你派梁功辰来挖我们的谭青！我还从来没见过你这样不可理喻的人！你那个梁功辰和我们的谭青能比吗？实话告诉你，你拿十个梁功辰跟我换谭青我都不干！"

"我警告你，如果你违反游戏规则挖走了梁功辰，后果由你负！"高建生拍桌子。

"我也警告你，如果你挖走谭青，我会让你吃不了兜着走！"孙晨失态，他摔了电话。

高建生发呆，他的手颤抖得无法将话筒放回到电话机上。在出版界从业这么多年，高建生还是头一次和同行如此剑拔弩张声色俱厉。

高建生回忆他刚才和孙晨的通话，孙晨那句"你拿十个梁功辰跟我换谭青我都不干"引起了高建生对谭青的注意。

高建生一拳砸在办公桌上，把正在推门提醒社长去拍电视节目的于主任吓跑了。

"孙晨，你不仁，我也不义！"高建生小声地咬牙切齿。

高建生给田畅打电话："限你十分钟，给我弄两本谭青的《控飘》。"

九分钟后，摔得鼻青脸肿的田畅拿着两本《控飘》闯进社长办公室。

"咱俩分头看二十分钟，你就在这儿看。咱们看看这个谭青到底是什么货色。"高建生说，"我刚才和孙晨通了电话，梁功辰八成叛变了。"

田畅脸色变了，她坐在沙发上拼命判断《控飘》。

于主任战战兢兢推门："社长，电视台的人要走。"

"让他们滚！"高建生说完埋头看书。

于主任看着狼吞虎咽看书的社长和田畅，傻了。他进屋关门，才发现走反了，连忙出去。

二十分钟后，高建生和田畅同时合上书，他俩相视异口同声："她是天才！"

"不亚于梁功辰。"田畅补充感觉。

"挖她！以其人之道还治其人之身！"高建生说。

"不容易吧？构日肯定已经对谭青层层设防了。"田畅说。

高建生沉思，他翻开《控飘》的版权页，说："这么好的书，怎么可能只印一万册？如果咱们打听到实际印数，告诉谭青，她能不弃暗投明？"

"够损的。"田畅笑。

"向作者隐瞒印数不损？咱们是见义勇为，维护《著作权法》。"高建生一边说一边看版权页上的印刷厂名称。

"没错。"田畅说。

"我认识这家印刷厂的邵厂长。"高建生说，"你在构日有没有认识的编辑？"

"有个大学同学，不过好多年没联系了。"田畅说。

"咱们也过一把间谍瘾，被构日逼的。"高建生对田畅说，"下午，你去找你在构日的大学同学，一定要打听到谭青的住址。我去找那家印刷厂的邵厂长，了解《控飘》的实际印数。"

"如果构日没有向谭青隐瞒印数呢？"田畅问。

"那咱们就对谭青说，这么好的书，只印一万册，让构日给糟蹋了，给我们富阳，保你每年印十万册。"高建生已经胸有成竹。

田畅点头。

高建生给财务科科长打电话："小阎，我去年的奖金没领，有多少？"

"四万元。"

"我马上要现金，有吗？"

"有。我现在给你送去？"

"送来。"

阎科长将高建生去年未领的四万元奖金放在社长的办公桌上，她让社长签字。

阎科长出去后，高建生递给田畅一万元，说："这是你的间谍经费，一万元打听一位作家的住址，应该足够了。我用三万元去攻印刷厂的邵厂长。"

田畅收起钱，说："我估计你用三万拿不下来。"

"三万当然不行,我还外加把《影匪》拿到他的印刷厂印。"高建生冷笑。

"邵厂长笃定起义。"田畅说。

"行动吧,下午五点在我的办公室会合。随时用手机联系。"高建生站起来。

"早过了吃午饭的时间,社长还没吃饭。"田畅说。

"还吃什么饭!你出去可以顺路买个汉堡包。"高建生说完打电话叫办公室主任给他和田畅分别派车。

高建生和田畅到出版社门口,分别上了出版社的两辆汽车。汽车一前一后驶离出版社,分道扬镳。

邵厂长对于出版界的首富出版社社长高建生的光临很受宠若惊。

"什么风把高社长吹来了?"邵厂长热情相迎。

"我不能来?"高建生和邵厂长握手。

"哪儿的话,您是我请都请不来的贵客。"邵厂长吩咐下属给高建生上茶。

"咱们不兜圈子。都是生意人,咱俩谈一笔买卖。谈成了,咱们合作。谈不成,还是朋友,但此事不外传,怎么样?"高建生开门见山。

"高社长是痛快人,您主动来找我,是看得起我。您说吧。"邵厂长说。

高建生停顿了几秒钟,他像是在听隔壁车间印刷机的运转声。

高建生从包里拿出三万元钱,放在茶几上。

邵厂长愣了,他还从没见过出版社社长给印刷厂厂长送钱的,倒过来还差不多。

"我想知道《控飘》的实际印数。"高建生看着邵厂长的眼睛说。

"这不可能。"邵厂长断然拒绝,"高社长,您知道干咱们这行的规矩。您是在砸我的饭碗。"

"我出的条件还没说完。《影匪》拿给你印。"高建生注意邵厂长的反应。

邵厂长眼睛一亮:"真的?"

邵厂长连想都不敢想承揽印制《影匪》。印《影匪》能让他的印刷厂一夜暴富。

"你知道,在出版界,我是说话最算数的人。"

"能问您为什么想知道《控飘》的印数吗?"邵厂长问。

高建生摇头。

"成交。"邵厂长拍板,"我只要《影匪》的印制权。这三万元,您拿回去。"

"这钱就算我给令尊令堂的寿礼。"高建生知道如今生意界流行以给对方父母寿礼的方式联络感情的风气。

"我的父母都不在了。"邵厂长说。

"对不起,对不起,"高建生忙改口,"那就算给你的孩子的压岁钱。"

现在是一年中离春节最远的时间段。

"真不好意思,我没孩子,正让医院诊断是谁的毛病呢。"邵厂长不忌讳。

高建生尴尬。

"这钱您拿回去,要不算是我孝敬令尊令堂的,二老都健在?"邵厂长说。

高建生赶紧说都活着。

邵厂长将钱装进高建生的公文包。

"只要您将《影匪》交给我印,这三万算什么?"邵厂长对高建生说。

"那是那是。"

"再说了,哪有出版社社长给印刷厂厂长送钱的道理?咱不能破了规矩。"邵厂长说。

"《控飘》一共印了多少?"高建生问。

邵厂长伸出三个手指头。

"三十万?"高建生说。

邵厂长点头。

高建生在心里说:谭青是我的人了。

"我要《控飘》印制单的复印件。"高建生说。

邵厂长叫来一个女下属,和她耳语。女下属一愣。

"去办吧。"邵厂长挥手。

很快,高建生拿到了《控飘》历次印制单的复印件。印数一目了然。

"希望咱们合作愉快。"邵厂长给高建生开车门。

在车上,高建生给田畅打电话。

"我已经办完了,《控飘》的实际印数是三十万。你那儿进展如何?"高建生问田畅。

"我正和同学聊天呢,一会儿我给你打电话。"田畅说。

正在咖啡厅和在构日出版社当编辑的同学兜圈子的田畅受到高社长成功的鼓舞,决定切入正题。

"有件事,我想求你帮忙。"田畅说。

"我猜你就有事,没事你不会找我。"同学笑了,"你看,你的脸红了。"

田畅编造谎言:"有位评论家,很想给谭青写评论,他想见见她。谭青在你们社出书,你们应该知道她的住址。"

同学赶紧摇头："别人好说，这个谭青被她的责编实施特级保护，我们都不知道她的联系方法。"

"那责编的通讯录上肯定有谭青的电话和住址。"田畅边说边拿出一个鼓鼓囊囊的信封放到同学面前。

同学歪头往信封里一看，说："我可以试试。过几天我告诉你。"

"咱们一手交钱一手交货，我在这儿等你。"田畅按住信封没让同学拿。

"怎么跟间谍接头似的？"同学笑着说。

"这是一万元。"田畅估计同学对信封里的钱数估计得比较保守，"你快去快回。"

同学显然被一万元这个数字刺激兴奋了，他离开咖啡厅去赴汤蹈火。

田畅不停地看表。

半个小时后，同学回来了。

"搞到了？"田畅迫不及待地问。

"好险，我刚从通讯录上抄完，姜新征就从厕所回来了。"同学卖功。

"给我。"田畅要谭青的地址。

同学张开手掌，谭青的地址写在他的手掌里。

田畅抄录后，将信封交给同学。

"如今的评论家很有钱？"同学一边将信封装进衣兜一边问。

"大概是吧，听说作家不向评论家行贿是得不到好评的。"田畅说，"我该走了。"

"连再见都不说？"同学问。

"再见。"田畅本不想说再见，她的感觉是在咖啡厅吃了两个小时的苍蝇。

第十二章　不速之客

梁功辰好不容易把妻子从构日出版社盼出来了。

"怎么样？"梁功辰问朱婉嘉。

朱婉嘉一边将钥匙插进方向盘右侧的钥匙孔一边说："他们警惕性特高，不告诉。那责编还涮我。"

梁功辰咬嘴唇。

"你别急。"朱婉嘉安慰丈夫，"我有个办法。你的责编田畅隔一段时间就会见你一次，谭青的责编不可能不见谭青。我已经认识他了，咱们就在构日出版社门口等他，只要他一外出，咱们就跟着他，总会碰上他去找谭青的。"

"你是说跟踪他？"梁功辰觉得妻子在说天方夜谭。

"在没有想出更好的办法之前，先这么干。"朱婉嘉说，"从现在就开始。我先去买点儿吃的。"

"今天下午就算了，我累了。"梁功辰说，"从明天上午开始吧。"

"也好。"朱婉嘉发动汽车，"明天你不用来，我来。"

"我不来怎么行？那编辑是男的吧，你跟踪不方便。"梁功辰在小说里描写过女侦探跟踪男目标时被厕所阻拦的情节。

"咱俩一起跟踪他，成功率更高。"朱婉嘉驾驶汽车离开构日出版社。

孙晨和姜新征在出版社楼上的窗户里注视着梁功辰的汽车。

回家后，朱婉嘉吩咐王莹弄点儿饭。

梁功辰看着餐桌上的饭菜吃不下去。

"你得吃饭，身体再垮了，就更麻烦了。"朱婉嘉劝丈夫吃饭。

梁功辰站起来，说："和晚饭一起吃吧。我去写作室。"

看着梁功辰上楼的背影，朱婉嘉的眼泪加盟了她手中的鸡蛋汤。

王莹不知所措地站在一边看，她清楚这家人出事了。

梁功辰觉得写作室很陌生，他没有打开电脑。往常生机勃勃能制造出无数令人拍案叫绝的故事的电脑如今死气沉沉地瘫在写字台上。

梁功辰拿出装智齿的小瓶子，智齿在瓶子里无可奈何地看着梁功辰。

梁功辰就这么和智齿对视了两个小时。

梁新放学回家见到朱婉嘉就问找谭青的结果。朱婉嘉告诉女儿经过。

"明天你和爸爸要去跟踪谭青的责任编辑？"梁新兴奋，"太刺激了！妈，求您了，一定要带上我！千载难逢呀！"

"不行！你不考清华北大了？"朱婉嘉不同意。

"还早着呢！我才上小学四年级呀！"梁新说。

"先吃饭，你在饭桌上跟你爸说，他要是同意了，你就去。"朱婉嘉说。

一家人刚围坐在餐桌旁，门铃响了。

"我去看看。"朱婉嘉离开餐桌。

朱婉嘉从门镜里看到是高建生和田畅。朱婉嘉开门。田畅手里拎着硕大的果篮。

"你们这是？"朱婉嘉看着田畅手中的果篮问。

"嫂子病了，我们来看望你。"高建生说。

"我病了？你听谁说的？"朱婉嘉纳闷。

梁功辰没想到高建生会不打招呼就来，他没和妻子串供。

高建生和田畅对视。

"上午功辰不是陪你去医院看病了吗？"高建生明知故问。

朱婉嘉察觉到出了岔子，她不敢说话了。

"功辰在吧？"高建生不等朱婉嘉回答，就往里走。他看见了坐在餐厅的梁功辰。

梁功辰看见高建生不打电话就登门，一愣。

高建生看出梁功辰表情不自然。这更使他确信梁功辰被孙晨策反了。

"我上午给您打电话，您说您陪同嫂子去医院看病。我和田畅来看望嫂子，刚才嫂子没听说她病了。"高建生对梁功辰打开天窗说亮话。

朱婉嘉抱歉地看着梁功辰。

梁功辰苦笑。

高建生看了梁新和王莹一眼，对梁功辰说："我们能单独和您谈谈吗？"

梁功辰没说话，转身上楼。高建生和田畅尾随。朱婉嘉吩咐梁新自己吃饭。

"绑架呀？"梁新不满高建生对梁功辰的态度。

朱婉嘉回头瞪了梁新一眼。

"不就是写不出来了吗？有什么了不起！人家就该一辈子给你们打工？写死算？"梁新小声愤愤然，"瞧他那德行，从前见我爸跟孙子似的，一写不出来就变脸！成鼻祖了！"

"别说了。"王莹劝梁新。

117

"高社长是狗呀？我这么小声说他也能听见？"梁新白了王莹一眼。

四个人进入梁功辰的写作室，都站着。

高建生看着梁功辰说："咱们合作这么多年了，一直很愉快，依我说，字典里的双赢词条的定义应该改成'特指富阳出版社和作家梁功辰的合作'。"

梁功辰点头。

高建生做了个别人不易察觉的深呼吸，运气，他死盯着梁功辰的眼睛说："《影匪》您能按时交稿吗？"

梁功辰一惊，他想不出高建生是怎么知道他写不出来的。

"……当然……能交稿……"梁功辰显得慌乱和不知所措。

高建生看田畅，田畅也看高建生，他俩从梁功辰的举止上已得出相同的结论：确实出问题了！

朱婉嘉更是目瞪口呆，她甚至怀疑富阳出版社在她家安装了远程监视设备，否则他们怎么可能这么快就获悉梁功辰到期交不了稿？

"功辰写了这么多年……也很累……"朱婉嘉想为丈夫辩解。

朱婉嘉的话更使高建生确信《影匪》已生变。

高建生没有退路，他只能单刀直入。

高建生说："梁先生，咱们合作这么多年，一直很愉快。《影匪》已经签了合同。您如果有什么新的想法，比如您对版税率不满意，您应该先和我们谈。只要您不毁约，咱们什么都可以谈。倘若您背着我们将《影匪》许给别人，比如构日什么的，而且到了交稿日期才告诉我们，那我们怎么办？我们社为《影匪》的前期宣传投入了几十万元，现在就开始有图书发行商向我们预付购书款了。到时如果我们真的拿不出书来，只能用名利双失形容我们的处境。至于构日出版社如何对待作者，不用我说，这儿有证据。《控飘》他们印了三十万，却在版权页上只标明印了一万，您怎么能和这样的出版社合作？"

高建生从包里拿出《控飘》印制单复印件，扔在梁功辰的写字台上。

朱婉嘉如获至宝地拿起印制单看。

梁功辰很激动，他说："高社长，你这是侮辱我！你我合作这么多年，我的为人你还不知道？！我什么时候违过约？这些年，确实有不少出版社想尽办法找到我，但我都没有同意。有的出版社比你们给我的版税率高，我依然不同意把书给他们。为什么？因为我坚信你会主动给我增加版税，比他们的还高，而且超不过一个月。这是经过多次证实的。每次我都和婉嘉说，高社长料事如神，他是天才出版家。我还和婉嘉开玩笑说，高社长是不是在咱们身上安了窃听器？要不怎么别人一来出高价，他马上就出更高的价？建生，你怎么会说出我会把《影匪》拿到构日出版社去这种胡话？我不能原谅你，要罚你。"

高建生和田畅面面相觑。

"是你的意思？"梁功辰问田畅。

"不是不是……"田畅忙说，当她发觉这么说会给社长造成被动时，又改口，"是我的……"

高建生示意田畅别说了，他问梁功辰："今天中午，构日出版社的孙社长给我打电话，说你和嫂子去他们出版社了。我不信。我往您家打电话，保姆果然说你们出去了。我打您的手机，您却说您陪嫂子看病。我能不生疑吗？"

梁功辰说："我没进构日出版社，她去了。那社长竟然会为这事给你打电话？"

"孙社长怀疑是我派你去挖谭青。"高建生说。

梁功辰摇头:"孙社长误会了。"

田畅说:"能告诉我们您为什么要找谭青吗?"

梁功辰看了写字台上的智齿一眼,他将装有智齿的小瓶子塞进抽屉。这个举动令高建生和田畅大感不解。

梁功辰说:"我暂时还不能说。请你们谅解。我可以告诉你们,我的写作确实出现了一点儿小问题,但绝不是要将《影匪》拿给构日或别的任何出版社,这一点,请你们放一万个心。"

"写不出来了?"高建生问。

梁功辰迟疑了一下,没有正面回答:"现在的关键,是要找到谭青。找到她,问题可能就迎刃而解了。"

"《影匪》按期交稿有问题吗?"田畅问。

"……就看什么时间能找到谭青了。"梁功辰说。

"谭青和您的《影匪》有什么关系?"高建生迷惑。

"以后我会告诉你。现在还不行。"梁功辰说。

"您在构日没打听到谭青的住址?"田畅问朱婉嘉。

朱婉嘉说:"他们不告诉我。"

高建生说:"既然谭青直接关系到我们的《影匪》能否如期出版,我们向你提供谭青的地址。"

田畅从兜里拿出一张写有谭青住址和电话的纸交给梁功辰。

梁功辰惊讶:"你们怎么会有谭青的地址?"

高建生说:"我们误会了孙社长,我们以为是他挖你,我们就实施了回挖谭青的报复行动。"

"连人家的印制单都搞到手了。真是商场如战场。"朱婉嘉举着手里的《控飘》印制单复印件说。

"这个没用了,给我吧。"高建生从朱婉嘉手里拿过《控飘》印制单复印件，要撕。

"别撕！我们有用。"朱婉嘉制止。

"有什么用？"高建生不解。

"万一谭青不见功辰，功辰可以拿这个当敲门砖。"朱婉嘉说，"功辰说谭青是天才，天才大都不合群。"

"绝对不行！"高建生断然否决，"既然孙社长没做对不起我的事，我也不能拆人家的台。"

"没有这个，谭青很可能不见我。她不见我，《影匪》还真悬。"梁功辰说。

事实上，梁功辰并非完全是拿印制单当见面礼，他对谭青动了恻隐之心：出版社向作者隐瞒印数，梁功辰理应路见不平拔刀相助。特别是像谭青这样的天才作家。

高建生拿着印制单犹豫。

朱婉嘉对高建生说："高社长，这不算见不得人的事。您是学法律的，比如张三杀了李四，你能说因为张三杀的不是您家的人，您就视而不见不报警吗？侵吞作者钱财，最轻也应该算是盗窃罪吧？"

田畅小声对高建生说："社长，我觉得可以给他们。您已经答应《影匪》给邵厂长印了。"

高建生使劲儿摇了摇头，再叹了口气，将《控飘》印制单复印件交给梁功辰。

"能不用就别用。"高建生说。

梁功辰一边点头一边"头"是心非地想：能不用也要用。

高建生问："功辰，什么时候可以告诉我们《影匪》能否按时交稿？万一有问题，我们也好早做准备。"

梁功辰说："我马上就去找谭青。最迟两个星期后告诉你结果。"

121

梁功辰想好了，如果谭青有智齿，他就要想方设法把自己的智齿安回去，这需要时间。

"这么长时间？您不是一会儿就去找谭青吗？"田畅觉得两个星期太长。

"也可能明天就告诉你们，我是说最长两个星期。"梁功辰说。

如果谭青没有智齿，梁功辰就排除了自己写不出来和智齿有关系，他就可以告诉高建生自己的写作遇到了障碍。

高建生说："我们告辞了。我们回去等你们的信儿。不管怎么说，太蹊跷了。"

田畅说："没准梁先生因此能产生超级构思。他说过，不管什么经历都是作家的财富。"

"但愿如此。"高建生说。

高建生路过餐厅时，和梁新告别，梁新不理他。

在梁功辰家门口，高建生在上车前对梁功辰说："刚才你说由于我误会了你，要罚我。我认罚。《影匪》版税因此增加一个百分点。"

"我接受。但愿我能拿到《影匪》的版税。"梁功辰说。

高建生和田畅走后，朱婉嘉对梁新说："高社长误会了，他以为你爸把《影匪》给了别的出版社。"

"我说他怎么绷着个脸，跟要债似的。"梁新说。

"高社长有谭青的地址和电话，给咱们了。"朱婉嘉告诉女儿。

"真的？真是踏破铁鞋无觅处，得来全不费工夫。"梁新兴奋地说。

"咱们现在就走。"梁功辰对朱婉嘉说，"带一本我的书，我给她签上字。印制单别忘了拿上。"

"我也去。"梁新说。

"在家好好写作业，你忘了不上清华北大等于没上大学？"梁功辰教育女儿。

梁新撇嘴，她问："爸，您准备怎么查谭青有没有智齿？她会让您看？"

"车到山前必有路。"梁功辰说。

"不知道谭青长得漂亮不漂亮。"梁新说，"妈，你要提高警惕，不能掉以轻心。"

"你爸是'曾经沧海难为水'，你妈有这个自信。放心吧，女儿，你想体验继母，只能是下辈子的事了。"朱婉嘉笑着对梁新说。

"咱们出发。"梁功辰对朱婉嘉说。

第十三章　吻探

朱婉嘉和梁功辰驾车按图索骥，找到了谭青的住所。这是一栋比较陈旧的楼房，谭青的家位于四单元二层。

"如果构日出版社按实际印数付版税，谭青可以住比这好的房子。"梁功辰在车里说。

"你自己去比较合适。"朱婉嘉说，"我在车上等你。"

梁功辰点点头。他检查了兜里的印制单和自己的书。

"二层有一家黑着灯，上帝保佑别是谭青家。"朱婉嘉看着车窗外说。

梁功辰下车，他朝四单元走去。楼道很是脏乱。一辆尘土比车还厚的自行车像文物般靠在楼梯拐角处。

二层有三户人家，梁功辰看着手中的纸，敲201的门。

没人应答。

梁功辰不懈地敲。

202开门了。一个男子对梁功辰说："她家没人。三天后回来。"

梁功辰问："这是谭青家吗？"

那男邻居说："好像是姓谭，叫什么我不知道。她不太爱理人。"

"您怎么知道她三天后回来？"梁功辰问。

"我是这栋楼的楼长，三天后这楼统一更换暖气管道，必须家家留人。我挨家通知时，她说她保证三天后回来。"男邻居说。

梁功辰转身下楼,他的腿被楼道拐角处的完全有资格申报世界文化遗产的自行车的脚蹬子绊了一下。

梁功辰开车门,他对朱婉嘉说:"谭青外出了,三天后回来。邻居说的。"

"她和邻居有来往?"朱婉嘉由此判断谭青可能比较好接近。

梁功辰给朱婉嘉泼冷水,告诉她换管道的事。

这三天对梁功辰和他的家人来说,比三十年还长。梁功辰天天傻坐在写作室和智齿相对无言。朱婉嘉在公司由于心不在焉把公司和某大腕儿歌星的一份重要合同扔进纸篓,幸亏被手下发现。梁新在课堂上回答老师的提问时,不管老师问什么,她都往牙齿上联系。王莹炒菜放多了盐放少了油丢三落四更是家常便饭。

"三十年"终于让梁功辰全家熬过去了。

这天上午,梁功辰和朱婉嘉二顾茅庐找谭青。

朱婉嘉还没停好车就说:"她在,窗户开着。"

不知为什么,梁功辰有点儿紧张。

"要不你跟我去?"梁功辰对朱婉嘉说。

"你自己去成功率高。"朱婉嘉说,"别怕,有印制单,她就是再凡人不理,也得领情。再说了,你不是凡人。她要真是天才,看了你的书,能不对你刮目相看?"

梁功辰点点头,他清点随身携带的武器:《控飘》印制单和自己的书。

"我去了。"梁功辰推开车门。

"只许成功,不许失败。"朱婉嘉扭身低头对车外正准备关车门的丈夫说。

梁功辰大步向四单元走去。

梁功辰在201门口站了两分钟后,抬手敲门,他注视着门镜中间的亮点。

亮点被覆盖了。梁功辰接受对方的窥视审查。

"找谁？"门里传出女声。

"我找谭青。"梁功辰说。

"你是谁？"

"我叫梁功辰。"

"梁功辰是谁？"谭青对文坛显然比梁功辰还不屑一顾还陌生。

梁功辰想起叔本华那句名言：要么庸俗，要么孤独。

"我也是作家。"梁功辰说。

"也是？除了你，还有作家？来了几个人？"

"我是说，你是作家。"

"我不是作家。"

"……"

"你有什么事？"

"有事找你，想和你聊聊。"

"对不起，谭青不在。"门镜上的亮点恢复了，脚步声离开门。

梁功辰再敲门。

"我报警了？"里边说。

"有件东西，给你看看，我从门缝儿塞进去。"万般无奈的梁功辰只得靠武器打开这扇门。

梁功辰将《控飘》印制单复印件从门缝儿下塞进去。

谭青果然被击中了，她开门。

"你到底是谁？你从哪儿拿到这个的？"谭青问梁功辰。

"我可以进去说吗？"梁功辰察觉出邻居都在各自的门后饶有兴致地听广播剧。

谭青迟疑了一下，让梁功辰进门了。

谭青没让梁功辰坐，她等梁功辰说话。

梁功辰拿出自己的书，说："这书是我写的，送给你。我是偶然从印刷厂的朋友那儿看到《控飘》印制单的，我觉得出版社对你隐瞒印数不对，我有责任告诉你。"

谭青接过梁功辰的书，她一边翻一边说："你很正直？要不这事和你有什么关系？"

梁功辰说："设身处地，兔死狐悲。"

谭青没听见梁功辰的话，她被梁功辰的书吸引了。

梁功辰有这个自信，他在给她书之前就清楚，只要她一翻开，肯定旁若无人地一口气看完。

谭青捧着书自己坐下看。梁功辰不请自坐，尽管他事先有意挑了一本最薄的书，以减少自己的等待时间。

梁功辰坐在谭青对面，看她看他的书。他甚至想从谭青的腮部判断出她有没有智齿，但他只是徒劳。

半个小时过去了。

谭青终于合上书，说："你很棒！别的作家都写得这么好？说来不好意思，我几乎没看过别人的书，早知写得这么好，真应该看看。"

"不用看。只管自己写就行了。看了没好处。"梁功辰说。

"你也这么认为？"谭青被梁功辰迷住了：一个正直加天才的异性。

谭青现在的感觉是在遍布异类的世界上终于找到了同类。

梁功辰在等待合适的时机提出看牙的要求。

谭青的身体离梁功辰越来越近。梁功辰本能地往后靠了靠。他对于谭青的举动不吃惊。

谭青闭上眼睛，她的嘴唇接近梁功辰的对等器官。

梁功辰灵机一动，他决定派遣自己的舌头应邀越境去侦察谭青有没有智齿。

梁功辰和谭青接吻。梁功辰用舌头去数谭青的牙齿，从中缝儿开始，第八颗是智齿。梁功辰先数谭青的上排牙右侧，他找到对方的门牙中缝儿比较容易，他的舌头开始数她的牙。好不容易数到第四颗时，梁功辰的舌头遇到了对方相同器官的干扰，使得梁功辰匆忙记下位置后赶紧做做表面文章应付，待梁功辰糊弄走了对方后，他才意识到刚才记下的位置纯属刻舟求剑。梁功辰只好从头再来。

梁功辰的舌头过五关斩六将数到第六颗牙时，他发现自己鞭长莫及，他的舌头长度不够，根本达不到智齿的领地。

"你干吗老这样？"谭青松开梁功辰问，"给我洗牙？"

梁功辰索性接过话题，就势说："你洗过牙吗？"

"没有。"谭青说。

"你知道吗，天才都有智齿。"梁功辰装作很随意地说。

"真的？你肯定有。"谭青含情脉脉地看着梁功辰。

"我看看你有没有智齿。"梁功辰心惊肉跳地说。

谭青张开嘴让梁功辰看。

梁功辰数谭青的牙。

"你有智齿！"梁功辰看见了位于谭青上排牙左侧的一颗智齿。

"我看看你有没有。"谭青说，"怎么看？"

梁功辰只能张嘴："从中缝儿往两边数，第八颗是智齿。"

谭青认真地数，她疑惑道："你怎么会没有？这说明天才没有智齿。"

谭青又闭上眼睛向梁功辰靠拢。

梁功辰忙说："对不起，我得走了。我太太在楼下等我。"

谭青说："她干吗不上来？站着等这么长时间？"

"她在车上等。"梁功辰站起来。

"你专门来告诉我出版社对我隐瞒印数？"谭青送梁功辰到门口时问。

梁功辰迟疑了瞬间，说："是的。"

"谢谢你。"谭青说。

"留下我的电话？我有你的电话。"梁功辰有点儿于心不忍，他看出谭青是对他动了真情。

"我不要你的电话。但我希望你能给我打电话。"谭青说，"下午我就去书店把你的书都买来看。"

出门前，梁功辰说："你能听我一句忠告吗？"

谭青点头。

"千万别拔智齿，不管谁让你拔，你都别拔。"梁功辰发自肺腑地说。

"为什么？"谭青问。

"别问为什么，反正你不能拔，我要你答应我。"梁功辰双手放在谭青肩上说。

"我答应你。"谭青说。

梁功辰下楼上了汽车，他看见谭青在窗口看他，梁功辰向她招手。

"有吗？"朱婉嘉急不可待地问。

"有！"梁功辰说，"从前是智齿在帮我写作！"

朱婉嘉问："咱们怎么办？"

"让口腔医院给我把智齿装回去！"梁功辰咬牙切齿地说，"否则我去消协投诉他们！"

"消协会管这事？"

"他们拔了我的好牙，而且不是一般的好牙！我不能写了，给

129

多少读者造成精神损失？"梁功辰说。

"有道理。"朱婉嘉说。

"当然咱们希望医院能恢复我的智齿。"梁功辰说。

"只听说过拔牙的，还没听说过把拔了的牙往回装的。"朱婉嘉担心地说。

"他们必须给我把智齿装回去！"梁功辰在车里咆哮。

路边的交通警瞪大了眼睛判断梁功辰是否在劫持汽车。

第十四章　孙晨气急败坏

梁功辰走后，谭青再次如饥似渴地拜读他的书。

电话铃响了。

"讨厌。"谭青不愿意中止看梁功辰的书。她边骂边拿起电话听筒。

"谭青吗？你好，我是姜新征。"

谭青想起了什么，她看到桌子上的《控飘》印制单复印件，情绪立刻转喜为忧，怒火中烧。

"什么事？"谭青明显冷淡。

"孙社长和我想去看看你，最近创作上有什么困难？"姜新征听出谭青口气不对。

自从梁功辰夫妇到构日出版社找谭青和高建生同孙晨在电话里撕破脸后，孙晨反复叮嘱姜新征要看住谭青。孙晨提议他和姜新征一起去看谭青，以示关怀，还要送她一部新款手机。姜新征说谭青这几天不在家，等她一回来咱们就去。

"没什么困难，就是钱不够花。"谭青话里有话。

"再写一本就有钱了。"姜新征说，"我们现在就去行吗？"

"可以。"谭青说完挂了电话。

姜新征告诉孙社长，谭青异常。

孙社长想了想，说："你到会计那儿领一万块钱，咱们给她拿去，就说是给她的电脑升级用的。该花的钱就得花。"

"她会满足的。"姜新征说，"往常我给她送版税，三千块钱她就特高兴。"

姜新征和孙社长乘车到谭青的住所打保卫战。

听到门铃响，谭青开门。

姜新征满面春风地说："孙社长亲自来看你。"

"你好。"孙晨伸出手。

"我刚上完厕所，还没洗手。"谭青伸出双手让孙晨看她手上的病菌。

孙晨尴尬地"鸣金收兵"。

姜新征赶紧缓和气氛，他以自家人的口气问谭青："不是说更换暖气管道吗？怎么没动工？"

谭青眼睛看着地板说："通知不到所有住户，有一户去国外了。"

"可以甩了那户。我们家那栋楼更换管道就甩了一户找不到人的。"姜新征没话找话，"对了，顶层才能甩。你们楼出国那户在几层？"

谭青没理姜新征。

孙晨已经看出谭青确实出了问题，他清楚自己必须力挽狂澜。谭青是构日出版社唯一的盈利作者，唯一的摇钱树。

孙晨从包里拿出新款手机和装有钱的信封，对谭青说："小谭呀，这款手机是我们社送给你的，希望它能成为咱们之间的金桥。这一万元，是给你的电脑升级用的。"

见谭青没有接的意思，姜新征忙替谭青接过手机和信封，放在桌子上。

姜新征对谭青说："孙社长还从来没到作者家看过作者，如今出书难。一般都是作者……"

"我很看好你。"孙社长打断姜新征的话,"你是有前途的作者。"

"我的书一共印了多少?"谭青开始发难。

孙晨和姜新征一愣。

姜新征说:"一万册。版权页上有。"

"就一万?"谭青眯起眼睛。

孙晨调动语重心长的口气和表情对谭青说:"小谭呀,如今的图书市场你不是不知道,文学书能印一万册就是了不起的事了,很多是全国作家协会会员的作家的书也只能印两三百本。"

孙晨暗示连省市作协会员都不是的谭青要有自知之明。

"昨天我从报纸上看到,一个获过全国文学大奖的大作家最近写了本书,全国征订只有二十六本,出版社无法开机印刷。"姜新征添油加醋。

"将别人的钱装进自己的腰包,算盗窃吗?"谭青问。

"你这是什么意思?"姜新征看着孙晨问谭青。

谭青说:"你们说句实话,《控飘》到底印了多少?"

孙晨已经看出谭青对《控飘》的印数发生了怀疑,而且她好像还很有把握,孙晨不清楚谭青为什么会突然怀疑《控飘》的印数,难道真是富阳搞的鬼?

孙晨清楚,万一隐瞒印数的事露了馅,他和姜新征中必须有一个唱红脸的,才有利于死里逃生扭转败局。

孙晨质问姜新征:"小姜,《控飘》到底印了多少?你们是不是向作者和我隐瞒了什么?"

姜新征一愣。

看到社长继续逼视他,姜新征终于明白了头儿的丢卒保车战术。

"社长,我犯错误了,你处分我吧。"姜新征哭丧着脸演戏,

《控飘》的实际印数是两万册，我们编辑室为了拿《控飘》赚的钱填补一位残疾人作者出书的亏损，就……谭青，我对不起你，谁让那残疾作者老坐着轮椅来找我呢……我这人心太软……"

"你浑！"孙晨大怒，"姜新征，你们怎么能做这种偷鸡摸狗的事？你是堂堂的编辑，文化人，怎么会和窃贼为伍？真是斯文扫地呀！"

"社长，我也有难处，完不成社里定的年创收指标，我就要被解聘，一涉及饭碗，谁不急呀？"姜新征斜眼看谭青，"我有意见，社里给编辑定的年盈利指标太高。"

孙晨厉声喝道："对社里有意见可以通过正常渠道提嘛，你们怎么能克扣作者的版税呢？这事要是传出去，咱们社还不身败名裂？谁还敢来咱们社出书？好在小谭不是外人，她不会说出去，如果换了别人……"

谭青不能再听下去了，她想吐。

"你们看看这个。"谭青从抽屉里拿出《控飘》印制单复印件，扔在地上。

姜新征蹲下捡起印制单看，他站不起来了。

"是什么？"孙社长问姜新征。

姜新征蹲在地上不起来。

孙晨弯腰从姜新征手里拿过印制单。

谭青仔细看孙晨如何随机应变。

孙晨的脸被那张普通的复印纸弄得变了形，他的鼻子一反常态充血勃起，按比例膨胀的鼻孔呼呼地喷着粗气。他的眼睛迅速萎缩，直到眼珠几乎全被眼皮吞噬。

"《控飘》印了三十万？！"孙晨将姜新征从地上拎起来，"你们吃了豹子胆了？"

谭青提醒孙晨："孙社长，印制单上有你的签字。"

孙晨蒙了。

"社长，你开除我吧！是我冒充了你的签名。"姜新征忠心耿耿白脸唱到底。

已经无计可施的孙晨绝处逢生，他在心里发誓回去立即提拔姜新征当编辑室主任。

"你们这是犯罪呀！冒充法人代表签字！"孙晨冲姜新征怒吼。

谭青居然还有闲情逸致纠正孙晨的口误："不是法人代表，是法定代表人。法人、法定代表人和法人代表是三个不同的概念。"

当了多年法定代表人的孙晨显然对此一无所知，他顾不上利用谭青的这次纠偏赶紧不耻下问三人行必有我师以取悦谭青，他明白此时此刻只有动真格的才能力挽狂澜。

"姜新征！"孙晨大喊，"你马上给我按三十万册《控飘》计算，扣税后，咱们社应该给谭青多少版税？快算！"

姜新征掏出计算器狂算。

"扣除所得税和已经付给她的两万元，还应该给她五十八万二千七百六十四元一角九分。"姜新征不敢看谭青。

孙晨掏出手机给财务科长打电话。

"老李吗？我是孙晨。"孙晨说。

"社长有什么吩咐？"

"你马上给我提六十万元现金。"

姜新征在一边提醒："是五十万多。"

孙晨瞪了姜新征一眼："你不付小谭滞纳金？滞纳金从你的奖金里扣！"

"什么滞纳金？"电话里的李科长不明白。

"没跟你说。"孙晨没好气，"你马上去银行提六十万元现金，

135

送到谭青家来。"

"这么多钱！能问问干什么用吗？"

"姜新征狗胆包天，隐瞒了《控飘》二十九万册的印数，被我查出来了。我现在小谭家。你立刻送钱来！"

身为"同案犯"的财务科李科长知道隐瞒印数的事穿帮了，他清楚现在孙社长是当着谭青的面给他打电话，他李科长现在的责任是强调客观原因，不能将六十万元今天全给谭青。

"社长，您知道，银行有规定，一次不可能提这么多现金。"李科长故意大声说。构日出版社的"小金库"里有一百二十一万现金。

"银行不能一次提这么多现金？不能提你也得提！"

"银行又不是咱们开的。"李科长说。

"你说能弄到多少？"

"二十万。"

"那好，限你一个小时之内，送二十万元来。"孙晨的口气像是绑匪。

谭青给自己接了一杯矿泉水，痛饮。

孙晨将手机装回衣兜，他对谭青说："没想到会出这样的事，我应该负主要责任。我们立刻向你补付版税，刚才你都听到了，财务科李科长说从银行一次提不出六十万元现金，今天只能给你二十万元，剩下的陆续给你。还请你原谅我疏于管理，出了这么大的事。"

谭青不说话。

孙晨停顿了片刻，说："我希望你能答应我一件事。"

谭青看着孙晨。

"咱们现在续签《控飘》合同。"孙晨说。

"合同明年才到期。"谭青提醒孙晨。

"我希望提前续签。"孙晨说。

"如果我不答应，你就不付我版税？"谭青看出了孙晨的用意，"起码不付我剩下的四十万？"

"哪里哪里，你多心了。"孙晨遮掩。

"我现在绝对不会跟你续签《控飘》合同。而且，我授权贵社出版《控飘》的授权期结束后，我也绝对不续签了。"谭青一字一句地说。

孙晨脸上的器官再次重组。

"谭青，我们社为《控飘》付出了很多心血。"姜新征做最后一搏，"你不能说拿走就拿走。"

"你这么快就忘了我拿走的原因？"谭青微笑。

"我们已经知错就改了，钱也补给你了，社长还主动向你支付滞纳金。"姜新征央求谭青。

谭青摇头。

孙晨突然看见了桌子上的梁功辰的书，他拿起书，看到了扉页上梁功辰给谭青的题字。

"不用再说了。"孙晨将梁功辰的书递给姜新征，"有人给咱们社使绊儿。"

姜新征接过梁功辰的书看。

门铃响了。李科长拎着二十万元来了。

"请在这儿签字。"李科长铺开稿费支出凭单，让谭青签字。

谭青签字。

"咱们走！"孙晨对两位手下说。见到梁功辰的书后，孙晨的情绪已经失控。

"孙社长，剩下的版税什么时候给我？"谭青一边开门一边问孙晨。

"那要看我们什么时候有时间。"孙晨大步走出谭青家。

"如果你们不给我，我保留诉诸法律的权利。"谭青冲着孙晨的后背说。

"随你的便！"孙晨头也不回地说。

出版社的两辆车停在楼旁。

"你们都跟我坐这辆车！"孙晨对李科长和姜新征说。

两位下属知道社长迫不及待要在车上制定对策。

三个人上了一辆车，另一辆空车跟在后边。

"绝对是高建生这个王八蛋搞的鬼！"孙晨气急败坏地骂道。

"梁功辰是怎么搞到谭青的地址的？"姜新征嘀咕。

"特务！"孙晨咬牙切齿。

"谭青有什么证据说咱们隐瞒印数？"李科长问。

"她拿出了印制单复印件！"孙晨咆哮。

"这怎么可能？只有印刷厂才有印制单呀！"李科长说，"难道邵厂长出卖了咱们？"

孙晨拿出手机给邵厂长打电话。

"社长，如果是邵出卖了咱们，您给他打电话，他会承认吗？"姜新征说，"咱们社印制科徐科长和印刷厂的人很熟，应该让他通过内线先了解一下。"

孙晨点头，他改拨电话号码。

"徐科长？我是孙晨。你在印《控飘》的印刷厂有可靠的人吗？"

"有啊，邵厂长就很可靠。"

"不要找他。除了他，你在那个厂还有嫡系吗？"

"当然有。出什么事了？"

"你马上给我打听，最近有没有富阳出版社的人找过邵厂长。我在路上，十五分钟后回社里。我要你在社门口等着告诉我结果！"

"我马上办！"徐科长说。

四分钟后，孙晨的手机响了。

"社长吗？我都打听清楚了，早告诉您，您好早做决定。"徐科长说。

"说。"

"前几天，富阳出版社的高建生社长找过邵厂长。据可靠情报，邵厂长给高建生复印了咱们的《控飘》印制单。交换条件是富阳出版社把《影匪》拿给邵印。这是我向嫡系许愿给她两万元她才说的，要知道，她也是邵厂长的嫡系，只不过最近她有失宠的迹象。"

"一会儿你去财务科找李科长领两万元给她，以后还用得着她。"孙晨说。

结束通话后，孙晨一把拔出前座的头枕，他将头枕下边的两根钢管使劲捅向窗玻璃，玻璃碎了。

司机本能地急刹车，跟在后边的本社的汽车追尾。

"打122报警吗？"姜新征请示社长。

"自己撞自己，报什么警？"孙晨说。

"没有交通警的事故裁决书，保险公司不给理赔。"司机提醒社长。

"咱们赚了谭青那么多钱，还不够修车的？！"孙晨吼道，"开车！"

司机吐舌头，像是拿舌头当钥匙点火。

回到社里，孙晨立即召集有关人员开紧急会议。

大家听清原委后，个个义愤填膺。

"富阳太不像话了，你是大腕出版社，竟然来抢咱们的作者，高建生出圈了！"一编室主任说。

"梁功辰不好好写作，掺和这些事干什么？他是不是看上谭青了？想包二奶？"社长助理说。

大家七嘴八舌揭批富阳出版社、高建生和梁功辰。

孙晨环视大家，说："咱们必须教教高建生怎么做人。梁功辰是富阳的台柱子作家，打蛇打七寸，咱们给他高建生来个釜底抽薪。他高建生不是拿《影匪》换取的《控飘》印制单吗？我要让他的《影匪》出不来！邵厂长拿不到《影匪》，以我对这个人的了解，他会买凶杀了高建生。有一次邵和我吃饭喝多了，他说他认识的黑道哥们儿海了去，还问我有没有仇人需要报复。"

"那次饭局我在场。"徐科长证实。

"咱们如何阻止《影匪》出书？"总编辑问。

"对梁功辰下手！这人很可恶，《控飘》印制单是他拿给谭青的！"孙晨说。

总编辑吓了一跳："违法的事咱们可不能干。"

"那当然。"孙晨说，"咱们只做一件事，想尽一切办法阻止梁功辰写完《影匪》，除了伤害梁功辰的身体，其他一切手段都可以用。他写不完《影匪》，富阳的高建生就出不了书，邵厂长拿不到《影匪》的印制单，他自然会替咱们收拾高建生。退一步说，就算邵宽容了高建生，富阳给《影匪》做了这么大的宣传，到时候读者见不着书，高建生肯定身败名裂！"

大家鼓掌。

孙晨说："在座的都是咱们社的骨干，下面要说的事是咱们社的超级机密，谁不能保证管住自己的嘴，谁现在出去还来得及。如果将来谁泄了密，不用我说，大家就不会原谅你。"

没有人出去。

"好！咱们现在制订具体计划。"孙晨说，"首先要打听到梁功辰的住址，然后咱们派人二十四小时监视跟踪他。"

"这件事我来办。"二编室主任说,"我的小学同学在富阳当出纳,稿费单上都有作者住址。我那同学很财迷,有五百元就能拿下她。"

"咱们是得道多助。"孙晨说,"姜新征,你负责安排人二十四小时监视跟踪梁功辰,我有一个朋友刚从公安局退下来,他开了家调查事务所,我给你他的电话,你负责和他联系,咱们雇专业侦探跟踪梁功辰。"

姜新征点头。

"张锐,你是咱们社的电脑专家,你有没有黑客级的网友?"孙晨问。

"当然有。"张锐说。

"查查梁功辰是否上网,如果上网,能否通过网络将病毒输入他的电脑,把他的电脑中已经写出的《影匪》给毁了?"孙晨说。

"这事我来办。"张锐说,"就算梁功辰的电脑没有联网,梁功辰家肯定有保姆,咱们可以收买保姆盗出《影匪》的磁盘,或者让保姆安排咱们进入梁功辰家,删除梁功辰电脑里的《影匪》。"

鼓掌。

姜新征大受启发,他思如泉涌:"社长,梁功辰有妻子和女儿。咱们还可以通过给他的妻子和女儿制造麻烦的方法干扰梁功辰写《影匪》。"

徐科长说:"让你说着了,我弟弟的孩子和梁功辰的女儿同班,那可是个坏小子。"

姜新征说:"那天梁功辰的老婆来刺探谭青,我跟她聊了几句,她说她在一家音乐制作公司工作。咱们调查清楚后,去她的公司给她拆台添堵。"

"高建生这回是上天无路入地无门了!"孙晨咬牙切齿。

"这么干，行吗？"总编辑胆小，"都是文化人，怎么弄得跟《教父》里似的。"

"赵总，是他们先出手的，而且属于恃强凌弱。"姜新征说。

"这倒是……"总编辑点头。

"老赵呀，你的观念也该变变了。别说文化人，就是科学家，如今的也和过去的不一样了。"孙晨说，"你听说过美国科学家卡里·穆利斯吧？"

"1993年诺贝尔化学奖得主？"总编辑说。

孙晨说："是的。这位科学家常年穿一件破牛仔裤，不戴眼镜，腋下也从不夹百科全书什么的，他酗酒、在酒吧追逐女孩、喜好海上冲浪甚至吸毒，整个一个颓废的生活方式。他曾对记者说，给他十分钟时间上电视，他就能证明福西奥和加洛是两个浑蛋。福西奥和加洛都是美国著名科学家。诺贝尔奖评委并没有因为卡里与传统科学家大相径庭而不将诺贝尔化学奖颁发给他。美国作家迈克尔·克莱顿就是由于卡里发现的聚合酶链反应技术以及可以无限制复制任何生物的脱氧核糖核酸的方法而触发了灵感写出《侏罗纪公园》的。卡里1993年获得诺贝尔化学奖后，就放弃了科研工作，整日放荡不羁，再也没有重操旧业。这位诺贝尔化学奖获得者小时候最爱干的事是用石头砸电线杆子、踩死青蛙、放爆竹和滑旱冰。老赵你看，时代确实在变，连科学家都这样了，何况咱们这些普通的出版人，你不能说卡里不算科学家吧？"

总编辑连连说："当然算，当然算，都得了诺贝尔化学奖，是顶级科学家了。"

大家都对孙社长的渊博见识佩服得五体投地。

孙晨说："咱们这次和富阳斗，实属逼上梁山自卫反击。本来咱们社和富阳井水不犯河水，你走你的阳关道，我走我的独木桥。

没想到身为出版界超级大户的富阳竟然对咱们这样的小社的作者眼红，而且不择手段。从那天梁功辰和他老婆来咱们社打探谭青，我就预感到这是你死我活的争夺战，那天高建生还在电话里反咬一口，说是我对梁功辰下了手。"

总编辑说："富阳这么做确实不像话，确实不像话。"

"刚才已经分了工，大家分头行动吧。随时向我汇报。"孙晨说，"我再强调一遍，第一，谁也不能泄密；第二，咱们的目的是通过使梁功辰写不完《影匪》报复富阳；第三，触犯刑律的事不要做。谁有新的想法，必须先到我这儿送审。我批准后，才能行动。徐科长，我特别要嘱咐你，我知道你认识的三教九流多，但你绝对不能伤害梁功辰的女儿，比如绑架什么的，那就出圈了，那不是人干的事。梁功辰的女儿毕竟是个小孩子，给她制造点儿小麻烦就行了，要比诺贝尔化学奖得主卡里·穆利斯小时候给女同学制造的麻烦的级别低。"

徐科长说："社长真幽默。尽管梁功辰属于先出手，那我也不可能对孩子下狠手。您放心吧，保证恰到好处，正好让梁功辰写不出来。"

"分头行动吧。"孙晨站起来，"从现在起，我二十四小时在办公室指挥，你们随时向我汇报。李科长，你从社里的'小金库'发给每人一万元活动经费。姜新征领五万元，他拿这钱去雇调查事务所的专业侦探。"

第十五章　梁功辰三进口腔医院

梁功辰和朱婉嘉离开谭青家后，驱车回家。

朱婉嘉边驾车边问："咱们下一步做什么？"

"回家拿智齿，马上去口腔医院。"梁功辰说。

"好像不妙。"朱婉嘉看前方。

"怎么了？"梁功辰问。

"堵车。"朱婉嘉话音还没落就踩了制动。

众多交通警将主路上并行三排行驶的汽车全部指挥到只有一条车道的辅路上，汽车们在辅路上由于狼多肉少几乎寸步难行。

梁功辰问路边的一位交通警这是为什么，交通警答复说附近一家大型家具城失火，他们接上级命令，给消防车辟路。梁功辰没话说了。

这回朱婉嘉不敢开车载收音机了，她清楚不管电台播什么，都难逃被梁功辰揭批的厄运。

朱婉嘉和梁功辰到家时，天已经黑了。梁功辰下车时说，从堵车开始，他一直注视着车轮边的一只蚂蚁，那蚂蚁一路跟着他们的车轮，梁功辰估计车轮上粘着蚂蚁爱吃的食物。

朱婉嘉说："只能明天上午去口腔医院了。"

梁功辰叹了口气，说："我从来没觉得时间这么宝贵。"

梁新见父母的第一句话是："谭青有智齿吗？"

"有！"梁功辰和朱婉嘉异口同声。

"哇噻！"梁新竟然说了一句平时她最讨厌的惊叹语。

朱婉嘉对女儿说："明天我陪你爸去口腔医院，让医生把智齿给你爸安回去。"

"他们必须给安回去！"梁新说。

"怎么跟你爸的口气一样。"朱婉嘉对女儿说。

"爸，你是怎么获悉谭青有智齿的？"梁新对细节特感兴趣。

梁功辰想起了他用舌头数谭青的牙齿的情节，忍不住笑起来。

"特好笑？快告诉我！"梁新催促。

梁功辰竟然笑得说不出话。这是梁功辰写不出来后第一次开怀大笑，朱婉嘉感到欣慰。

梁功辰好不容易止住笑，他将自己如何用舌头数牙以及如何惨遭失败的经历告诉家人。

梁新和朱婉嘉笑得死去活来，朱婉嘉一边笑一边谴责梁功辰竟然对她隐瞒了一路而且是堵车的一路。

"爸，不会够不着吧？您肯定是从头到尾数了好几遍。后来您改用目光数是您虚构的。"梁新一边大笑一边说。

"真的够不着，真的够不着。"梁功辰为自己辩解。

"妈，您得检验老爸的话。"梁新说。

"怎么检验？"朱婉嘉笑得喘不过气。

"您用舌头数数爸的牙。"梁新说。

"不信你就试试。"梁功辰不忾。

梁新鼓励母亲。

朱婉嘉的嘴离梁功辰还有半尺远，两个人就忍不住笑了。

"谁再笑谁钻桌子。"梁新绷着脸宣布新"宪法"。

朱婉嘉希望欢乐气氛在她家持续的时间长一些，这些天她快窒息了。

朱婉嘉开始数梁功辰的牙。确实只能数到第五颗。

"妈妈加油！妈妈加油！"梁新一边拍手一边跳。

朱婉嘉以失败告终："确实够不着，你爸说的是实话。"

"爸，谭青没发现您不对头？"梁新还笑。

"天才容易接受新事物。"朱婉嘉说。

"爸，人家谭青对您是一见钟情，您可有点儿……"梁新开始为谭青鸣不平了。

梁功辰不笑了，他说："我确实卑鄙。不像话。"

"你没叮嘱她保卫智齿？"朱婉嘉问。

"叮嘱了。但愿她信我的话。"梁功辰说。

"爸，您不会移情别恋吧？"梁新问。

"你才十岁，说起这种事怎么一套一套的？我十岁时，什么都不懂。"朱婉嘉嗔怪女儿。

"这就说明思想观念进步了。"梁新说。

"谭青虽然是天才，但在我眼里，你妈是这个世界上最好的女人。"梁功辰告诉梁新。

晚上，梁功辰在写作室将智齿从小瓶里拿出来放在手掌上端详。

"上帝保佑医生能把你安回去。"梁功辰对智齿说。

智齿对于自己能否"官复原职"心里没底。

梁功辰将智齿装回小瓶。他打开电脑上网看新闻。梁功辰不看电视和报纸，他每天上网十分钟，通过互联网获取外界的信息。自从写作遇到障碍后，梁功辰已经好几天无心上网了。

英语水平不低的梁功辰浏览了一遍国外网站的新闻，他关闭电脑，去卧室就寝。

次日凌晨四点，梁功辰就起床了。

朱婉嘉也早醒了。

早餐后，朱婉嘉和梁功辰驾车去口腔医院，梁新去上学。

"爸，祝您成功。"梁新背着书包出门前对梁功辰说。

"但愿。"梁功辰弯腰亲女儿的额头。

王莹打开车库的卷帘门。

"我开车。"梁功辰对妻子说。

朱婉嘉将钥匙递给梁功辰。

梁功辰坐在驾驶员的位置上，他对身边的妻子说："我再试试多踩几次油门。"

"千万别！"朱婉嘉说完才意识到梁功辰是在开玩笑。

梁功辰发动汽车。

梁功辰中止写《影匪》后，从没开过玩笑。朱婉嘉觉得这是好兆头。

梁功辰驾驶汽车驶离家。一辆黑色的轿车尾随在梁功辰的车后。车里坐着姜新征和摩斯调查事务所的贾所长。贾所长是孙晨的老朋友，他曾经是公安局刑警队战功卓著的队长，后因伤辞职，创办了摩斯调查事务所。这次孙晨高价委托他监视跟踪梁功辰。姜新征是来为贾指认梁功辰的。

姜新征告诉贾所长和他的助手："贾所长，开车的就是梁功辰，坐在他身边的是他的妻子朱婉嘉。"

贾一边点头一边说："你以后就叫我贾队吧，叫贾所长我还真听不惯。"

"贾对？"姜新征不解。

助手解释："我们所长当刑警队长时，下属叫他贾队，队长的队。如今都这么叫。我原来是检察院的，我们检察长姓魏，我们都叫他魏检。"

姜新征说："我回去管我们社长叫孙社。"

"梁功辰夫妇认识你吗？"贾队边开车跟踪梁功辰边问姜新征。

"朱婉嘉认识我。"姜新征说。

"那你就下车吧。万一她看见你，会生疑的。有什么发现，我们会随时跟你联系。"贾队说。

"好的，那就拜托贾队了。不会跟丢了吧？"姜新征说。

"你还不知道贾队的本事。你放心吧，别说一个作家，就是美国中央情报局的特工，贾队也跟不丢。"助手让姜新征放心下车。

贾队靠边停车，姜新征下车站在路边，他一直注视着贾队的汽车尾随梁功辰的汽车驶远了，才离去。

梁功辰夫妇没发现被人跟踪。

抵达市口腔医院后，梁功辰将车停放在停车场，朱婉嘉去挂号。

梁功辰和妻子到外科候诊。候诊的患者不多。

"7号，梁功辰。"护士叫号。

梁功辰和朱婉嘉一起进去。

"最里边。"护士指着最里边的一台座椅对梁功辰说。

尽管接待梁功辰的女医生戴着大口罩，梁功辰还是一眼就认出她正是给他拔除智齿的人。

女医生也看着梁功辰面熟。

"来过？"女医生问梁功辰。

"前几天来过。"梁功辰坐上椅子。

一位护士给梁功辰系纸围巾。

"拔牙？"医生问梁功辰。

"安牙。"梁功辰说。

"镶牙？镶牙不在这儿。"医生说。

"不是镶牙，是安牙。"梁功辰说。

"安牙？"女医生抬头看朱婉嘉。

"是安牙。"朱婉嘉点头证实。

梁功辰掏出装着智齿的小瓶子给医生看，他说："一个星期前，你给我拔了这颗智齿，请你帮我再把智齿安回去。"

医生一时说不出话来。

"医生，这颗牙对他很重要，拔错了。请您一定想办法给他装回去！花多少钱都行。"朱婉嘉央求医生。

"我拔错了牙？"医生一惊，她以为梁功辰回去后发现被拔的不是智齿。拔错牙在口腔医院算一级医疗事故。

"您张嘴。"医生对梁功辰说，她的语气紧张。

梁功辰张开嘴。

医生只看了一眼，就如释重负地说："我没拔错。"

朱婉嘉解释说："我们不是说您拔错了牙，我们是说这颗智齿不应该拔。"

医生说："这颗智齿必须拔。他的口腔黏膜已经被这颗智齿磨白了，有可能发生恶变。而且这颗智齿已经把邻牙带坏了。"

"如果我要求恢复这颗智齿，你有办法给我安回去吗？"梁功辰问医生。

"您为什么要安回去？"

"它对我很重要，我再说一遍，非常重要。我可以告诉你，它的价值在一亿元以上。"梁功辰激动，"当初我犹豫，向你咨询要不要拔它，是你说必须拔的。"

"现在我也这么说，必须拔。"医生提高了声音。

梁功辰也提高嗓门："你必须给我把它安回去！"

护士们闻声围过来。几位正在埋头给患者治疗的医生也抬头往这边看。

"怎么了？"一位岁数较大的护士问医生。

女医生高声对护士和其他同事说："大约一个星期前，我给这位患者拔了一颗阻生智齿，现在他要求我把那颗拔除的智齿给他安回去！他还说，他的这颗智齿价值一亿元。这不是无理取闹嘛！"

梁功辰火了："你怎么能用这种语言对患者说话？谁无理取闹？"

护士劝梁功辰："这位先生，您听我说，阻生智齿必须拔除，我在这儿工作几十年了，还从来没见过拔除智齿后要求再安回去的。再说了，一颗没用的智齿怎么可能值一亿元？您是说气话。"

朱婉嘉按住梁功辰的肩头，不让他说话，她问女医生和护士："如果我们坚决要求把智齿安回去，而且出高价，你们有没有这种技术？"

女医生说："这不是出高价和有没有这种技术的问题，假如有人出高价让医生协助他自杀，医生能干吗？"

梁功辰控制不住自己了："你不可理喻！"

女医生亦情绪失控，她从没见过这样的患者，她站起来："你们是有意来跟我捣乱的，要么就是这儿有毛病！"

女医生指指自己的头部，老护士劝女医生先离开。

"我要去消协投诉你们！"梁功辰喊道。

外科主任闻声赶来了。

"有什么问题跟我说，如果是她服务不好，你们可以向我投诉。"主任对梁功辰和朱婉嘉说。

老护士先和主任耳语。

从胸牌上，朱婉嘉获悉这位是外科主任，她小声对梁功辰说："她是这个科的主任，咱们好好跟她说。"

梁功辰从椅子上下来。

"您好。向我投诉刚才和您发生争吵的医生是您的权利。按我们的规定，在任何情况下，医护人员不能和患者争吵。"主任对梁功辰说，"我可以告诉您，她这个月的奖金没有了。"

"那倒不必。"梁功辰一听说要扣除那医生的当月奖金，忙说，"我的态度也不好。"

主任问梁功辰："您有什么要求？"

朱婉嘉征求梁功辰的意见："我跟她说吧？"

朱婉嘉担心梁功辰一说到智齿就会冲动。

梁功辰点头同意。

"主任，是这样。"朱婉嘉寻找对方能接受的措辞，"上上个星期，我们带孩子来这儿看牙，在等候的时间，他去洗牙。洗牙的医生告诉他，他有一颗智齿应该拔除。上个星期，他到外科拔智齿。拔牙前，他特别向医生咨询是否应该拔，就是刚才和我们争吵的那位医生。医生说必须拔。就拔了。"

"我看看。"主任对梁功辰说。

"不用看，不是一个概念。"梁功辰知道主任看了肯定说必须拔。

"不是一个概念？"主任不明白。

"是这样。"朱婉嘉压低声音说，"拔除这颗智齿后，他发现他不能继续从事他的工作了。"

"他做什么工作？"主任惊讶，"和牙齿有关的工作？"

朱婉嘉欲言又止，她不想暴露梁功辰的身份，她说："我们愿意出任何价钱将这颗智齿安回去，请您帮助我们，这对我们极其重要。"

朱婉嘉的眼泪夺眶而出。

主任傻了。

"有将拔掉的牙齿重新装回去的技术吗？"梁功辰问主任。

主任没有回答梁功辰，她反问："您从事什么工作？什么工作会和智齿有关系？您能告诉我吗？"

梁功辰犹豫。

"只有您告诉我，我才能决定我们应该怎么办。"主任说。

梁功辰从主任这句话里听出了智齿是有可能安回去的。

梁功辰用右手做了个握笔写字的动作，他压低声音说："写作。"

主任从治疗台上拿起梁功辰的病历看上面的名字。

主任惊讶地抬头看梁功辰："您是《圣女贞德》的作者梁功辰？"

梁功辰看看四周，小偷似的点头。他不愿暴露身份。

"《影匪》什么时间写完？我们全家都翘首以待呢！"主任像变了一个人。

朱婉嘉趁热打铁："他正在写《影匪》，拔了这颗牙后，不知为什么就写不出来了，所以我们急着把智齿安回去，请您千万帮忙！求您了！"

朱婉嘉没有透露智齿和写作的关系。

"拔牙和写作有什么关系？"主任不解，"可能是心理作用。对了，我从报上看过记者对一个作家的专访，说那作家每次写作时必须把作协会员证摆在写字台上，不摆就写不出来。"

"可能是这个道理。"朱婉嘉赶紧同意。

"如果是这样，那我要想尽一切办法把梁先生的牙安回去。"主任说，"不为别的，就为我自己，我也要帮你们这个忙，而且是免费。看梁先生的书真是人生一大享受！"

朱婉嘉和梁功辰欣喜若狂。

"有拔了牙再重新安回去的医疗技术？"梁功辰笑容满面地问主任读者。

主任点点头，说："我们叫再植牙术和移植牙术，还有异体牙移植术。再植牙术是当牙齿由于外伤脱落后，将牙重新植入牙床窝。移植牙术是当某颗大磨牙坏了拔除后，因地制宜，将本人的智齿移植到原来大磨牙的位置。异体移植术是患者的大磨牙拔除后，该患者本身没有智齿，而另外一个人拔除了智齿，医生将另外一个人的智齿移植到需要牙齿的患者口腔里。此外还有种植牙术，是用一种特殊的生物材料在牙床窝里'种'出一颗牙来。"

"太好了！"梁功辰眉开眼笑地将装有智齿的小瓶子递给主任，"您快帮我装回去吧，我觉得使用再植牙术就行。"

主任接过小瓶子，她拧开瓶盖，倒出智齿。

主任摇头："这颗智齿的牙髓已经干了，时间太长了，如果是在拔除的当天顶多是次日，还能植回去，现在不行了。"

梁功辰脸上顿时晴转阴，他说："您刚才说的移植牙术，我想，不会每次都正好有人在需要移植智齿的人身边拔除智齿吧？"

主任说："当然不会这么巧。先拔除的智齿，需要进行严格特殊的保存。等到有患者需要移植时，医生再取出来进行异体移植。即便是特殊保存，时间也不能太长。您的这颗牙已经拔了一个星期了，没有经过任何特殊保存，肯定不行了。"

梁功辰呆若木鸡。

看到梁功辰的样子，主任心疼自己的作家。她将朱婉嘉拉到一边，低声对她说："以我的判断，梁先生拔了牙后写不出来完全是心理作用，这在医学上叫自我暗示。我有个办法，我们有保存的别人的智齿，一会儿你当着他请求我再想想办法，我就佯说试试，咱们来个调包，将保存完好的别人的智齿给梁先生装上去，但对他说装回去的就是他自己的智齿。这样一来，保准梁先生能恢复写作。"

朱婉嘉哭笑不得。

"您同意了？"主任问朱婉嘉。

朱婉嘉摇摇头，没说话。

"您为什么不同意？"主任纳闷，"梁先生自己的智齿确实已经不具备植回去的条件了，打个比方说，那已经是一颗死牙了。如果能有办法，我会不办？您不知道我们全家有多喜欢看他的作品，能为梁先生做点儿事，是我的荣幸。"

"他的智齿确实安不回去了？"朱婉嘉绝望地问。

"这颗智齿绝对安不回去了。"主任说，"我们齿库里的智齿行。"

朱婉嘉泪流满面。

主任慌了："梁太太，您这是干什么？咱们完全可以按我刚才说的办呀。"

朱婉嘉仰天长叹。

主任蒙了，她说："智齿本身绝对不会和写作有任何关系呀！梁先生这种现象完全是心理作用，您必须清醒地认识到这一点，您有责任帮助他恢复写作，您怎么能也真的相信就是他的那颗智齿和写作有关系呢？"

朱婉嘉一边摇头一边擦干眼泪，她走到梁功辰身边，对他说："功辰，你的智齿已经死了，咱们耽误了时间。全怪我！"

"怎么能怪你？"梁功辰眼睛湿润了，"咱们走吧。"

朱婉嘉对主任说："谢谢你。"

梁功辰从主任手里接过他的智齿。

主任无法理解朱婉嘉为什么不接受她的调包建议。

主任将梁功辰夫妇送到医院门口，她对他们说："如果拔掉我的所有牙，梁先生就能写作了，我会毫不犹豫地拔除。"

"谢谢你。谢谢。"梁功辰很沧桑地对主任说。

主任目送梁功辰乘坐的汽车开走。朱婉嘉驾车。

还在外科的贾队通过手机命令待在车上的助手驾车跟踪梁功辰，他留在口腔医院调查梁功辰到医院大吵大闹和泪流满面的原因。

第十六章　校园冤案

梁新早晨祝爸爸去医院马到成功恢复智齿后就去上学。她不知道今天上午，校园有厄运等着她。

徐得忠和梁新一个班，他是班上的小霸王。同学都怕他。徐得忠在早晨去学校的路上，邂逅了伯伯徐浩。

"小忠，去上学？"守株待兔多时的徐科长热情地和侄子打招呼。

"大伯？"徐得忠惊讶在这儿碰到伯伯。

"伯伯找你有事。"徐科长将侄子拉到路边。

徐得忠奇怪伯伯有事找他不去家里而是在上学的路上等他。

"爷爷的事？"徐得忠猜测。

徐科长和弟弟因照看卧病在床的父亲小有纠纷。

"伯伯记得你和伯伯说过，作家梁功辰的女儿和你在一个班？"徐科长问徐得忠。

"是的，她叫梁新。"徐得忠说。

"最近她上学吗？"徐科长看看四周，问侄子。

"天天来。大伯，您问她做什么？"徐得忠好奇。

"大伯有件事想请你帮忙。"徐科长说。

"绑架梁新？"徐得忠问。

徐科长笑："你小子看电影看多了吧？大伯能教唆你当绑匪？"

"最好是刺激点儿的事。"徐得忠说。

"比较刺激。"徐科长说,"你身上有钱包吗?"

"干什么?"徐得忠掏出一个脏兮兮的钱包。

徐科长打开侄子的钱包,里边有十五元钱。徐科长从自己兜里拿出二百元钱,塞进侄子的钱包。

"谢谢大伯。"徐得忠说。

"这钱不是给你的。"徐科长说。

徐得忠脸上的笑容不见了。

徐科长拍了侄子的头一下,说:"傻小子,伯伯能拿二百元打发亲侄子?"

徐科长又从兜里掏出十张粉红百元大钞,塞到侄子手中,说:"这才是给你的。刚才那二百元是给梁新的。"

"您让我将二百元转交给梁新?"徐得忠问。

"不是转交,是栽赃。"徐科长说,"懂栽赃吗?"

"懂,就是坏人陷害好人。"侄子说。

"没有绝对的事情。"徐科长说,"有时好人由于对敌斗争的需要,也有权运用这种方式。"

"梁新是您的敌人?"

"她爸爸是我们出版社的敌人。"

"我明白了。您就直说要我怎么做吧!"

"趁教室没人的时候,把你的钱包塞进梁新的书包。在下一节课时,你说钱包丢了。然后你想办法启发老师搜查同学的书包。"

"老师是让同学互相搜。"

"你们老师懂法。从梁新的书包里搜出你的钱包后,梁新就背上了小偷的罪名。老师会叫家长来吗?"

"绝对。"

"你的任务就完成了。伯伯'给'梁新的那二百元，到头来还是你的。"

"我说我丢了钱包，没人信。就算有人信，就算从梁新书包里搜出来了，全班同学外加老师都会认定是我把钱包塞进梁新书包的。"

"你在班上信誉这么差？"徐科长不知怎么办好了。

"这样吧，我物色一个容易被大家相信的同学，最好还是特诚实的一位女生，由她丢钱包。"徐得忠说。

"这人必须可靠。露馅可就麻烦了。"徐科长说。

"大伯您放心，就算那人把我供出来，我也不会出卖您。"徐得忠拍胸脯。

"好小子，你要是早生几十年，真是当地下工作者的料。你去吧，该迟到了。"

"大伯，一找同案犯，这事的难度和风险可就大了，劳务费……"

徐科长只得再掏出五百元。

"大伯，不是我嫌少，昨天我刚看一港台电视剧，我懂黑社会的规矩。"徐得忠说，"以我从电视剧里得到的经验，不是您和梁功辰过不去吧？恕我直言，您和梁功辰不在一个层次，您还没资格和他成为敌人。您肯定也是受人指使，对吧？指使您的人肯定给了您一大笔钱，您却只拿出其中的零头给我。"

徐科长瞠目结舌。

"我也不多要，您当中介也不易，咱们对半分。"徐得忠抬头看着伯伯说，"老板一共给了您多少？起码一万。"

"五千元。"徐科长伸出五根手指头。

"大伯，您应该童叟无欺才对呀！"徐得忠来回摇伯伯的胳膊。

"确实是五千元，我要是骗你，你是我伯伯。"徐科长说。

"对半分，怎么样？"

"成交。"徐科长一边掏钱一边说，"过去我不相信缅甸上帝军的首领才十岁出头，现在我服了。"

"大伯数学好像不行呀？"徐得忠点完钱说，"不够数。"

徐科长说："既然你说按港台电视剧的规矩办，咱就全按那边的规矩办。事成后再给你另一半。"

徐得忠点头说："您听信儿吧。"

"别和你爹说。"徐科长叮嘱。

"我会吗？我要说了，今后给我爷爷端屎端尿保准就全是您的事了！拜拜！别忘了给我堂姐带好儿！"徐得忠头也不回地走了。

徐科长看着侄子的背影，他估计自己以伯伯的身份探监是迟早的事。

徐得忠跨进教室的时候，行动计划已经制订完毕。他意味深长地看了梁新一眼，嘴角露出一丝别人察觉不出的笑。

吴梦被徐得忠选中当他的"同案犯"。吴梦是班长，梁新曾经和吴梦竞选班长，梁新落选了。徐得忠清楚，梁新是吴梦的竞争对手和敌人，吴梦要想坐稳每年选举一次的班长的宝座，必须将梁新置于"死地"，让她永远失去竞选班长的资格。

第一节课下课后，徐得忠跟着吴梦出了教室。

"班长，我有事跟你说。"徐得忠在后边叫吴梦。

吴梦回头看是徐得忠，赶紧站住了。别看吴梦是班长，但她很怕徐得忠。她清楚，如果徐得忠撒开了跟她捣乱，她这个班长是当不成的。班上那些"无赖学生"也都怕徐得忠，有时候吴梦镇不住了，就请徐得忠帮忙管束"无赖学生"，徐得忠一般都给吴梦面子。

"什么事？"吴梦问。

"你到这边来。我有重要的事跟你说。"徐得忠很神秘。

吴梦别无选择，她只能跟着徐得忠走到一个没有人的角落。

"带钱包了吗？"徐得忠问吴梦。

"干吗？"吴梦警觉。

徐得忠伸手摸到了吴梦衣兜里的钱包。

吴梦急了，说："我今天没带钱，钱包里是空的。不信你看！"

吴梦拿出钱包打开给徐得忠看。

"谁说向你要钱了？"徐得忠瞪眼睛，"真是以小人之心度君子之腹。我要给你钱。"

徐得忠说完掏出一张百元钞塞进吴梦的钱包。

吴梦愣了，说："我不要你的钱。"

"你听我说。"徐得忠看看四周没人，"你想不想继续当班长？你肯定想！当班长多神气，哪个同学过生日都得请你巴结你。可我听说好多同学对你有意见，他们说下次不投你的票了，要投梁新的票。"

吴梦脸上比较难看，显然她也获得了同样的信息。

"我有办法让你连任。"徐得忠说。

吴梦不说话，她看着徐得忠。

"下节课课间休息时，我把你的钱包放到梁新的书包里。上第三节课时，你说你的钱包丢了。老师肯定让同学互相检查，她上次就是这么做的。梁新成了贼，今后谁还选她？除了她，咱班没人能和你竞争班长。"

"你恨梁新？"吴梦问徐得忠。

"对，你瞧她敢穿一千多块钱的运动鞋上学，她眼里还有没有我？老大都没穿这么贵的鞋！当然，你是咱班的老大，是红道老大。我是咱班的黑道老大。"徐得忠说。

"损了点儿吧？"吴梦说。

"如果你不答应，从明天起，我天天拆你的台。"徐得忠威胁道。

上课铃响了。

吴梦将钱包交给徐得忠，转身跑了。

第二节课下课后，徐得忠神不知鬼不觉将吴梦的钱包塞进梁新的书包最深处。

第三节课开始还不到五分钟，徐得忠就回头示意吴梦向老师报案，他担心梁新先发现自己书包里的钱包从而向老师报告导致栽赃流产。

吴梦站起来走到周老师身边，她和老师耳语。全班学生中只有身为班长的人享有上课时可以不举手就离开座位的特权。

"刚丢的？"周老师惊讶地问吴梦，"里边有多少钱？"

"一百元。上节课还在我的书包里。我就是刚才打上课铃前五分钟去了趟厕所。"吴梦说。

"肯定还没转移。"周老师最恨学生偷东西，她认为自己有责任将学生的偷窃意识消灭在萌芽状态，这是对社会负责，对家长负责，更是对学生自己负责。

周老师停止授课，她清清嗓子，目光威严地巡视全班。

同学们知道没好事。

"吴梦的钱包丢了，谁拿的？"周老师问。

教室里的温度骤然下降到零下四十度，不少同学身上起了鸡皮疙瘩。

周老师从讲台上下来，她一边在课桌之间的过道中来回走一边说："最好你自己承认。"

没人举手。

周老师在徐得忠身边停住脚步。她显然将徐得忠排查为第一顺序犯罪嫌疑人。

"徐得忠，你看见是谁偷吴梦的钱包了吗？"周老师别有用心地问徐得忠。

徐得忠一反常态，主动站起来回答老师的问话："周老师，我肯定没看见。如果我看见了，能不见义勇为？我再傻，也不会傻到拿咱们班同学钱包的地步。我知道，班上丢了东西，您准第一个怀疑我。就算我想偷，我也不会在班上偷。如果我在咱班偷，那不叫偷，叫自首。何况我还真看不起偷东西，如果我没钱，我就去……"

"你给我坐下！"周老师喝道，"没偷就没偷，你废这么多话干什么？听你的意思，你长大还想抢银行不成？"

"我可没说。您可别搞启发式教育。"徐得忠小声嘀咕。

"如果没人承认，我就要采取措施了。"周老师回到讲台上宣布。

大家都清楚周老师破案使用的刑侦技术。上个学期，一位同学丢了随身听，周老师命令同学互相搜查。尽管什么也没搜出，但这方法似乎很有震慑力，从那以后，班上再没发生盗窃案。那次老师命令同学互相搜身后，梁新回家告诉了梁功辰，梁功辰说老师这么做是违法的。

"现在大家听好，第一步，同座位的同学互相检查书包。"周老师说。

梁新举手。

"梁新，什么事？"周老师问。

梁新站起来，她对周老师说："周老师，您让学生互相搜查书包是不对的。"

周老师脸色变了："我懂法，还不需要你给我普法！如果我搜查你们，就违反了未成年人保护法。但是未成年人保护法里没有禁止未成年人搜查未成年人的条款呀？这就好比成年人打未成年人犯法，而未成年人之间的打斗只要不出大事，是不违法的。"

"不是未成年人自愿互相搜查的，是您强迫未成年人互相搜查，这是违法行为。"梁新说，"不管别人怎么样，反正我不让搜查。"

周老师不得不考虑梁新的背后是著名作家梁功辰，况且她也觉得梁新绝对不会偷钱包。

"你可以免检。"周老师没好气地特批。

教室变成了海关。

搜查完毕，没有发现赃物。

徐得忠和吴梦对视。徐得忠嘴角闪过一丝坏笑。

徐得忠举手。

正准备宣布实施破案的第二个步骤搜身的周老师问徐得忠："你又有什么事？"

徐得忠站起来："全班同学的书包都检查了，为什么只有梁新可以免检？就因为她爸爸是大作家？宪法上有名人的孩子肯定不会偷东西的规定？"

不少同学附和。

周老师头一次用感激的目光看徐得忠。

"梁新，这可不是我的意思，是同学们的要求，你看怎么办？"周老师微笑着征求梁新的意见。

"我不让搜。"梁新斩钉截铁地说。

"同学们说怎么办？"周老师煽动。

"必须搜！"群情激愤。

"我来搜！"徐得忠离开座位。

"徐得忠！你给我坐下！"周老师喝道。

徐得忠坐下了。

周老师很敬佩梁功辰。梁功辰也应邀通过女儿送给周老师几本有他亲笔签名的书。周老师对梁新印象一直很好，但她没想到梁新今天会当众让她下不来台。周老师清楚，梁新的维权意识肯定来自其父的教育。周老师由此亦对梁功辰生出几分不满。鉴于梁功辰的影响力，尽管是同学们的要求，周老师还真不敢下令强行搜查梁新的书包。何况周老师相信，梁新的书包里不可能有吴梦的钱包。

梁新将书包紧紧抱在胸前，大有和书包同归于尽的架势。

"既然梁新同学不让检查她的书包，咱们就让她自己把书包里的东西倒出来，大家说，好不好？"周老师模仿八流电视节目主持人的标志性语言"大家说好不好"问学生。

"好！"学生也同步模仿八流现场观众。

梁新不知所措了。少数服从多数是人类最大的误区。真理往往掌握在少数人手中。

教室里鸦雀无声。所有目光都锁定在梁新身上。

"梁新同学，耽误这么多同学上课，是侵权行为。"周老师提醒梁新。

梁新没想到自己成了众矢之的。

梁新流着眼泪站起来，她毅然打开书包，口朝下，将书包里的东西一股脑儿倒在课桌上。

周老师连看都没看，就对梁新说："收起来吧。"

同学们也都没看，没人怀疑梁新偷钱。

"吴梦，那是你的钱包吗？"徐得忠大声说。

所有目光重返梁新。

吴梦满脸通红，她说不出话。

"吴梦，我见过你的钱包，那就是你丢的钱包！"徐得忠喊道。

"徐得忠！你胡说什么？！"周老师喝道。她认定徐得忠是在起哄。

"周老师，您可以问吴梦呀！"徐得忠坚持"捍卫真理"。

周老师疑惑地走到梁新跟前，她拿起课桌上的钱包，问梁新："这是你的吧？"

梁新把书包里的东西倒出来时，她根本没看课桌。当徐得忠喊叫后，她才往课桌上看。十岁的她，面对栽赃，脑子无论如何不能正常运转了。

周老师看出梁新异常，她又问了一遍。

梁新先点头，再摇头。

周老师大异，她拿着钱包问吴梦："吴梦，这是你丢的钱包吗？"

吴梦发呆。

"吴梦，周老师问你呢，你快说呀！"徐得忠急了，"也不能只有我偷才算偷，她梁新偷就不叫偷了？你肯定特吃惊梁新偷东西！吃惊傻了？"

"徐得忠，你给我少说两句！"周老师瞪徐得忠。

"我这是为我自己平反昭雪。"徐得忠坐下了。

周老师拿着钱包走到吴梦身边，问："这是你的吗？"

吴梦往徐得忠那边看了一眼，点点头。

周老师差点儿摔倒，她扶住身边的课桌。梁新偷钱包？大作家梁功辰十岁的嫡生女儿在学校偷同学钱？

事关重大，周老师清楚这种事一旦弄错了，梁功辰绝不会放过她。

"吴梦，你的钱包里有多少钱？"周老师核实。

吴梦不说话。

165

"你说呀！"周老师急了。

"一百。"吴梦用蚊子声说。

"几张？"周老师一丝马虎不得。

"一张……"吴梦说。

周老师打开钱包，从里边拿出徐科长给侄子的那张百元钞。

周老师还在钱包里看到了吴梦的玉照。

周老师心里有底了。

回讲台之前，周老师对吴梦说："怎么就跟你偷了东西似的？不管她是谁，偷东西也不行！王子犯法与庶民同罪，这你不懂？"

"这节课改成自习。吴梦，你负责课堂纪律。"周老师宣布，"梁新，你跟我到办公室来。"

梁新一直站着没动。

"梁新？"周老师走到梁新跟前，"你听见了吗？跟我到办公室去。"

"我要给我父母打电话。"梁新说。

别的学生遇到这种事，最怕老师找家长。周老师在心里制订的审讯梁新的策略就是"如果你说实话，我可以不告诉你家长"。等梁新全招了，周老师百分之百通知家长。

梁新从看到吴梦的钱包那一刻起，她就坚信只有梁功辰和朱婉嘉能帮助她洗刷冤屈。

孩子在遇到困难时，如果他首先想到的不是向父母求救，就说明他是狼孩。

周老师没想到梁新会主动提出通知父母，她有些失望地说："我正要给你家长打电话，你跟我到办公室去。"

梁新跟着周老师走出教室，身后传来以徐得忠为首的起哄声。

自梁功辰和朱婉嘉上车离开口腔医院后，他们没说一句话。

朱婉嘉的手机响了。朱婉嘉边开车边接电话。

"周老师？您好！您说什么？您再说一遍！这不可能！绝对不可能！肯定是您搞错了！我们现在就去！"朱婉嘉将手机扔在脚下。

梁功辰转头看朱婉嘉。

"周老师说，梁新偷同学的钱包。"朱婉嘉一边给车加速一边说，"我说咱们马上就去学校。"

"放她妈的狗屁！！！"梁功辰勃然大怒，"就是刀架在脖子上，梁新也不会偷东西！你给我快开！再快！超那浑蛋车！再超！我不能让我的孩子多受一秒钟委屈！！超呀你！！走逆行！！我开！！！"

梁功辰的汽车冲进校园时，车后跟着三辆纠章的交警巡逻车。梁功辰和朱婉嘉下车就往周老师的办公室跑。随后赶到的交警们将梁功辰连车门都不锁的汽车团团围住。

"跑得了和尚跑不了庙。叫拖车来拖走！"一名交警对同事说。

梁功辰和朱婉嘉闯进周老师的办公室后做的第一件事就是将梁新呵护在他们中间，两人还警惕地往四处看，像美国总统的贴身保镖在公共场合行使保护总统的职责。

"梁新，你的冤案到此结束了！"梁功辰和朱婉嘉异口同声安慰女儿。

梁新极其幸福地依偎着父母的身躯，她竟然用挑战的目光看着周老师，而且稳操胜券。

周老师被激怒了，她绘声绘色将过程说了一遍。

"既然梁新是在教室当着全班同学的面被'捉拿归案'的，我要求到教室去当着全班同学的面处理她'偷钱包'的事。"梁功辰对周老师说。

"这……不合适吧。会不会太刺激她了？"周老师没接触过正宗的成功人士，她感到不适应。

梁功辰坚持自己的要求。

"那好，这可是你们要求的，出了问题，我不负责。"周老师想既然家长都不怕露丑，如果梁新跳楼，和她没关系。

梁功辰和朱婉嘉搂着梁新走进教室，周老师跟在后边。庙会似的教室立刻安静下来。

梁功辰对全班同学说："我是梁新的爸爸。我绝对不相信梁新会偷钱。这倒不是说因为我们家不缺钱。不少富人的孩子也会偷窃。我要说的是，我和梁新的妈妈从梁新小时候就告诉她，人身上最重要的东西不是智慧，不是健康，不是知识，当然更不是考试分数，是什么？人身上最重要的东西是同情心和正义感。我们认为我们在培养梁新的同情心和正义感上是成功的。一个有同情心和正义感的人会去偷别人的钱？我可以肯定地说，这个钱包是被别人放进梁新的书包的。我希望这是一个玩笑。如果真是开玩笑，这位同学现在当众告诉大家玩笑结束了，我们会感谢你愿意和我们的女儿开玩笑，尽管这个玩笑开的时间长了点儿。如果不是开玩笑，我要说，放钱包的同学，你没有同情心，更没有正义感，缺这两样东西，即便你的学习成绩再好，你的人生道路也都将是万丈深渊。请你们相信我，我的书那么受读者欢迎，肯定是由于我看问题准确。这位同学，如果你现在说出实情，我断言你会从此坚强，能当众勇敢承认错误的人，能不前途光明？如果你面对无辜的同学蒙冤内心没有丝毫歉疚，我为你感到遗憾，更为你的父母悲哀，他们的晚年绝不会幸福……"

吴梦号啕大哭："叔叔，是徐得忠把我的钱包放进梁新书包里的……他说……梁新是我当班长的竞争对手……"

梁功辰眼角湿了，他对吴梦说："谢谢你！我为你高兴！我支持你连任班长！我投你的票！"

满脸是泪的周老师高举双手对同学们说:"还不鼓掌,等什么?"

雷鸣般的掌声经久不息,一直没掉泪的梁新哇哇大哭。

第十七章　不可思议

上午十一点，分头行动的下属返回构日出版社，他们聚集在社长办公室，向孙晨汇报。

孙晨从部下的表情上已经看出，他们送给他的可能都是喜讯。

大家抢着先说。

"一个一个来。姜新征，你先说。"孙晨冲姜新征抬抬下巴。

姜新征一脸的志得意满，他清清嗓子，说："我今天凌晨三点就起床了，到摩斯调查事务所和事先约好的贾队一同去梁功辰家。"

"贾对？什么贾对？"孙晨问。

"队长的队。您知道，贾队原先不是刑警队长吗？部下都叫他贾队，他听惯了，要求我也入乡随俗这么叫他。"姜新征解释说，"贾队的助手原先是检察院的，他说检察院的人管检察长也叫张检李检。我还说我们今后可以管您叫孙社呢。"

"先抓紧说正事吧。"孙晨催促。

姜新征继续汇报："贾队确实身怀绝技，孙社昨天晚上给他打的电话，安排我去找他，我去后将钱和梁功辰的地址都给了他。今天凌晨，他就搞清了梁功辰家的常住人口。我乘坐贾队的汽车蹲守在梁功辰家附近，我的任务是向贾队指认梁功辰。我们的运气很不错，上午七点多，梁功辰和他老婆开车外出。贾队说，他们曾经有过在目标住所附近蹲守一个月目标死活不露面的惨痛经历。"

孙晨说:"据高建生说,梁功辰每天上午写作雷打不动,他怎么会在上午外出?"

姜新征没有直接回答孙晨的问题,他环视众人,很有些卖关子的味道:"当时我也觉得奇怪。我协助贾队验明梁功辰和他老婆的正身后,贾队说我的任务已经完成了,鉴于朱婉嘉认识我,我和贾队在一起容易穿帮,我就下车了。我叮嘱贾队,有什么发现,立刻告诉我。离开贾队后,我去打探朱婉嘉在哪家音乐公司供职,还真巧,我的一个搞声乐的中学同学正好知道朱婉嘉。"

"不是巧,是天助我也。"孙晨说。

"得道多助。"一编室主任重复孙晨昨天的话。

"绝对的得道多助左右逢源。"姜新征说,"朱婉嘉是同心连音乐制作公司的艺术总监。"

"同性恋音乐制作公司?"徐科长质疑,"靠这个招徕歌星加盟签约?属于不正当竞争吧?"

"不是同性恋,是同心连,同志的同……"姜新征没说完就被孙晨打断了。

"怎么听怎么像同性恋。"徐科长说。

"也不排除该公司是有意利用谐音达到吸引歌星的目的。"孙晨说,"当初咱们社起名时,从字面上理解是构建阳光,从谐音上却能给人造成'狗日'的错觉。那年有一部名为《狗日的粗粮》的小说获得了国家大奖,如日中天,我们就是受启发给咱们社起了'构日'这个名字,也算是借人家的名牌效应吧。事实证明,任何读者对咱们的社名都过目难忘。"

"比富阳强多了。"

"富阳没个性,忒俗。"

大家跑题,像他们出的大多数书一样。

姜新征继续说:"朱婉嘉的父亲是音乐协会的行政领导,叫朱冬。"

"我知道这个人,是作曲家。没什么才华,只得搞音乐行政。"孙晨说,"原来梁功辰是朱冬的女婿。"

姜新征说:"我打听清楚了,朱婉嘉在同心连公司有对头,那人是总经理助理,女性。我计划收买她置朱婉嘉于死地,当然不是买凶杀人,是将朱婉嘉从同心连扫地出门,让梁功辰因此写不成《影匪》。"

"具体实施计划要报批。"孙晨叮嘱姜新征。

"那当然,我一会儿就送审。现在我先说我刚收到的贾队传递的信息。"姜新征喝了口水,"贾队刚刚向我提供了一个重要信息,他说梁功辰夫妇今天上午去市口腔医院,梁功辰竟然要求医生将一个星期前给他拔除的一颗牙再给他安回去!医生不同意,梁功辰就大闹口腔医院。"

在场的所有人都面面相觑。

"梁功辰占用写作时间去医院让医生把拔掉的牙给他装回去?"孙晨的眼睛大举侵略脸上其他器官的领土,"一周前他拔的是什么牙?龋齿?"

"智齿。"姜新征说,"据贾队向医生了解,梁功辰的这颗智齿属于必须拔除的牙。"

"是智齿,应该拔,我拔过。"总编辑指指自己的嘴,说。

"梁功辰为了将智齿装回去,还大闹医院?"孙晨的眼睛已经完成了对脸部的全方位占领,全国山河一片红。

"给梁功辰拔牙的医生都气哭了,还因此被主任扣发了当月奖金,就因为她和梁功辰争吵了几句。"姜新征说。

"太不可思议了!"孙晨说,"梁功辰的老婆什么态度?"

"和梁功辰一样，听说牙齿安不回去了后，她还哭。"姜新征幸灾乐祸地说。

大家都说不出话了。

姜新征把包袱留在最后抖："还有更重要的信息。贾队说，朱婉嘉在医院曾经说过这样的话：智齿装不回去，梁功辰就写不出东西了！"

"胡说八道！"孙晨说，"无稽之谈。是不是有人泄密了？"

孙晨威严的目光扫视在场的每一个人。他断定，梁功辰已经知晓了构日的计划，他们夫妇上午在口腔医院是演戏给构日看，迷惑构日。

下属争先恐后摇头和表白。

"肯定出叛徒了！咱们能出钱收买人，他高建生和梁功辰就不能？人家才是财大气粗。"孙晨气急败坏地咆哮，"你们怎么不会叛变？连他妈美国联邦调查局的特工都能向俄罗斯出卖情报，你们比美国特工还特工？"

"孙社，您先息怒。"张锐说。

"谁再叫我孙社我炒谁鱿鱼！队可以叫，检可以叫，社能叫吗？损我？"孙晨怒吼。

始作俑者姜新征吓得赶紧道歉。

张锐改口："孙社长，至于梁功辰是不是因为拔了牙写不出东西，我不知道。但我有情报，梁功辰确实停止写作了。依我看，咱们社不会有人叛变，说句不好听的话，如今咱们都是拴在一根绳子上的蚂蚱，社荣俱荣，社损俱损。对不起，是出版社的社。如果咱们社被富阳挤垮了，在座的不就都失业了吗？这事的严重性，大家都明白。"

"那是那是，决不会出叛徒。"

"真要是有人叛变，我饶不了他！"

大家七嘴八舌表示效忠。

孙晨问张锐："你刚才说，梁功辰停止写作了？你怎么知道的？"

"您忘了我的任务是雇黑客了？"张锐提醒社长。

"梁功辰上网？"孙晨兴奋。

张锐先问姜新征："你汇报完了？"

"完了。"姜新征说。

张锐也像姜新征那样清清嗓子。大学毕业来构日出版社当编辑才一年的他，还从未有机会参加出版社的"常委扩大会"。昨天孙社长点名叫他参加紧急会议，他受宠若惊。今天能当着出版社几乎所有高级干部的面显示自己的才华，张锐清楚发达的机会来了。有幽默感的他刚才在孙晨情绪不好的时候戏称孙晨孙社，险些翻船。他要将功补过。

"社长您知道，我在大学学的是计算机。我们系有个叫罗翼的男生，那小子是个计算机天才，可惜他不务正业，最爱干的事是当黑客，自称网侠。"张锐眉飞色舞地说，"昨天一散会，我就去找他。他没正式工作，在一家网吧给人家打工。说实话，昨天我接受任务时，心里没底，为什么？我除了知道梁功辰的名字外，其他一无所知。不知道某人的网名、ICQ 或 OICQ 号码，想到如过江之鲫的互联网上查找他，可能性百分之百是负数。罗翼确实是天才，国家没重金聘他，真是个疏忽。梁功辰每天只上网十分钟左右，而且最近一段时间不知为什么没上网，当然，这些信息是罗翼侵入梁功辰的电脑后得知的，这是后话。梁功辰昨天晚上上了十分钟网，就是这转瞬即逝的十分钟，被罗翼抓住了。罗翼不愧是网侠，他将梁功辰电脑里的主要数据都复制了，刚才我说的梁功辰每天的上网时间以及哪天上过网哪天没上网的信息，都是罗翼从梁功辰的电脑里获取的。"

孙晨插话："能不能把罗翼弄到咱们社来？"

张锐心里一惊，他明白罗翼来了他肯定下岗，他清楚自己为构日出版社编制的主页是幼儿园水平。

"我跟他说了，可人家自由惯了，不愿坐班。"张锐说。

"他如果愿意来，我特批他可以不坐班。"孙晨说。

"那我再试试。"张锐这才懂了向外行吹嘘同行是拆自己的台，他不能再通过炫耀罗翼达到炫耀自己的目的。

"你接着说梁功辰的写作状况。"孙晨催促张锐。

张锐终于意识到在全社高级干部面前说话对他来说可能是雄起的机会，也可能是萎缩的机会。他定定神，小心翼翼字斟句酌地说："通过互联网从梁功辰的电脑里拷贝的《影匪》显示，梁功辰每天大约写两千字，按富阳出版社预告的《影匪》出书时间计算，《影匪》已经写了一半。不知为什么，梁功辰在一个星期前，突然停止写作《影匪》。"

"你怎么知道梁功辰每天写两千字？怎么知道他是从什么时间开始停止写作的？"孙晨问。

"梁功辰每天写完时，都在文末打上写作日期和时间，精确到秒。"张锐说。

"你拿来罗翼从梁功辰电脑里下载的《影匪》的磁盘了吗？"孙晨问张锐。

见张锐犹豫了瞬间，孙晨向他伸手，用极其肯定的语气说："给我。"

张锐从衣兜里掏出磁盘，交给孙晨。

孙晨打开他办公桌上的电脑，将磁盘插进软驱。

梁功辰的《影匪》上半部呈现在构日出版社孙社长的电脑屏幕上。

大家围过来看。

一看就入了迷。大家众星拱月般围站在孙晨身后。孙晨坐着一边如醉如痴地享受梁功辰的小说一边敲击电脑键盘上的PGDN键翻页。遇到有人没看完孙晨就翻页了，那人准央求社长手下留情缓期执行PGDN。

一个小时后，已经把开会的事忘得一干二净的众人终于看到没字的那页了。

"后来任彬怎么着了？"总编辑急着问。

任彬是《影匪》里的人物。

"梁功辰怎么不写了？急死人！"二编室主任被《影匪》弄得神魂颠倒。

孙晨瞪了他一眼，说："梁功辰写完《影匪》，咱们社就发了？"

大家这才清醒过来，赶紧调整集体失贞的立场。

徐科长说："社长，我有个主意。《影匪》还没出版，咱们已经有了稿子，咱编个作者名把它印出来！他梁功辰和高建生纵然浑身是嘴，也无法证明《影匪》是他梁功辰写的！"

"妙！"

"绝对把富阳置于死地了！"

大家兴奋。

"地道的馊主意！"孙晨瞪徐科长，"如果按你说的办，被置于死地的是咱们构日，绝不是富阳！你们有脑子吗？也不想想，像《影匪》这样的东西，除了他梁功辰，谁能写出来？读者不是傻子。再说了，咱们出了前半部分，后边的呢？谁继续写？你徐科长？"

没人吭声了。

孙晨嘀咕:"梁功辰拔除智齿后,就停止了《影匪》的写作。然后他又去医院要求医生给他把智齿安回去,一颗牙能和写作有什么关系?"

"会不会是麻药伤了梁功辰的脑子?"姜新征灵机一动,"拔牙肯定打麻药,不然疼死他。"

"我拔过,绝对打麻药。"一编室主任说,"不过那是很少的量,不会伤脑子吧?"

"虽然咱们和梁功辰是对头,但咱们得承认,梁功辰是天才吧?"姜新征问。

"是天才。"孙晨说。

刚才看梁功辰的《影匪》时,孙晨比谁都投入和痴迷。

"天才的大脑肯定和普通人不一样。一般来说,越贵重的东西越脆弱。剂量少的麻药对普通人的大脑造不成伤害,对天才的大脑就难说了。"姜新征说。

孙晨点头。

总编辑说:"也可能梁功辰大脑的神经记忆遭受了损伤。人身上有三种记忆:遗传记忆、免疫记忆和神经记忆。遗传记忆是天生的,免疫记忆是患病后产生的,神经记忆就是咱们通常说的记忆力。据我所知,麻药能损伤人的神经记忆。梁功辰很可能是在拔牙打麻药时,被麻药侵犯了神经记忆,他因此无法继续写《影匪》。他错将原因归于智齿,因此去医院闹。"

"天助咱们!"二编室主任说。

"梁功辰停止写作的原因目前咱们还不能下定论。"孙晨说,"但不管怎么说,他在离出书只有两个月的时候突然不写了是极不正常的。这对咱们是好消息。"

孙晨猛然想起了什么,他问徐科长:"你还没去找你侄子吧?"

徐科长说："我怎么能没去？我今天特早就去他上学的路上等他，我让他栽赃梁功辰的女儿，把他的钱包塞进梁功辰女儿的书包里。那小子不干，我把一万元都给了他，他才勉强答应。"

孙晨急了："你快去让你侄子停止栽赃！"

"为什么？"徐科长惊讶。

孙晨说："既然梁功辰已经写不完《影匪》了，咱们就不用再对一个小孩子下损招儿了。你设法通知他取消行动。"

徐科长看表："肯定来不及了。"

孙晨对财务科长说："你去'小金库'给徐科长拿两万元。"

"干什么？"徐科长问社长。

孙晨说："你马上去你侄子的学校，把两万元给他，条件是他必须向老师自首说钱包是他放进梁功辰女儿书包里的。两万够了吧？"

"够了。"徐科长说。

"我儿子上学期在班上背过偷东西的黑锅。孩子真他妈委屈。"孙晨说。

徐科长跟着财务科长去拿钱。

孙晨沉默了十分钟后，向下属布置下一步行动计划："张锐，你立刻再去找罗翼，让他删除梁功辰电脑里的《影匪》。用电脑写作的作家，电脑丢失作品对他们来说是毁灭性打击。"

"我马上去。"张锐说。

"没了已经写出的前半部分《影匪》，就算梁功辰恢复写作，富阳按时出书是不可能了。"总编辑说。

孙晨对姜新征说："继续委托贾所长监视梁功辰的一举一动。"

姜新征的手机响了。姜新征接电话后对孙晨说："孙社长，贾队的电话，他说梁功辰和朱婉嘉发疯似的开车去了女儿的学校。"

孙晨使劲儿拍腿："徐科长的侄子还真办事！"

"那是，一万块钱呀！这么小的孩子，可能会为一万元杀人。"一编室主任说。

孙晨叹了口气："咱们花一万元害了两个孩子。"

姜新征溜须孙晨："社长，您已经又花两万元拯救了两个孩子。"

"对了，"孙晨对姜新征说，"暂停给朱婉嘉捣乱。用不着了。"

姜新征说："明白。"

孙晨对二编室主任说："你和记者熟悉。你去找记者，让他们在媒体上披露梁功辰因拔牙写不出东西的新闻，包括梁功辰大闹口腔医院。梁功辰一贯不理睬媒体，记者准对他的任何新闻特别是异常新闻特感兴趣。舆论一介入，梁功辰压力就更大了。压力越大，他的神经记忆就越无法痊愈。咱们的目的就是一个——让《影匪》出不来！大家分头行动吧！"

第十八章　神秘留言

罗翼送走张锐后，他拿起张锐留给他的那捆万元钞在自己的脸上来回摩擦。

张锐是在一天之内第二次来求罗翼当黑客。这次属于买凶：杀死电脑里梁作家写的作品。劳务费是一万元。虽说作品是作家的孩子，但杀作品风险比杀人小得多，一万元足够了。

罗翼从小学开始就没认真上过学，在他经历的多如牛毛的考试中，六十五分以下占百分之八十。但罗翼从小学到大学一路就读的都是重点学校。罗翼并非特长生，他的拿手绝活是每次期末考试的分数名次都是全年级第一。像罗翼这样每每参加普通考试大都步履蹒跚不及格而一到关键性的期末考试就跃马扬鞭将所有同学甩到后边的学生，令教过他的历任老师大开眼界。罗翼上课很少认真听讲，搞恶作剧是他的专业，他还酷爱给别人起外号，上到本地市长，下到本校低年级同学，只要进入他的视角，无一幸免。罗翼给别人起的外号诸如阿帕奇、硬盘、火山、起重机、盗版、洪都拉斯、肉鸽、三级域名、柴狗、五官科等等无奇不有，除了没有"智齿"，整个一部百科全书。罗翼在每次期末考试前，都要请病假一周，他在家将本学期所有课本通背一遍，记住一页撕掉一页，全记住后，地上遍布大卸八块的课本尸体，惨不忍睹。次日罗翼赴校应试，拿年级冠军稳操胜券。再次日，罗翼将日前背诵的东西统统从脑海里清除出去，片甲不留。

　　罗翼进入重点大学计算机系后，本性不但不改，反而变本加厉。在大二时，校学生会主席动员他说你罗翼确实有才你应该参加学生会的工作能不能发挥你的电脑专长丰富学校的精神文明建设宣传橱窗？当天晚上，罗翼根据学生会主席的照片，用计算机技术绘制出主席六十年后的"光辉形象"。次日，当学生会主席看到罗翼拿给他的一张花甲之年的老者图片时，主席诧异地问此叟何许人也。罗翼翻转图片让主席看背面的文字。主席不信那是自己。罗翼解释说，主席活到六十年后肯定是这个模样，这是我用电脑技术推算出的。罗翼开导主席说谁看了这样的图片谁的精神准立刻文明，光阴似箭，时不我待，要抓紧时间只争朝夕做好事呀。从那以后，学生会再没打过罗翼的主意。当然，出于礼貌，罗翼没有在学生会主席八十岁图片的背后打上他给主席起的外号：水货喷墨打印机。

　　罗翼比较惊讶张锐能为区区小事付给他一万元的报酬。罗翼不屑于参加正式工作，因此他每月没有固定收入，一万元对他来说不是小数目。罗翼很仗义，他要对得起朋友的嘱托。

　　罗翼坐在电脑前，他准备删除梁功辰电脑里的《影匪》。罗翼从小就不读文学，他认为人类中最不道德的群体就是作家。这些人把别人的事汇编成危言耸听哗众取宠的故事，再卖给别人。这和偷了很多汽车再将不同的汽车拆散重新拼装成失主认不出来的汽车销赃的性质一样。

　　在昨天张锐告诉他梁功辰这个名字之前，罗翼从没听说过他。当时张锐还问他知道不知道梁功辰，罗翼说不就是个攒车贼吗？张锐问什么是攒车贼。罗翼出于礼貌没解释，倘若作家是攒车贼，出版社的编辑笃定就成了替贼销赃的同案犯。

　　罗翼顺利进入梁功辰的电脑的腹地，他找出《影匪》，准备处决它。

就在罗翼的右手行将按下鼠标删除《影匪》时，他无意扫了一眼屏幕上的文字。这一眼使得罗翼的右手缓缓离开了鼠标，就像行刑的刽子手的食指离开了枪的扳机。

罗翼狼吞虎咽地看完了《影匪》前半部。

"这么有意思？！"罗翼盯着屏幕发呆。

原来文学是这样！智商很高的罗翼认定自己的人生由于不读文学吃了大亏，他立刻找到一家文学网站，疯狂嗜读文学作品。

失望再失望。那些和《影匪》不可同日而语的蹩脚货让罗翼松了一口气：《影匪》是文学的特例。

几个疑问钻进罗翼的大脑：这么难得的作品，张锐为什么出巨资让我删除？《影匪》的后半部在哪儿？我一定要先睹为快！

罗翼给张锐打电话。

"删完了？"张锐在电话里问同学。

"你马上来一下。"罗翼说。

"进不去了？"

"你来了再说。"罗翼挂断电话。

在等张锐的时候，罗翼又享受了一遍《影匪》的上半部，他更加急于想看它的下半部。

"遇到难题了？"张锐一进门就问。

"你们为什么让我删除它？"罗翼指着屏幕上的《影匪》反问。

张锐愣了一下，说："雇杀手行刺，有杀手问雇主为什么让我刺杀他的规矩吗？"

"这个我懂。不用你教我。"罗翼说，"但这回我要问明白。"

"为什么？"

"《影匪》写得太好了。我下不去手。"

"就是因为它太好了，我们才要除掉它。"

"拆竞争对手的台？"

"差不多。"

"《影匪》后半部在哪儿？"

"梁功辰还没写出来。"

"他什么时候写出来？"

"你删了，他就写不出来了。"

"这活儿我不能接。"罗翼说。

"钱你都拿了，怎么能说变就变？这不是你的行事风格。你接了钱，就等于和我们签了合同，你不能违约。要不，再加一万？再加两万？"张锐急了。

罗翼从抽屉里拿出那捆万元钞，还给张锐，说："真对不起，看来我得毁一次约了。你看，我成了有前科的网侠了。你还得给我保密，别传出去，今后我还得靠当黑客谋生。删《影匪》，我还真下不去手，姓梁的写得太好了，这种东西肯定不是人写的，是神写的。别说你们出三万元，你们就是出三亿，我也不会动《影匪》一根毫毛。我今天才算明白了，这世界上，还真有花钱办不成的事。过去谁要跟我这么说，我准笑掉大牙。没想到让我这么个浑小子给身体力行了。我如果拿了你们的三万或者三亿就把《影匪》删除了，我就不再是人了，我肯定因此变成一头猪，还是有口蹄疫的猪。这钱我退给你，看在咱们是同学的分上，利息就免了吧。对了，你走前把姓梁的已经写出的所有书给我开一个书目，《影匪》肯定不是他头一次写作。你别不写，你如果不给我列出他的书目，你还没回到你们出版社，你给你们社编的主页就不存在了。"

张锐站着说不出话。

"写呀？我去黑你们社的主页了？"罗翼假装敲击键盘吓唬同学。

张锐赶紧写。

罗翼一边看梁功辰的书目一边对张锐说:"真是对不起。你快回去吧,你们可以再去找别的黑客。不过,说不定我马上就给姓梁的电脑安装超级防火墙。有我给姓梁的电脑当保镖,能入侵他的电脑的人就不多了。"

张锐拿了钱赶紧回出版社,他想抢在罗翼给梁功辰的电脑设置防火墙前另雇黑客删除《影匪》。

罗翼通过互联网给梁功辰留言。

梁功辰和朱婉嘉从梁新的学校返回家里,其间他们到交通大队领取被警察拖走的汽车。当警察获悉面前的这个男子就是他崇拜已久的大作家梁功辰时,后边的事就一帆风顺心想事成全是情景喜剧了。

一进家门,朱婉嘉就问梁功辰:"假如刚才吴梦不承认栽赃梁新,你怎么办?"

梁功辰说:"咱们立即把梁新带回家,给她办转学。和这种品质的学生同班,等于挨着定时炸弹上课。"

朱婉嘉还想继续这个话题以转移梁功辰对没复原智齿的注意,梁功辰对她摆摆手,说:"我去写作室待会儿。"

梁功辰进入写作室后,掏出智齿,仰天长叹。

梁功辰已然绝望了,他手捧已经死亡的智齿,说:"现在我已经确信,过去是你在帮助我写作。我回忆了自己长智齿前后的经历,确实是你!在没有你之前,我对文学一窍不通。有了你以后,我就鬼使神差地当上了作家。这些年,哪里是什么马拖着我在雪地上走,分明是你智齿拖着我走。尽管我头脑里的知识无法解释这是为什么,但我相信,人类迟早会恍然大悟:自己身上的某种才能和智齿有关系。我为我能成为人类成员中可能是最早获悉这一真理的人感到荣幸，同时我也为我竟然身在福中不知福拔除了你感到悲哀。你可以说是绞尽脑汁阻拦我，可我就像中了邪，执迷不悟非要拔掉你。我真后悔呀！不管怎么说，我得感谢你这么多年来对我的援助，没有你，我今天可能只是某家建筑设计院的一个小职工。谢谢你，我的智齿！请你接受我的道歉，我是恩将仇报呀！你帮了我，我却杀了你……"

梁功辰站起来，他将智齿放在写字台上。梁功辰退后一步，眼含热泪，向智齿鞠躬道歉。

智齿欲哭无泪，肝胆俱焚。

梁功辰将智齿收进抽屉，他意识到，在这个世界上，作家梁功辰已经不存在了，他必须做出调整，以适应新的角色。

梁功辰清楚，他现在要做的第一件事是立刻通知高建生，《影匪》无法完成了。梁功辰明白此举对富阳出版社和高建生完全称得上是致命的打击。但梁功辰知道，他通知高建生越早，富阳出版社的损失相对来说就会越少。梁功辰决定如数退回富阳出版社预付给他的《影匪》版税，此外，梁功辰还要主动向富阳出版社支付一百万元违约金。

梁功辰没有勇气和高建生面谈此事，他不能承受目睹高建生绝望的场面。梁功辰也不想通过电话告诉高建生，电话虽然不是面对面，但属于话对话，是另一种形式的面对面。

梁功辰明白，不管他使用什么方式，高建生都会在获悉噩耗后立刻来找他。梁功辰只是不想第一时间目睹高建生知道噩耗后的痛苦。

踌躇后，梁功辰想到了互联网，他决定给高建生发一个电子邮件，使用这种表面看最快捷最透明最直截了当而实际上最缓冲最隐蔽最不用脸红的名今实古的通信方法向高建生传递《影匪》的讣告。

梁功辰打开电脑，屏幕上没有像以往那样出现他设置的全家福桌面，而是一段文字。

梁功辰惊奇地看那文字。

梁先生，我对您忠告如下：一，千万不要使用写作的电脑上网，请您立即将写作的电脑上的"猫"拆除；二，每次写作结束时，要使用软盘备份作品，最好备份两份；三，请一定将《影匪》写完，拜托您了！

一个良心未泯的正宗网侠

梁功辰反复将留言看了五遍。他开门叫朱婉嘉，没想到朱婉嘉一直站在写作室的门口，两个人几乎脸对脸。

被吓了一跳的梁功辰说："我不会自杀。你快来看！"

朱婉嘉被梁功辰拉到电脑前。

"这是什么？"朱婉嘉问。她了解电脑，电子邮件不是这样的。

"我一开电脑，就看见了。他竟然能在我电脑里的桌面上给我留言！绝对是高手。"梁功辰说。

"良心未泯的网侠？"朱婉嘉边看边说，"你的电脑被黑客入侵了！快把'猫'上的电话线拔了。"

梁功辰说："我还要给高建生发电子邮件。发完再拔。"

"干吗不打电话？"朱婉嘉问。

梁功辰说出自己的顾虑。

"功辰，你不能就这么认输了。先不要通知高建生。咱们还有时间想办法。"朱婉嘉说。

梁功辰摇摇头，说："不会有办法了。咱们应该尽早通知高建生。越早告诉他们，富阳出版社就越主动。"

朱婉嘉二话不说，将"猫"上的电话线拔掉了。

朱婉嘉对丈夫说："如今都什么时代了？你看这个网侠，竟然能进入咱们的电脑修改你的桌面，还有什么事不能做到？不就是把一颗牙安回去吗？还能比上火星难？多少多少万年前的恐龙蛋都有可能孵出来，一颗死了没几天的智齿怎么就不能复活？"

"话虽这么说，可咱们怎么复活智齿？找谁？谁能用两个月时间研究出复活智齿的技术？要知道这种技术没有任何实际应用价值呀！"梁功辰说。

朱婉嘉指着电脑屏幕说："我估计这个黑客本来是想黑你的硬盘，但他被你的《影匪》击败了。你看，连普遍没有道德的黑客都被你的作品感化了，你怎么能轻言失败认输打退堂鼓呢？"

梁功辰不吭声了。

"咱们应该物色一个牙医，出钱委托他在最短的时间里研究出复活智齿的技术。"朱婉嘉说。

"谁信咱们的话？人家非把咱们当精神病不可。"梁功辰提醒妻子。

朱婉嘉说："重赏之下必有勇夫。我就不信咱们开价五十万元没人干。"

"不是钱的事，否则癌症早攻克了。"

朱婉嘉突然一拍梁功辰的肩膀，说："你去找马丽！她准会帮你！"

梁功辰暗无天日的眼球里出现了星光。

梁功辰的初恋情人马丽如今是一家医院医术精湛的牙医，梁功辰是六年前在一家超市邂逅她的，一直没有联系的他们当时都挺激动，两人站在堆满袋装牛羊肉的冰柜旁聊了近一个小时，分手时还互相留了电话。但不知为什么事后谁也没有主动和对方联络。一晃六年又过去了。

"我去找马丽,求她想办法复活我的智齿。"梁功辰决定了。

"如果马丽还不行,你再通知高建生。"朱婉嘉说,"别忘了,咱们是出价五十万元请马丽帮忙。"

"也许这是你最后一次财大气粗了。"

"不许说丧气话。"

第十九章　马丽近况

主动放走梁功辰，是马丽一生最大的憾事。当年她听从父母和兄长的劝告，摈弃毫无出头预兆的梁功辰，靠着女性中罕见的姿色和学历双料优势，同一位身高只有一米六八的副省长的公子陶文赣热恋一年后，成婚。

马丽的婚礼很是风光。由于身为副省长的公公当时是接替省长的最佳人选，而省长离退休年龄只有区区九个半月，故巴结副省长的人趋之若鹜。当权者儿女的婚事是行贿者送礼的绝佳时机。马丽和陶文赣的婚礼规模之大气派之宏伟特别是收受的礼金之巨额，令马丽全家心旷神怡。在婚礼上，春风满面的马父马母以及马抗为能和副省长同桌共盘而得意扬扬。看到频频在电视上露面被老百姓称为电视新闻好莱坞演员的各级官员争先恐后向他敬酒，成就感顿时笼罩马父全身。

喜筵过半时，马抗悄悄对马丽说："你得感谢哥哥。否则，你和梁功辰结婚时，我夸张估计，你也就坐桑塔纳，怎么可能坐加长林肯？"

马丽说："你别抢功。我知道，你当初只是受命于咱爸咱妈来游说我。当然，我依然要感谢你，敬你一杯。"

马抗喝完杯中酒，说："光敬酒可不够，你哥要务实。"

"有什么事要办，哥你尽管说。"马丽说。

马抗仗着酒意小声对妹妹说："我想留校当招生办主任。"

马抗在某大学即将研究生毕业,他觊觎大学招生办主任这个职位。马抗明白,首先留校就不容易,即便留校,立刻就出任招生办主任更是天方夜谭。但马抗清楚,马丽的公公是分管教育的副省长,只要他肯说话,大学校长不敢不买他的账。

"我试试。"马丽说,"你跟我来。"

马丽和马抗走到副省长身边。

"爸,我哥敬您酒。"马丽对公公说。

"伯父,我先干。您比在电视里显得年轻多了!祝您工作顺利,身体健康!"马抗一仰脖,喝光了手里的酒。

"你敬我酒,自己来就行了,干吗还要拉上马丽?我有架子?"副省长笑着问马抗。

"爸真是洞察一切。"马丽拉着公公的胳膊说,"我哥有事求您,我可已经替您答应了。"

"好说好说,你的事就是马丽的事。"副省长对马抗说。

马丽和公公耳语。

公公面露难色:"留校没问题,去招生办工作也没问题。一去就当主任,恐怕不合适。"

"爸,要不找您呢!您可不能在我的婚礼上给我难堪呀?"马丽撒娇。

陶文赣也过来助阵。

"好好,我答应。"副省长同意了。

马丽掏出手机,递给公公:"您现在就给我哥学校的校长打电话。"

副省长招手叫来秘书,让秘书给马抗的校长打电话——马抗告诉过秘书他的校名。

"孔校长吗?陶副省长找你。"秘书说完将电话递给副省长。

"老孔啊，你好。"副省长接过手机说。

"省长您好！我送给令郎的礼金收到了吗？"孔副校长问。

"收到了收到了，谢谢你。"副省长根本不清楚谁送了礼谁没送，"我的儿媳的哥哥在你们学校读硕士。"

"真的？亲哥？我怎么不知道？我太官僚了。他叫什么名字？"

"他叫马……"副省长记不住马抗的名字。

"马抗，抗日的抗。"一旁的马抗赶紧提示。

"叫马抗，抗日的抗。"副省长说。

"好名字！马克思的马，抗日的抗。爱国！"孔校长赞扬。

"他马上研究生毕业，他想留校。"

"太好了！这是我们学校的荣幸！"

"他想去招生办工作。"

"尽管招生办不缺人，但我会安排的。请省长放心。"孔校长说。其实招生办正缺人，孔校长是要让陶副省长领情。

"我想让你给破个例，如今不是鼓励大胆提拔年轻干部吗？你让马抗干干主任怎么样？"副省长说。

"……"孔校长愣了。校招生办现任主任是他的嫡系不说，委任一个刚刚毕业的年轻人出任招生办主任，孔校长清楚下边的工作很难做。

"最近要开会研究你们学校的班子……我依然看好你……啊……哈哈……"

"请省长放心，马抗的事交给我办吧，我会让他出任校招生办主任的。现在的主任正好有些问题，有学生家长投诉他索贿。已经影响到我们学校的声誉。"

"这样的人怎么能当招生办主任呢？赶紧换人，让作风正派年富力强有硕士以上学历的人接替他。"副省长说。

一周后，刚刚研究生毕业的马抗留校破格出任招生办主任。原主任获悉此系陶副省长的安排后，敢怒不敢言。加之孔校长拿出他扣押的几位家长举报原主任索贿的信件给那厮看，并声言如果该主任因去职而生事的话，这些信有可能转给检察院。原主任连怒也不敢了。至于学校的其他干部，在大家陆续得知马抗是陶副省长的儿子的大舅子后，愤然之情渐渐平息，孔校长为马抗的任职也没做过多的下三路工作。好在大学里都是聪明人，人均智商普遍高。

梁功辰的《圣女贞德》出版后，终结了马丽和她的娘家人的笑声笑容。那是一个令马丽终生难忘的周末。那天下午，她和陶文赣回娘家。晚餐时，电视机上出现了梁功辰那次唯一的电视专访。

当梁功辰出现在屏幕上时，马丽全家立即停止进食，众人的目光从不同的角度汇集到电视屏幕上。桌上的饭菜愣是被电炉丝般灼热的目光烘烤得越来越热，成为罕见的热源在上方的铁板烧烤。

此前，马丽全家尽管隐约听说过一本叫《圣女贞德》的小说很走红，但对文学毫无兴趣的他们不会去买一本长篇小说看，加之梁功辰不接受记者采访，因此他们不知道《圣女贞德》的作者姓甚名谁。

"《圣女贞德》是他写的？这怎么可能？"马抗在学校多次听同事赞扬这本书。

"谁？你们认识他？"陶文赣自小喜欢文学，可惜父亲强迫他学法律。陶文赣从此疏远了文学。

马丽和家人从未向陶文赣提过世界上有个叫梁功辰的人。

马抗赶紧对陶文赣说："这人是我的大学同学。过去我们来往挺多，他经常来我们家，他们都认识他。"

陶文赣从妻子注视电视屏幕上的专访人物的目光中看出梁功辰不像是马抗的同学。

在屏幕上待了半个小时的梁功辰从电视上消失后，鸦雀无声的铁板烧烤才结束，面对一桌热气腾腾的饭菜，除了陶文赣，没人动筷子。

"哥，你去买一本《圣女贞德》。咱家马路对面就是书店。"马丽对马抗说。

"吃完饭再说吧？"马父和女儿说话时明显底气不足，像贼。

刚才梁功辰在电视上的谈吐字字珠玑，马丽和家人都看到了。身为教授的马父，再傻他也得出了梁功辰是天才的结论。他心里清楚，和文学天才相比，副省长的儿子陶文赣算个屁。梁功辰是笃定载入史册日后会有人因成功扮演他而荣获奥斯卡最佳男演员奖级的人物。而陶文赣的父亲一旦在任上死亡或退休，陶文赣立马成为分文不值众叛亲离的可怜虫。

而这出捡了芝麻丢了西瓜的悲剧的导演、编剧、主演、后期制作、制片人全都由马父集"大成"于一身。他由此怕女儿、老伴和儿子生吞了他。

"哥，你去买书！"马丽再说一遍，"要不我去？"

"我去我去！"父亲的同案犯马抗只有戴罪立功一条路可走。

马父不敢看女儿甚至老伴。

陶文赣眯起眼睛看马丽，他开始怀疑马丽在第一夜为其某些生理疑点所做的科学辩解是谎言。

"梁功辰是马抗的同学，和我们全家都熟……"马父看出陶文赣已经生疑，他此地无银三百两欲盖弥彰。

陶文赣竟然瞪了岳父一眼。

马母在桌子下边踢丈夫。不是铿锵玫瑰女足队员的她踢到了女婿脚上。

马抗将功赎罪，买了五本《圣女贞德》。人手一册。

"我不要。"陶文赣将书扔到地上。

马丽全家围坐在餐桌旁痛读《圣女贞德》。他们有一个共同的心愿：这是一部不入流的小说。

看到马丽全家越来越痴迷的表情，陶文赣忍不住从地上捡起《圣女贞德》，一翻开书他就被梁功辰彻底俘虏了。他一边看还一边大声喝彩。

看完全书后，马丽眼中愤怒的目光轮番扫射父母和马抗，满载贫铀弹的轰炸机也从马丽身上起飞，对家人狂轰滥炸。

家人的心灵被马丽炸得体无完肤。

"你们觉得不好？"刚看完《圣女贞德》的陶文赣面对妻子全家的异常表情感到不解，"这小子写得太棒了，你们不懂文学，我从小喜欢文学。这才是货真价实的小说，绝对的流芳千古。"

马丽如丧考妣般地号哭。

家人担心露馅，都不敢看陶文赣，生怕接他的质问。

"马丽，你真的和梁功辰好过？"陶文赣兴奋地问妻子，就像买彩票中了大奖。

马丽点头。

家人紧张地看陶文赣。没想到陶文赣脸上全是自豪的表情，分明是说：梁功辰曾经是我妻子的恋人！如此天才人物曾经看上过我妻子，起码说明我的眼光也很棒。

马父马母马兄松了口气。

"他甩了你？"陶文赣问马丽。

"我甩了他！"马丽怒吼着指着家人说："都是睁眼瞎！一窝明眼盲人！"

"是够瞎的。"陶文赣爱不释手地捧着《圣女贞德》，他同意妻子的话。

从那天以后，梁功辰的每本新书马丽都必买必看，越看越痛苦，越看越失落，越看越后悔。梁功辰的每一部新作，都成为射向马丽心窝子的利箭，箭箭命中靶心，血流如注。

马丽的娘家人也背着女儿成为梁功辰的铁杆读者。他们阅读梁功辰作品的目的是希望看到梁功辰的新作栽跟头，水平下滑。马母甚至为此烧香祷告。然而，他们没有一次不失望。后来，马丽成为父母和兄长的债权人，家人都像欠她亿万债务似的。她每每回娘家，他们就侍立两旁大气不敢出，像太监和奶妈战战兢兢伺候慈禧太后。

每当马丽阅读梁功辰的作品时，都有一个疑问缠绕在她心头：在马丽和梁功辰密切交往的岁月里，马丽从未听梁功辰谈论过文学。而且，有一次当马丽向梁功辰推荐一本小说时，梁功辰还说文学是这个世界上最可有可无的东西，他说没有一本小说能推动历史前进。如此无视甚至蔑视文学的人，怎么摇身一变就成为超级作家了呢？马丽是受过高等教育的人，知识告诉她，天才人物在未崭露头角前的青少年时期抑或童年时期，总会显现出天才的蛛丝马迹，天才不可能是半路杀出程咬金。而马丽和梁功辰的交往程度属于零极限级别，马丽曾透明度极高地全方位审视过梁功辰，她从未在梁功辰身上看见哪怕是0.0001个文学细胞。

没有任何文学迹象的梁功辰竟然成为大作家，使得马丽对自己头脑中的某些知识发生了怀疑。

马丽医科大学毕业后，到一家大医院的牙科当医生。嫁给陶文赣后，马丽平添的副省长儿媳的显赫身份使得同事对她敬慕有加。由于文教卫生在政府官员管辖划分区域里是法定的三胞胎，卫生系统亦是陶副省长的辖区，因此医院的院级领导对马丽倍加关照。

在梁功辰成名前，每每遇到同事夸赞马丽婚事的成功，马丽都怡然自得。在梁功辰成名后，每每遇到同事提到陶文赣，马丽就心如刀绞。如果有人再当着马丽的面大夸特夸梁功辰的作品，马丽就更是万箭穿心。同事不知道马丽曾经和大作家梁功辰好过。

六年前的一天，马丽在一家超市采购时邂逅梁功辰。当时，她推着购物车在冰柜前挑选袋装肥牛片，医生职业的她在买东西时很注意审查外包装上的食用有效期。她拿起一袋肥牛片，看生产日期。那袋肥牛片未能通过马丽的审查，她将它放回冰柜。

旁边一个拎着购物篮的男子将马丽否定的那袋肥牛片特赦进他的购物篮。

"那袋肥牛片还有四天就过期了。"马丽告诉那人。

"是吗？谢谢你的提醒。"男子从购物篮里拿出肥牛片，重新将它打入冷宫。

当四目相对时，两人同时说："是你？"

马丽和梁功辰。

马丽当时的感受是自己成了过期食品。

已经十多年没见过面的两人感慨万千。

"你还是那么漂亮。谢谢你刚才的提醒，没准儿那肉有疯牛病。"梁功辰的言谈举止透着成功人士特有的潇洒和幽默。

马丽说不出话。

"还好吧？"梁功辰问。

马丽眼光避开梁功辰，勉强点头。她心说，能好吗？

分手的恋人，一方活得越好，另一方大都因此活不好。只有双方分手后活得平起平坐，才能都好。否则准是一方的欢乐建立在另一方的悔恨痛苦之上。

"当医生？"梁功辰问。

"牙科。"

"在哪家医院？"

"市第一医院。"

"你的性格有变化,过去是你话多。"

"……天天写?"马丽咬着下嘴唇问梁功辰。

"你看我的书?"梁功辰兴奋。

梁功辰写作时,经常闪现这样的念头:马丽会看我的作品吗?

"都看过,写得真好。"马丽鼓起勇气抬头看了梁功辰一眼。

"真的?没想到我还挣过你的钱,不好意思。"梁功辰笑着说,"天天上班?"

马丽点头,她问:"你不用上班吧?"

"我在家上班。"梁功辰说。

"你怎么没对我说'你有权保持沉默。否则,你说的每一句话都可能触发我的灵感导致我名利双收,而你却一无所获。'"马丽牢记那次梁功辰在电视上说的每一句话,特别是这段同外人见面时的告知语。

梁功辰笑,他说:"你今天的话本来就少,我一告知,你就更不敢说话了。"

"你负责家里的采购?"马丽迂回打探梁功辰婚否。

"一般是我太太采购,我是偶尔为之,想出来看看人。"梁功辰说。

"顺便看朋友?"马丽毕竟没和作家一起生活过,不懂梁功辰所说的看人有逛动物园的意思。

"广义的看人,不是看朋友。"梁功辰说,"你家里是你采购?"

"他有时也买。"马丽不自然地说。

已经珠联璧合又分道扬镳的异性,重逢时,最爱转弯抹角或直截了当打听是谁填补了由于自己离去造成的空缺,而且大都希望那替补队员球技远远不如首发阵容。

"过得好吗？"梁功辰问。

马丽的头点得比较朦胧，让对方判断不出是点头还是摇头。

"你呢？"马丽问。

梁功辰的头点得清晰明朗，一目了然。

"她做什么的？"马丽看了一眼购物车里的瓶装醋。

"搞音乐。他呢？"梁功辰问。

"在法律事务所。"

"律师？"

"法律工作者。律师在律师事务所。"

"律师事务所和法律事务所不是一回事？"

"当然不是一回事。"马丽给梁功辰解释。

梁功辰感兴趣地听。

半年后，马丽在梁功辰的新作里看到了他的供职于法律事务所的男一号和就职于律师事务所的女一号之间的悲欢离合。马丽立刻想起了梁功辰的"你有权保持沉默。否则，你说的每一句话都可能触发我的灵感，导致我名利双收，而你却一无所获"。

那次分手前，马丽和梁功辰互相留了电话。但是，事后谁也没有主动和对方联系。

五年前，陶副省长的落网使得马丽和陶文赣的生活遭受到重创。

陶副省长是在家里被捕的，当时马丽和陶文赣正好在他父亲家参加聚餐。检察院和纪委对陶副省长连"双规"这个先礼后兵的程序都免了，他们直接给陶副省长戴上了手铐。

目睹叱咤风云的公公戴手铐的场面，马丽瞬间明白了很多道理，比上一百年大学收获都大。

检察院的办案人员当着陶副省长和家人的面搜查住所。

马丽不知道公公受贿，虽然她在公公家见过很多来求公公办事的人，但那些人两手空空并没有拎着水果或物品。马丽不晓得如今行贿已进入科技时代，一张比弹丸大不了多少的银行卡能装载巨额贿金将官员沉入污泥浊水之中。

经过五个小时的搜查，检察院没有找到陶副省长受贿的证据。戴着手铐的陶副省长嘴角露出讥笑，他正色告诉来人：你们要承担后果。

检察官们不得不面面相觑。

一位显得有些烦躁的检察官想靠香烟增加智慧，他发现自己的烟盒已经空了，他对马丽的婆婆说："给我你家门口的自行车钥匙，我去买包烟。"

马丽发现婆婆的脸色突然变得死人一般灰暗。

久经沙场的检察官们自然也没放过陶副省长太太的异常神色。他们不约而同扑向门外的自行车。

那也是一辆可以申报世界文化遗产的自行车，被一根很粗的铁链子锁在门外的楼梯栏杆上。

检察官们从自行车座下的车架钢管里搜出了总计八百余万元的数张银行存款单。

马丽看到公公和婆婆缓慢地同步瘫在地上。陶文赣去扶父母，马丽站着没动。

一名检察官面对战利品，竟然对同事反省检讨说："咱们的智商还是不行，面对副省长家门口的破旧自行车，怎么就不生疑呢？"

另一位检察官自责得更彻底："我不但没生疑，反而还因此怀疑咱们会抓错人：陶副省长很艰苦朴素呀，这么旧的自行车都舍不得扔。"

陶副省长被押上检察院的警车，马丽看到公公的脸被车窗上的金属栏杆切割得支离破碎。

当天晚上，检察官依法搜查了马丽和陶文赣的家，他们还要求马丽夫妇主动拿出存款单并说明款项来源。

四个月后，法院以受贿罪判处陶副省长无期徒刑，并处没收全部财产。以窝赃罪判处陶副省长夫人有期徒刑二年。

法院宣判陶副省长时，电视台直播。马丽那天没有上班，她知道医院会组织医护人员收看实况转播。她不便在场。马丽在家看电视。当她从屏幕上看到起码老了五十岁的公公时，她想起了数年前公公没有如愿以偿转正当省长后对她说的一句话。公公说：呼声越高，越当不上。

马丽坐在电视机前，她想对公公说：官越大，越容易犯罪。

没了靠山，马丽只能靠自己过人生了。她从此发奋钻研业务，竟然因祸得福成为牙科的顶尖医生。

马抗没等同事收拾他，主动辞职。亦有数条受贿劣迹的他，清楚自己的去向必将被早已对他心怀不满的同事和招生办前主任密切关注，只要他活得好，他们就决不会放过他。马抗冥思苦想后，做出了去火葬场就职的英明决定。果不其然，同事因此没再找他的麻烦，人家都自贬到如此境地了，穷寇勿追。研究生主动到火葬场工作，还成了媒体的新闻。马抗从炉前工干起，工作兢兢业业，无论死者生前职位高低，他都能一视同仁，将尸体烧得透彻利落，颇得顾客、同事和领导赞赏。一年后，马抗被提升为化妆工，为死尸美容。有强力知识做后盾的马抗无师自通，经他手描绘的死者面容栩栩如生，以至于用户纷纷点名要马抗为他们起死回生失去的亲人的音容笑貌。再一年后，马抗擢升火葬场副场长。该火葬场虽然焚烧欢送过无数硕士乃至博士，但活硕士出任火葬场领导干部，在该场历史上，马抗还是头一个。马抗屈居火葬场的初衷是逃避同事的落井下石。如今,他真的喜欢上了火葬场的工作,看着那些生前或功成名就或一败涂地或腰缠万贯或一贫如洗的人殊途同归,不管他们生前坐什么车住什么房子同什么配偶成婚生养什么孩子,最终都在同一座炉子里火化,马抗就觉得未在火葬场工作过的人根本没资格成为正宗的哲学博士和教授。马抗已经想好了,一旦他转正出任场长,他上任后干的第一件事就是为火葬场创收,具体做法是:在火葬场原有一座焚炉的基础上,再兴建五座新焚炉,分别是科炉、处炉、局炉、部炉和大款炉。顾名思义,科炉只有科级干部才能享受,处炉只有处级官员才能入住,以此类推。不同级别的焚炉收费自然要拉开档次。原有的那座焚炉命名为普通炉,价格和为大多数人服务的宗旨不变。虽说不同焚炉使用的火源是一样的,但不同焚炉的外部装修却是天壤之别。普通炉外表是砖,科炉外表是乳胶漆,处炉外表是瓷砖,局炉外表是通体砖,部炉外表是大理石,大款炉外表是玻璃幕墙。这些最能体现政绩的锦囊妙计被马抗藏在心里,一旦转正,他将立刻大展宏图,让投赞成他转正票的哲学博士哲学教授同事们永不言悔,让没投他票的哲学博士哲学教授同事们抱憾终生拿着他创收的钱烫手。

陶副省长东窗事发后,日子最难过的,要数陶文赣了。父母双双入狱,这在犯罪史上倒不罕见,难受的是从巅峰直落谷底的落差。真正体会这落差的不是狱中的陶副省长夫妇,而是狱外的陶副省长的公子陶文赣。陶文赣是独子,没有兄弟姐妹和他分担落差。陶文赣从前多次出国游山逛水,他出国唯一怵的事是倒时差。现在他才知道,真正令人痛苦不堪的不是倒时差,而是倒落差。他还由此悟出一个道理:频繁倒时差的人最终很可能是倒落差,由横变纵,从天堂下地狱,体验悲惨的人生蹦极跳。

父母事发,也让陶文赣体验到父母的舐犊之情。陶副省长夫妇没有让儿子介入受贿犯罪，他们从前"腐"后继的诸多"全家福"贪官案例中接受了教训，他们不要"满门抄斩"。尽管如此，陶文赣还是由于从自行车里搜出的存款单上有三百万元是用他的名字开的户而频繁被叫到检察院接受问讯。那半个月，检察院差点儿给陶文赣办理暂住人口登记。经过检察官去伪存真去粗取精由表及里直至动用测谎器助阵，最终证明陶文赣没有卷入其父母的受贿犯罪。检察官在告诉陶文赣今后不用再来检察院"上班"后，他对陶文赣说的最后一段话是："你爹你娘是傻子堆里的聪明人。我们是专管傻子的部门，在我审查的众多傻子里，你爹你娘是最聪明的，他们夫妻携手主动放弃天堂往地狱里走时，没拉亲儿子一起去。"

世间万物由阴阳五行金木水火土构成，家庭也不例外。夫妻组成家庭，夫阳妻阴，没有阴就没有阳，没有阳也没有阴。夫妻既是共同体，又是矛盾体。矛盾、平衡、互相牵制，互相依赖和争权夺利是一切家庭的实质。没有矛盾的家庭不是家庭，是坟墓。陶文赣过去和马丽过日子时，由于其父的地位，在家庭的阴阳互构中，他无形中具有优势。陶副省长由省政府迁徙监狱后，陶文赣在家中立即矮了九分，他毫不犹豫地加盟马丽的娘家人，成为马丽债务人集团中新的一员。

父母落网后，陶文赣在家中处处小心谨慎，如履薄冰。原本由他说了算的不花钱的夫妻徒手娱乐他都拱手将发起权让给马丽，自己退居二线，每次战战兢兢逆来顺受甘当配角跑龙套。陶文赣发现，自从他交权后，事实上，他连当游戏配角的机会都越来越少了。熄灯前，捧读梁功辰的书成为马丽的新娱乐，大有取代旧款游戏的趋势。

"写得真好，绝了。"身穿"薇鸽"牌高档欲盖弥彰内衣的马丽靠在床头一边看梁功辰的书一边对远在二十公里外的梁功辰赞不绝口，她对身边近在咫尺如饥似渴的陶文赣视而不见。

"都是人，怎么他就能写得这么好呢？人和人确实不一样。"马丽依依不舍爱不释手地放下梁功辰的书，关灯倒头便睡。

"其实，他的书里也有小缺点。"陶文赣小心翼翼使用最低分贝维权。

"有本事你写一本给我看看。"马丽的声音穿透她的后背，被陶文赣的耳膜准确接收。

没等陶文赣再说话，马丽的声带已经由细微的鼾声接管。

陶文赣睡不着。他蹑手蹑脚起来去书房玩电脑游戏解闷。没人跟他玩联机游戏，他就自己跟自己玩。

玩累了，陶文赣盯着书架上的书发呆。

自从父亲罪行败露后，陶文赣看出妻子除了撒开了欣赏梁功辰的书就是玩命钻研牙科业务，别的她什么也不干。从前，马丽照顾夫君的面子，不太当着陶文赣看梁功辰的书更不会当着夫君公然夸奖梁功辰写得好。对于牙科业务，马丽原先采取的是下了班一个字也不看的大政方针。陶文赣从马丽的变化中明白无误地看出两点：第一，今后她只能靠自己了；第二，极度后悔没有嫁给梁功辰。

陶文赣盯着书架想：连她这个间接罪犯家属都在失去间接靠山后发奋努力，我这个直接罪犯家属在失去直接靠山后更该卧薪尝胆奋发图强东山再起。

遗憾的是陶文赣对法律工作毫无兴趣，他的不少大学同学如今是律师，陶文赣发现他们花在同各方面拉关系尤其是和法院拉关系的时间精力远远大于钻研法律，"打官司功夫在法律外"是这些同学见了陶文赣后说得最多的一句话。昔日，这些身为律师的同学多次通过陶文赣请陶副省长出面扭转法院的判决，就是证明。别看陶文赣无才，他还真不愿意从事"工夫在诗外"性质的工作，他想干

"功夫在诗内"的丁是丁卯是卯的职业。

"有本事你写一本给我看看！"马丽睡前耍杂技般通过后背抛给丈夫的那句话绕梁三日不绝地重返陶文赣的脑海。

被父亲扼杀的少年时代对文学的憧憬突然光复陶文赣，加上近期马丽通过文学作品实施的"褒梁贬陶"工程，一个令陶文赣兴奋不已的想法油然而生：写作，奋斗当作家！

这是目前陶文赣唯一能想出的最能在家里立竿见影扭转颓势的办法，既能由此向妻子证明他不比梁功辰差，又能靠版税养家。

父母的一切家产被没收后，习惯于接受父母资助的陶文赣夫妇手头立刻拮据，入不敷出。

陶文赣分析了自己当作家的优势：背水一战的逆境；从小对文学有兴趣；有梁功辰激励。

陶文赣睡意全无，他说干就干，挑灯夜战，在参阅了几本经典文学和梁功辰的书后，开始构思他的第一部长篇小说。

陶文赣决定以自己的经历为原型，兼顾父亲的经历，写一部反腐题材的作品，书名叫《蓝色公子》。

开篇很顺，陶文赣写起来没有丝毫的陌生感，他像见到了久别的朋友。

"你通宵没睡？"马丽和阳光一起站在陶文赣背后。

陶文赣一边打字一边点头。

"你在写什么？"马丽皱着眉头问。

"《蓝色公子》。"陶文赣说。

自从公公栽了跟头后，这是马丽头一次从丈夫的语气里分辨出自信的振荡频率。

"蓝色公子？什么蓝色公子？"马丽俯下身体一边看电脑屏幕一边问。

"你在写小说？"马丽的脸几乎挨到了陶文赣的脸。

陶文赣再次意识到自己的选择是正确的，只有当作家能拉近妻子和他之间的距离。

"我从小就喜欢文学，是我爸硬不让我当作家的。他给我讲作家王实味怎样在晋绥被党处决，讲作家胡风如何被投进大牢，讲作家老舍跳湖自杀，吓得我只能'改行'。"陶文赣说，"如今我爸管不了我了，我要'重操旧业'，当作家！我写得不会比梁功辰差。我有他做梦都想不出的生活。他接触过省长吗？他知道在职的副省长洗澡时怎么和老婆说常委会上的事吗？"

马丽的手不知什么时候搭在了陶文赣的肩膀上。

陶文赣的身体没有轻举妄动，他保持自己的体姿矜持得纹丝不动，陶文赣只是调遣目光离开电脑屏幕，向位于自己头部右下方的肩头斜视，他看见了久违的马丽那只外表白嫩却拔除过数以万计的人齿的外干中强色厉内荏的纤手向他伸出了橄榄枝。

陶文赣从键盘上拿起左手，用比美国佬奏国歌时行礼略高略反的幅度轻轻拍拍马丽搭在他肩头上赖着不走的手背，说："等我写完了《蓝色公子》，你就该庆幸自己没有嫁给梁功辰了。"

"你能成。"马丽鼓励丈夫。

连二十岁前对文学两眼一抹黑的梁功辰都能跻身甚至称雄文坛，从小酷爱文学的陶文赣怎么就不能不鸣则已一鸣惊人？何况哀兵必胜，身处逆境就成功了一半。身处逆境的人和身处顺境的人竞争，属于不公平竞争，不处在同一起跑线上。身处逆境的人没抬脚时，已经领先过半了。以目前陶文赣的艰难处境，破釜沉舟的他成功的可能性大大高于志得意满的人。站在丈夫身后，马丽这样想。

马丽甚至想象出陶文赣成为闻名遐迩逾越梁功辰的超级作家后，她在超市再次邂逅梁功辰时的情景。

从此，马丽将夫妻游戏的发起权重新授予陶文赣，她还延揽全部家务，为陶文赣写作保驾护航出特勤全线绿灯。

那两个月，马丽过得比公公在职时还爽还惬意还充实。上班时，马丽尽管戴着口罩依然不吝啬自己的笑容兢兢业业对待每一位患者的每一颗牙。下班后，她做饭洗衣刷碗保障陶文赣在电脑上笔耕。剩余时间，马丽钻研业务写学术论文攀登牙科的高峰。

陶文赣为《蓝色公子》画上最后一个句号时，马丽和丈夫氧焊般长时间紧紧拥抱，直到双方濒临窒息才依依不舍地勉强分开。

如果马丽事先知道《蓝色公子》的句号就是她和陶文赣的美好日子的句号，她一定会想方设法让丈夫将《蓝色公子》没完没了地写下去，永不结束。

坐在电脑前的马丽只看了三页《蓝色公子》，就死活看不下去了。这是小说？这是文学？说是侮辱祖先留下的汉字都是抬举陶文赣。为了不误判，马丽硬着头皮看完了丈夫的处女作，她强忍住没吐。

马丽回头找陶文赣。已经察觉出不妙的陶文赣躲进卫生间佯装小便，半天没敢露面。

事后马丽只对陶文赣说了一句话："梁功辰的作品和你的作品放在一起，是一比十的关系。"

陶文赣无地自容，他清楚妻子的意思：如果梁功辰的作品是一流，他陶文赣的作品只能算十流。

从此，家庭又恢复了陶副省长刚入狱时的气氛。游戏发起权再次回到马丽手中。梁功辰的书重新在熄灯前称霸双人床。陶文赣重返厨房主持家务。马丽继续她的"褒梁贬陶"工程。

陶文赣不服气，他认为自己的《蓝色公子》是高雅的严肃文学，马丽看不懂。陶文赣要找专家鉴定《蓝色公子》。

陶文赣想起了大学同学高建生。虽然很长时间没有联系，但陶文赣经常从传媒上看到高建生的足迹。他知道高建生如今是大牌出版社的社长。陶文赣还知道梁功辰的书大都在富阳出版社出版。

在一个狂刮黄沙的下午，陶文赣坐在了高建生的办公室里。窗外飞沙走石，连在屋里呼吸都呛鼻子。

"什么风把你吹来了？"高建生知道陶副省长的事，他因此对陶文赣格外热情。

"沙尘暴。"陶文赣苦笑。

高建生给老同学泡极品茶。

陶文赣从包里拿出磁盘，放在高建生的办公桌上。

"这是什么？"高建生拿起磁盘看粘贴纸上的字，"《蓝色公子》？"

陶文赣有点儿局促："我写的长篇小说，想请你帮忙给看看。我拿不准，你是专家。"

"怎么想起写小说了？"高建生感兴趣地问。

"我现在得自食其力了，你肯定知道我家出的事。"陶文赣说。

"坏事变好事，你能挺过去。"高建生说，"我马上就看，明天的现在你再来。"

陶文赣心里热乎乎的，他知道高建生肯定特忙。

"这几本书你拿回去看吧。"高建生从身后的书柜里拿出几本梁功辰的书递给陶文赣，"知道梁功辰吗？如今写小说不能不看他的书。"

陶文赣没说《蓝色公子》就是梁功辰给逼出来的。他表示没听说过梁功辰。

次日下午，陶文赣如约再次出现在高建生的办公室。

"看完了？"陶文赣问高建生。

高建生点点头。

"能打多少分？"陶文赣问，"咱们是老同学，你尽管实话实说，我要听实话。或者你就直接说是几流作品吧。"

高建生犹豫了一下，他伸出右手，将拇指和食指伸展，其余手指蜷缩。高建生考虑到陶父的因素，便很有人情味地将陶文赣的作品水平提高了两级：由十流提升为八流。

"八流？"陶文赣泄气了。

"你是第一次写，能写成这样就不错了。你可以继续努力。"高建生出于同情心不负责任地安慰陶文赣。

实际上，从事多年出版工作的高建生通过《蓝色公子》一眼就看出陶文赣不是当作家的料。

陶文赣想起了马丽对《蓝色公子》做出的十流评价，高建生对《蓝色公子》的评价居然高出两流。

陶文赣太想出书了，他问高建生："不能出版？"

高建生说："这本不行。你可以再写。"

"建生，我请求你帮我一回忙！"陶文赣竟然湿润了眼眶，"这本书对我很重要，真的很重要。我现在的处境不好。"

高建生想了想，说："如果你坚持要出，只能自费出版。"

陶文赣看到了曙光："需要多少钱？"

"你打算印多少本？"

陶文赣想说只给马丽印一本就行了。

"最低印数是多少？"陶文赣问。

"自费出书，印一本都行。当然，按说，怎么也得印上二百本吧？"高建生说。

"我印二百本。需要多少钱？"陶文赣很紧张地问。他没什么钱。

"我优惠你。三万元。"高建生说。

陶文赣松了一口气，他认为这是一个他可以向朋友借到的款数。

"我自费出版《蓝色公子》。两天内，我来交三万元。印二百本。"陶文赣说，"但我有个要求，请你一定答应。"

"你说。"高建生回想起昔日在大学时陶文赣的风光，再看他今日的落魄，唏嘘不已。

"虽然实际印数是二百本，我希望在版权页上显示的印数是两万本。"陶文赣要在马丽跟前争面子。

"这……你知道，我们有行规，版权页上的印数必须是实际印数，说多说少都是隐瞒印数。"高建生想起了构日。

"你就给我破一回例吧。"陶文赣乞求。

高建生想了想，说："好，我给你破一回例，版权页上标明两万册！"

"谢谢你，建生。"陶文赣感激涕零。

陶文赣向三位朋友各借了一万元。二十天后，高建生通知陶文赣去富阳出版社拿《蓝色公子》二百本样书。

八流也好，十流也好，从书籍的外表看不出来。见到自己的作品印成了书，陶文赣很高兴。他在高建生的办公室里捧着自己的处女书欣喜若狂。

陶文赣当天没有把成书的《蓝色公子》拿给马丽看，他强忍了四天。第五天，是马丽的生日。

马丽下班一进屋，就看见了餐桌上丈夫精心摆设的生日蛋糕。

"谢谢你还想着。"马丽淡淡地对陶文赣表示谢意。

"这是我送给你的生日礼物。"陶文赣将用礼品纸包装的《蓝色公子》递到妻子手上。

马丽接过礼物，转手放在桌子上。

"不看看？"陶文赣问。

马丽迟疑了片刻，她觉得自己如果此时扫丈夫的兴也太残忍了。她撕开包装纸，印制精美的《蓝色公子》跃然眼前。

马丽眼睛一亮，她看陶文赣。

"我把《蓝色公子》拿给我的一位在出版社当社长的同学看，他说写得好，就出版了。我想在你生日时给你一个惊喜，就没对你说。"陶文赣说。

尽管马丽看过《蓝色公子》并清楚它一钱不值，但当她看到变成书的《蓝色公子》时，竟然改变了对它的看法，毕竟她手里拿着的是一本书呀！

马丽翻看版权页，惊讶道："印了两万本？这么多？"

"他们说，马上还会重印。"陶文赣说。

"真的？"马丽兴奋，"真对不起，也许我不懂文学，对不起。"

陶文赣将妻子揽入怀中，说："没关系。编辑说，我这是严肃文学，一般人看不懂。大学中文系本科以上毕业的人才会喜欢这样的作品。"

马丽一边吃生日宴一边翻阅《蓝色公子》，她再次印证了丈夫关于只有大学中文系毕业的人才会喜欢《蓝色公子》的话，她边看边吃边吐。

"怀孕了？"陶文赣惊喜。

结婚这么多年，马丽一直坚持不要孩子。开始时她是想二十八岁以后再要孩子。梁功辰出名后，马丽铁了心不和陶文赣缔造孩子。公公入狱后，马丽就更是没有义务让自己的孩子给受贿犯当孙子了。

马丽抬抬手里的《蓝色公子》，笑着说："是它让我怀孕的。谁让我当年没报考中文系呢。"

陶文赣尴尬地说："你真幽默。"

"什么时候付版税？"马丽问。

"什么版税？"陶文赣没这个概念。

"出版社出你的书，得付钱给你呀！"马丽说。

"很快，明天我就催他们。"陶文赣遮掩，"如今这些出版社，出书时急，等到付稿费时，他们能拖就拖。我有个朋友跟我说过，他跟出版社要稿费，就跟他欠出版社钱似的。当然，我会尽快要来。"

"能有多少？"马丽缺钱，"印了两万本，怎么也得十万元吧？"

陶文赣吓了一跳，忙说："估计不会这么多。还要扣税。"

"最好能在两个星期之内拿到，我想换家具。"马丽说，"你明天就催他们。"

轮到陶文赣呕吐了。

当天晚上，陶文赣最希望看到的场景是妻子在入睡前将他的书捧在胸前，挨着她的名牌内衣上装。

马丽确实是先拿起陶文赣的，然而只持续了不到五分钟，梁功辰就卷土重来将陶文赣踢下床去。

两个星期后，马丽没等到《蓝色公子》的版税，倒是在周末接到了一个催债的电话。

"我找陶文赣。"对方说。

"他出去了。"马丽说。

"嫂子吗？我是苟徐东。"

"你好。"马丽和丈夫的朋友都熟。

"不好意思，我借给陶大哥的那一万元钱，我现在急用，我想……"

"你说什么？陶文赣向你借钱？"

"嫂子不知道？陶大哥自费出书用的呀！我还帮他另向别人借了两万呢。"

"自费出书？"

"陶大哥没把《蓝色公子》给您看？！"

马丽将话筒摔得粉碎。

"嫂子！嫂子！你怎么了？用我叫120急救车吗？嫂子！"质量坚挺的电话听筒在粉身碎骨后依然坚守职责，带伤咬牙传递着远方的焦急。

陶文赣一进家门就看出不对，他没等马丽政策攻心，全招了。

马丽自始至终一句话没说。

"我会想办法还钱的，我会想办法还钱的。"陶文赣交代全部"犯罪"事实后不停地念叨。

马丽对陶文赣彻底绝望了。

此后的日子，马丽和陶文赣勉强维持着名存实亡的夫妻关系，成为"一国两制"家庭。

陶文赣一直还不上那三万元债务，借钱给他的朋友都和他翻了脸。

马丽将所有精力和时间都用在了牙科业务上，点名挂她的号的患者络绎不绝，甚至要提前一个月预约。靠倒卖马大夫的号发家致富的号贩子不在五十人以下。

马丽靠工作缓解内心的痛苦，她在医院赢得了同事和患者的尊重。在齿坛，马丽成为小有名气的腕儿。

这天下班前，马丽没想到梁功辰会给她打电话。

第二十章　昊龙重温旧梦

马丽正给一位患者治牙，护士过来对她说："马大夫，你的电话。"

"让他过二十分钟再打来。"马丽头也不抬地说。

护士回到办公台和对方说。对方不干。

护士重返马丽身边，说："他说他姓梁，有急事找您。"

"我正治疗呢，姓什么也不行。"马丽说。

"他说他叫梁功辰。"护士说。

马丽一愣，她对患者说："对不起，您稍等，我接个电话。"

患者忍着疼问护士："是作家梁功辰？"

"我也正想问马大夫呢。"护士说，"没听说马大夫认识梁功辰呀？可能是重名。马大夫真要是认识梁功辰，我得求她让梁功辰给我签个名。"

"能帮我也签一个吗？"患者捂着腮帮子问。

马丽走到护士办公台前，她拿起桌子上和座机分裂的话筒，同时摘掉一半口罩，露出半张嘴。

"我是马丽。"马丽按捺住心跳，说。

"我是梁功辰。我有急事想见你，行吗？"

"有急事见我？什么事？"马丽纳闷儿。

"见面再说。可以见吗？"

"什么时间?"

"就现在。"

马丽看了一眼表:"我正在上班,还有半个小时下班。"

"半个小时后,我在你们医院旁边的昊龙大厦的西餐厅等你,咱们一起吃饭,行吗?"

"好吧。"马丽挂上电话后发呆。

护士过来提醒马大夫那患者还张着大嘴等她。

"马大夫,是写书的梁功辰?"护士问转身要走的马丽。

"不是。"马丽说。

该着那患者倒霉,他不明白先前医术高明的马大夫接完电话后为什么总是将锋利的器械往他口中牙齿之外的领域捅。马丽想从患者的嘴里找出梁功辰约见她的原因。

下班后,马丽到更衣室脱下白大褂,她换上衣服后对着镜子左照右照。自从陶副省长入狱后,她几乎从没关注过自己的服饰。

"小李,借你的化妆盒用用。"马丽对身边正在更衣的李医生说。

小李惊讶地将她的化妆盒递给马丽。陶副省长出事后,同事还没见过马丽在单位补妆,她上班前在家化的妆也属于准素面朝天级别。

李医生看出马丽化妆的动作比较生疏,她过来协助马丽。

"你化妆的技术比你治牙的技术差远了。"李医生一边帮马丽涂脂抹粉一边说,"有活动?"

马丽点头。

离开办公室前,马丽给陶文赣打了个电话,说她加会儿班,不在家吃晚饭。这些年马丽加班是家常便饭,陶文赣没生疑。

昊龙大厦比邻市第一医院,马丽步行五分钟后抵达。她向身着红色服装的门童打听西餐厅的位置，门童指给她看。

坐在最靠里边一张餐桌旁的梁功辰看见马丽进来后，向她招手。

马丽过去坐下。

西餐厅里人不多，除了梁功辰和马丽，只有四张餐桌旁有人用餐，其中还包括跟踪梁功辰的贾队和助手。

贾队一边喝咖啡一边吩咐助手："他们吃完后如果分手，我跟踪那女的去调查她是谁，你继续跟踪梁功辰。"

助手斜眼看角落里的马丽，说："明白。"

马丽早已被梁功辰的书弄得神魂颠倒，见到真人后，她很有点儿追星族见到崇拜对象时的不知所措。

"怎么想起找我了？"她问他。

"我遇到难处了，只有你能帮我。"梁功辰说。

马丽心灵深处闪过一丝奢望：他要离婚？想和我恢复关系？

马丽立刻否定了自己的念头。她清楚，像梁功辰这样名利双收的天才男子，什么样的女人找不到？

马丽苦笑着摇摇头。

"我还没说是什么事，你就摇头？"梁功辰吃惊。

"你误会了，我摇头不是这个意思。你说吧。"马丽说。

服务员过来问现在点不点菜。

"还爱吃原先那一套？"梁功辰问马丽。

将近二十年前，梁功辰和马丽恋爱时常吃西餐，梁功辰知道马丽的口味。

马丽不信梁功辰还能记起她的西餐嗜好，她点点头。

"她要罐焖牛肉、奶油番茄汤、鸡肉沙拉和白米饭。我要素沙拉、蛋炒饭和煎牛排。"梁功辰对服务员说。

马丽的眼泪夺眶而出。服务员诧异地看马丽。

梁功辰对服务员下逐客令:"就要这些。"

服务员走后,梁功辰拿起餐桌上的纸巾递给马丽:"我一直记着你爱吃什么。"

抛弃梁功辰的悔恨、本为光宗耀祖的靠山现为丢人现眼的贪官的公公、举债自费出书的低能丈夫……马丽当着昔日的恋人今日的天王巨星作家,索性哭个痛快。

梁功辰嗅出马丽眼泪里的悔恨味道,他对马丽说:"其实我也想哭,我也有难处,而且肯定比你的大。"

马丽立刻不哭了,她擦干眼泪,期待梁功辰对她说他的难处。

"知道《影匪》吗?"梁功辰切入正题。

马丽点头:"知道,你的下一部作品,一个半月后出版。我等着看呢!"

"《影匪》可能出不来了。"梁功辰叹了口气。

"为什么?"马丽惊讶。

"写到一半时,我写不出来了。"

"怎么会?"马丽突然怀疑梁功辰约见她是为了体验生活,他正在写的新作里有旧恋人重逢的情节,他需要细节丰满他的作品。

血涌上马丽的脸,她问梁功辰:"你要我?"

"这话怎么讲?"梁功辰问。

"写到主人公和昔日的恋人重逢的地方了?为了写得逼真,想亲身体验?"马丽冷笑。

梁功辰苦笑:"我写小说从来不需要体验,写的时候它们自己就跑出来了。你小看我了。我真的是有求于你,你先听我说完。"

"我先说清楚,如果你是拿我体验生活,我会把这盆汤泼到你身上。"马丽指着自己面前的奶油番茄汤说,"你无权再对我雪上加霜。"

"雪上加霜？"梁功辰问，"你到底遇到什么难处了？"

"我不想说。"马丽说。

"我保证不是拿你开涮。如果是，你尽管把这盆汤泼到我脸上。这样吧，我再给你要一份汤备用，这份你先喝。"梁功辰信誓旦旦地说完抬手招呼服务员。

马丽将梁功辰的手拉下来，她说："我信你了，你说吧。什么事我能帮上忙？"

梁功辰说拔除智齿导致他丧失写作功能。

"你改写童话了？"马丽打断梁功辰的话，问他。

"你先听我说完。"梁功辰说，"不管我说出多么荒诞不经的话，你都让我说完。你要答应我。"

马丽点头，她一边吃饭一边听梁功辰说。

梁功辰从梁新牙龈出血说起，到他等女儿看牙时没事撑的洗牙，再到医生动员他拔智齿，智齿殊死阻拦他，托梦，汽车打不着火，拔除智齿后真的写不出来了，另一个文学天才谭青也有智齿，他去口腔医院要求恢复智齿遇到无法逾越的障碍：智齿已经死了。《影匪》如果无法完成，对他和出版社都将是毁灭性的打击。

梁功辰说到最后，从衣兜里掏出装有智齿的小瓶子，他说："没有牙医会相信我的话，我觉得在这个世界上，只有你会相信我的话并且帮助我。我请求你利用你的医术帮助我复活智齿，我愿出五十万元酬金。"

梁功辰从身边的椅子上拿起一个皮包，他掰开皮包的嘴，让马丽看皮包肚子里的"花花肠子"：满满当当的钞票。

"这是二十万元，事成之后，再给你三十万。即使没成功，这二十万元也是你的了。"梁功辰合上皮包的嘴，将满腹金银的它推到马丽跟前。

217

从梁功辰说到谭青有智齿起,马丽插入嘴中的汤匙就再没拔出来过。多年来萦绕在马丽心头有关没有文学细胞的梁功辰如何成了超级作家的疑问促使她对智齿的事半信半疑。待到梁功辰出五十万元请她复活智齿时,她就确信无疑了。

梁功辰伸手将从未在成年人嘴里驻扎这么长时间的勺子从马丽嘴里拉出来。

马丽的嘴获释后说的第一句话是:"你确信这些年是它在帮你写作?"

梁功辰将智齿递到马丽手中,说:"绝对是。你信吗?"

马丽翻来覆去看智齿,说:"我不应该信,但我信。"

"谢谢你。"梁功辰清楚,相信智齿和他写作有关系是马丽帮助他的前提。

"我一直弄不清根本没有文学细胞的你为什么突然成了大作家。"马丽说,"现在我找到答案了。可这怎么可能?!"

"不可能的事比可能的事多。"梁功辰说。

"这倒是。"马丽点头。

"能帮我复活它吗?"梁功辰问。

马丽想挣这五十万元,她起码想用三万元替丈夫还债。

"从理论上说,几乎是不可能的,但我想试试。"马丽看了皮包一眼,"你刚才不是说,不可能的事比可能的事多吗?"

"还得尽快。"梁功辰提醒马丽。

马丽将梁功辰的智齿从瓶子里倒出来,仔细看。

她有点儿泄气,说:"非常难。"

"如今都是纳米时代了,纳米时代就是出奇迹的时代。"梁功辰鼓励马丽。

梁功辰的话启发了马丽,她了解纳米技术,她觉得使用纳米技术没准真的能复活牙齿。她沉思。

梁功辰以为马丽不了解纳米，他解释说："第一次工业革命是毫米时代，第二次工业革命是微米时代，如今是纳米时代。我觉得复活我的智齿的本质就是复活它的牙髓，纳米技术完全能胜任将牙髓起死回生。"

马丽将智齿装回小瓶，再将小瓶装进梁功辰给她的皮包。这个举动表明，马丽签收了订单。

"谢谢你！我见你前就知道，只有你会帮我。"梁功辰动情地说。

两人忙里偷闲，说了不少重温旧梦的话。

"你刚才说你也有难处，我能帮上忙吗？"梁功辰问。

马丽指指皮包，说："这就帮了我的忙了。"

"你缺钱？"梁功辰问，"你先生不是法律工作者吗？搞法律的应该是中产阶级呀！"

"知道陶副省长吗？"马丽问梁功辰。

"判无期的那个贪官？"

"他是我公公。"马丽说，"我先生叫陶文赣，是独生子。"

"对不起。"

"没什么对不起的，你尽管说他是贪官，罪有应得。"马丽说，"自从他入狱后，我们的日子就……这个你懂，拔了毛的凤凰不如鸡。"

"其实，靠自己才是幸福。"梁功辰说。

"话是这么说，可事实上，有什么也不如有个好爸爸。现实生活中，这种实例还少吗？"马丽说。

梁功辰想起了梁新，倘若别的同学被诬偷东西，其家长被老师叫到学校后，恼羞成怒的他很可能不问青红皂白当众落井下石痛打无辜的孩子。梁功辰知道自己想偏了，马丽的"好爸爸"的含义不是心眼好的爸爸，而是或有势或有钱或有名的爸爸。给"三无"爸爸当孩子是不幸，也是万幸。

"你太太的爸爸是名人吗？"马丽问。

梁功辰说："也算不上货真价实的名人，我岳父叫朱冬。"

"作曲家。"马丽听说过这名字，"你太太叫什么名字？她也会谱曲？"

"她叫朱婉嘉，谱曲不入流。在一家音乐公司当艺术总监。"梁功辰说，"是她提议给你五十万的。"

这话使马丽觉得自己成了叫花子，她心里发酸。本来，应该是她守着梁功辰挥金如土出手豪爽的。

"如果是她提出的，这钱我不要了。"马丽要维护自己仅有的尊严。她将皮包推到梁功辰面前。

"我开玩笑呢，是我提出的。"梁功辰赶紧撒谎。他再将皮包推回去。

马丽不吭气了，她清楚梁功辰最后这句话是谎言，但她的面子已经挽回了，她需要这些钱。她嫉恨梁功辰身后的那个女人，她明白朱婉嘉出高价的另一层含义：我们是花钱买你的技术，你马丽不要做别的梦。

"说实话，如果我真的复活了你的智齿，"马丽咽不下这口气，"你真的因此恢复了写作，五十万不算多吧？"

"那当然，太少了。"梁功辰真诚地说，"如果真的成功了，我还会另外重谢你。"

"如果我的条件是和你结婚呢？"马丽试探。

梁功辰愣了。

"那就算了……"梁功辰痛苦地说。

马丽这才知道二十年前她抛弃的是双料金子。

"我跟你开玩笑呢。"马丽说。

"你不是这样的人……"梁功辰心有余悸。

马丽咬嘴唇。

"时间不早了。我回家等你的信儿。"梁功辰说,"你要抓紧,太晚了成功也不行。"

马丽站起来点头。

"我开车送你回家。"梁功辰说,"千万要保管好我的智齿,丢了就麻烦了。"

马丽和梁功辰离开昊龙大厦,上车。

"只有文学天才靠智齿?"马丽坐在梁功辰身边问。

"你的意思是说,智齿会分为文学智齿或数学智齿或医学智齿?"梁功辰一边开车一边逼近真理,"对了,你有智齿吗?"

"早拔了。哪个牙医保留智齿?"

"这大概正是至今复活牙齿的技术不能问世的原因。"

梁功辰驾车将马丽一直送到她的住所楼下。陶文赣在楼上窗户里偶然看到一个男子给马丽开车门。

马丽自始至终没对梁功辰说陶文赣也写作的事,她觉得丢不起人。

开车尾随梁功辰的贾队下车前对助手说:"我留在这儿调查这女人,你驾车继续跟梁功辰。"

第二十一章　乌鸦起飞

"张锐！你是怎么搞的？"孙晨听完张锐向他汇报罗翼拒绝删除梁功辰电脑里的《影匪》后，责怪他。

张锐丧气地说："本来罗翼已经答应了，他连钱都收了，我还看出他挺需要这笔钱。没过多长时间，他打电话叫我去，就变卦了。他说梁功辰写得太好了，他想看《影匪》后半部分。"

"你没给他加钱？"孙晨问。

"加了。我说可以给他三万元，可他说就算给他三亿他也不干。"张锐不敢看社长。

"白痴！"孙晨不知是骂罗翼还是骂张锐或是一箭双雕都骂。

孙晨在办公室里来回走，他很清楚，报复高建生和梁功辰最好的办法就是扼杀《影匪》已经写出的前半部分，这叫釜底抽薪。效果绝佳，事半功倍。

"你是学计算机的，在你的大学同学里，肯定不止罗翼一个黑客，你再去找别人删除梁功辰的电脑里的《影匪》，你去财务科领五万元活动经费。"孙晨对张锐说。

张锐为难，他站着不动。

"还不快去？！"孙晨瞪张锐。

"社长，罗翼说，他要给梁功辰的电脑设防火墙。"张锐吞吞吐吐地说，"如果罗翼给梁功辰的电脑安装了他设计的防火墙，我估计通过互联网能入侵梁功辰电脑的人就不多了。"

孙晨气急败坏："这个罗翼有病呀？！全世界能找出第二个主动给别人的电脑安防火墙的黑客吗？"

张锐刚要说话，电话铃响了。

孙晨拿起话筒："我是。你好，贾所长，有什么新情况？"

"梁功辰昨晚和一个女人约会，一起吃的晚饭。"贾队说。

"那女人是谭青吗？"

"我查了，她叫马丽，是梁功辰上大学时的初恋情人。"

"婚外恋？"孙晨认为有机可乘。

"目前我还没能做出准确判断，好像他们之间有什么交易，梁功辰给了马丽一个皮包。"

"马丽的职业？婚姻状况？"

"市第一医院的牙科医生。已婚。她丈夫的父亲是前些年被判无期的陶副省长。"

"牙科医生？梁功辰怎么老围着牙转？"

"需要我做什么吗？"

"我要梁功辰和那女人约会的详细时间和地点，还要梁功辰妻子的电话。"

贾队告诉孙晨。孙晨记录。

张锐看出，贾队的电话使孙晨转怒为喜。张锐如释重负。

孙晨挂上电话后，兴奋地对张锐说："你给梁功辰的老婆朱婉嘉打个举报电话。"

"举报电话？"张锐没听懂。

"举报梁功辰有婚外恋，搅乱梁功辰的家庭，我看他还怎么写！"孙晨笑着说。

"我怎么说？"张锐请示。

孙晨将记有贾队提供的情报的纸放在张锐面前的桌子上，他向张锐交代："这是朱婉嘉的电话号码，你现在就给她打电话，告诉她，梁功辰昨晚六点至九点和一个叫马丽的女人在昊龙大厦西餐厅约会。完事后梁功辰还开车送马回家。如果朱婉嘉不知道马丽是谁，你就给她扫盲，告诉她马丽是梁功辰在大学时的初恋情人，还要让她知道马丽是市第一医院牙科医生。朱婉嘉如果不信梁功辰和马丽约会，她可以去医院找马丽核实。"

"她问我是谁，我怎么说？"张锐请示。

孙晨想了想，说："你就说你是上次全民热议修改婚姻法时，支持用婚姻法严惩婚外恋的公民。要不你就干脆自称是马丽的先生？"

"说是马的先生比较合理。"张锐说。

"打吧。"孙晨指指电话机。

张锐拨号。

"通了。"张锐向社长汇报。

孙晨点头示意部下继续。

"请找朱婉嘉。"张锐说。

"我就是。"朱婉嘉说。

"请你听好，你的先生梁功辰昨晚六点至九点在昊龙大厦和他在大学时的初恋情人马丽约会……"

没等张锐说完，朱婉嘉就打断他，说："是我让梁功辰去见马丽的。您还有别的事吗？"

"……"张锐张口结舌。

"没别的事我就挂了。"朱婉嘉挂了电话。

孙晨已经从张锐的表情上看出事情已一败涂地，他刚想谴责张锐办一件事砸一件事，张锐说："朱婉嘉说是她派梁功辰去见马丽的。"

孙晨吃惊，他问张锐："她连你是谁都没问？"

张锐摇头。

"看来梁功辰夫妻的关系固若金汤。"孙晨一边说一边思索。

张锐说："也许音乐公司这种事海了去，朱婉嘉早习以为常了。"

颇感扫兴的孙晨又将矛头对准张锐："你再去雇黑客，这次一定要成功。"

张锐小心翼翼地说："社长，我觉得梁功辰不可能不给《影匪》做备份，就算咱们雇黑客黑成了他的电脑硬盘，他有《影匪》备份盘，等于咱们白干。"

孙晨盯着张锐问："依你说，咱们放弃删除《影匪》？"

张锐说："要干就干得有绝对把握，除了删除梁功辰电脑里的《影匪》，还要把他的备份盘里的《影匪》也删除，这叫斩草除根。"

"你连和互联网相连的电脑里的《影匪》都删不了，怎么去删独立的八竿子都打不着的磁盘？"孙晨摇头。

"通过梁功辰家的保姆。"张锐说。

孙晨来了精神。

"前几天贾队说过，梁功辰家的保姆二十岁，长得比较丑。咱们雇个标致点儿的小伙子去攻她。她一个农村人，上钩应该不成问题。"张锐出主意。

孙晨看着张锐说："还雇什么人，就派你去吧！你懂电脑，进入梁功辰家后，知道如何删除《影匪》。"

"我……"张锐小时候看过一本名为《色情间谍》的书，当时他很为那些被称为"乌鸦"的克格勃男性色情间谍悲哀。

孙晨说："如果你成功了，我任命你为咱们出版社电子读物编辑室主任。"

"咱们社没这个编辑室呀!"

"我专为你成立电子读物编辑室!现在是 E 时代,出版社早就该成立电子读物编辑室了。"孙晨许愿。

"我干!"张锐梦寐以求在同学聚会时能出示印有主任头衔的名片。

"好!"孙晨说,"你制订一个方案,我批准后,你立刻行动。"

张锐立刻和社长耳语。

"年轻人脑子就是快!我同意。"孙晨终审完毕,"我会给你物色咱们社有表演才能的员工配合你。"

"我要梁功辰家保姆的姓名、籍贯、生活习性、她在梁功辰家干了多长时间和文化程度等资讯。"张锐说。

孙晨当即给贾队打电话布置。

二十三分钟后,贾队答复如下:王莹,二十岁,小学文化程度,相貌属于国家贫困级,来自某省,已在梁功辰家两年。来梁功辰家之前基本没看过书,这两年大概是耳濡目染,她对小说发生了兴趣,喜欢看言情小说。经我向农贸市场的菜农打探,王莹喜欢听笑话。

张锐看了后说:"喜欢言情小说的女性,坠入情网后,比较难以自拔,特别是长相贫困的。咱们够残忍的。"

孙晨说:"商场如战场,要奋斗就会有牺牲。何况咱们事后会给她经济补偿。"

"万一事后我死活脱不了身怎么办?"张锐有了后顾之忧。

"怎么会?一个农村姑娘,三万元怎么也打发了。"孙晨说。

"万一弄出人命来⋯⋯"张锐拿不准像王莹这样相貌、农村户口、家庭贫困的面临谈婚论嫁的女孩子爱上他这样的双学历、双户口(城里人、有正式工作)、有双气住房的同龄人后一旦对方毁约是否会以身殉情。

"你看言情小说看多了吧？"孙社长笑，"如今，生活中有为情自杀的女孩儿吗？"

"万一她自杀呢？"

"你放心去执行任务吧，没事。有出版社做你的后盾，你怕什么？这是职务行为。退一步说，就算出了什么事，我也会给你算工伤。"孙晨打消张锐的顾虑。

张锐披挂上阵。

孙晨从书柜里找出一本《笑话大全》递给张锐，说："多背点儿，她喜欢听笑话。"

张锐走后，孙晨给二编室主任打电话，询问雇记者出梁功辰丑的事的进展状况。

第二十二章　王莹落入圈套

梁功辰家的保姆王莹知道主人家出事了，虽然他们没告诉她具体出了什么事，但她察觉出是和梁功辰写作有关的事。自从王莹来梁功辰家后，她知道每天上午，是梁功辰写作的法定时间。这些日子，梁功辰一反常态，上午不在写作室待着，走马灯似的进出家门。

雇主家有事，保姆得格外小心，否则极易成为出气筒。自从梁功辰拔除智齿后，王莹尽心操持家务，不敢有丝毫懈怠。

这天上午，王莹例行外出买菜。道路、树木、空气和阳光都和昨天一样，王莹没察觉出有什么异常。

王莹看到地上有一个钱包，她看看前边，没有行人。王莹捡起钱包。

从地底下冒出一男一女。

"她拿着咱们丢的钱包！"女的大喊。

王莹手中的钱包掉在地上。

"小偷！你偷了我们的钱包！"男的指着王莹的鼻子喝道。

女的捡起钱包打开检查，她用手指遮掩住钱包里的构日出版社工作证，说："少了一百元！"

男的威胁王莹："你交出一百元，不交我就打110报警了！你如果是男小偷，我早就揍你了！"

王莹为自己辩解："我刚走到这儿，看见了这个钱包，我是准备交给派出所的。"

"谁信呀?"女的撇嘴,"你一个农村叫花子,不偷就是好的,怎么会看见钱不要?穷鬼!"

王莹呆了,眼泪哗哗地流。

"你交不交钱?"女的逼近王莹,"不交我要搜你了!"

王莹往后退:"我身上的钱是我买菜带的。"

"你能说出你身上的钱的号码?说对了就算是你的。说不对就是我们的!"男的说。

"你能说出这个钱包里的钱的号码?"张锐从天而降质问那男的,"你如果说不出来,这个钱包就不是你的。"

男的一愣,问张锐:"关你什么事?她是你什么人?"

张锐说:"她是我妹妹。"

王莹顿时置身于言情小说外加买一送一武侠小说之中。

"你是城里人,她是农村人,她怎么会是你妹妹?"男的口气明显疲软。

"宪法里有农村人不能给城里人当妹妹的规定?"张锐说,"我可是律师,如果你们拿不出她偷你们钱包的证据,她可以告你们诬陷。"

"咱们走吧?"女的表情尴尬地对因工作需要而扮演她丈夫的同事说。演技一流。

"便宜了你!"男的瞪王莹。

"你们先别走!"张锐说,"谁能证明这个钱包是你们的?"

男女都愣了:事先在出版社敲定的脚本里没这场戏呀?

即兴发挥的张锐从一编室副主任手里拿过钱包,他打开钱包,问:"里边有多少钱?"

一编室副主任强忍住没骂张锐是王八蛋,他说:"八百元。"

张锐检查后将钱包还给一编室副主任，得意忘形地说："拿走吧，还有出版社的工作证呢，怎么一点儿不懂法？"

一编室副主任携"妻"逃窜后发誓回去要向孙晨告状。

张锐对王莹说："往后走路要当心，看见地上冒出个钱包，绝对不能捡。那不是钱包，是地雷。别看城里的地面不露黄土，其实处处是陷阱。"

张锐说完冲王莹一笑，飘然而去。

王莹傻站在原地，灵魂出窍，随张锐去了。

当梁功辰看见王莹买回来的都是他不爱吃的菜时，大异。

此后一连两天，每当王莹去买菜走到踩地雷的地方时，她都要四顾寻觅张锐的身影，嘴里还念叨着什么"拿着你的旧船票上你的贼船"之类的词语。

那天上午，当王莹在她的圣地看见张锐坐在马路牙子上揉脚时，她不敢相信自己的眼睛。

真的是他！

王莹不敢过去。

张锐适时地抬头意外发现了王莹。

"是你？"张锐隔着马路大声对王莹背台词，"你报答我的时候到了，还不快过来扶我起来？我的脚崴了。我身下可没有钱包和陷阱，你不要草木皆兵。城里偶尔也有好人。"

王莹三步并作两步走到张锐身边，张锐伸手拉住王莹的手。一接触到张锐的手，王莹感觉自己的身体变成了瀑布，全身奔腾不息。

张锐靠王莹作支撑，刚一克服地心引力，又被吸回去了。

"崴得很厉害？"王莹温柔地问。

她头一次关怀异性，感觉特棒。

"我好疼。"张锐抄袭言情小说。

"要不要去医院？"王莹问，"我叫计程车？"

整个一个言情电视剧拍摄现场。

"不用不用，我坐一会儿。也许待会儿就好了。谢谢你，拜拜。"张锐说完从包里掏出一本标志性名牌言情小说，旁若无人地埋头看将起来。

王莹不走。

三分钟后，张锐猛然抬头，诧异道："怎么，你还没走？"

王莹想说"我想等你脚好了再走"，她一张嘴，"好"字成双入对："我好想等你脚好了再走。"

张锐身上的鸡皮疙瘩一直起到脸上。

"你好冷？"王莹看到恩人的脸上布满鸡皮疙瘩。

"不冷，是脚疼的。"张锐一边说一边用手摩擦脸，驱赶鸡皮疙瘩。

"那天多亏了你，我连谢你的话都没说。"王莹低头摆弄衣角。

"谁碰到这事都会管。"张锐说。

"不是。在你来之前，过去了有十个人，没人管。你心眼好好。"王莹脸红。

"你去忙吧，我一会儿就能走了。"张锐欲擒故纵。

"你也喜欢看这部小说？"王莹被擒。

"特喜欢。"

"我也喜欢。"王莹说，"我可以在这儿陪你待会儿吗？"

"你没事？"张锐问。

"可以待会儿。"王莹看看表。

"坐吧。"张锐以东道主的口气说。

王莹坐在马路牙子上，她在自己的身体和张锐的身体之间只保留了第一次工业革命的毫米距离。

231

"你是律师？"王莹问。

"你怎么知道？"

"那天你救我时，你对那男的说的。"

"你的记忆力真好。"

"律师都像你这样正直吧？"

"那要看当事人出多少钱了。"张锐说，"你做什么工作？"

"家政服务。"王莹迟疑了一下，"这么说吧，你们城里人管家政服务叫保姆。"

"我喜欢农村人，忠厚。不像城里人奸猾。"

"你去过农村？"

"那是二十多年前的事了。"张锐拼命回忆台词，"大约是1969年吧，我父亲去世了，我伯伯收养了我。伯伯是军人，在国防科委工作。1970年，才六岁的我随同伯伯去了某省，那是迄今我去过的最好的地方，比美国都好。山清水秀，人杰地灵。特别是伯伯带我去过一个叫嵖岈山的地方，那山好美，我这辈子如果能生活在那儿，就死而无憾了。"

王莹呆若木鸡，她回过神来后，一边将她和张锐之间的距离从第一次工业革命跨越到第二次工业革命，一边说："我就是嵖岈山人！"

"蒙我？"张锐扭头看着王莹，睁大了眼睛，说。

"不信给你看我的身份证。"王莹摸自己身上，"糟糕，我没带。我真的是嵖岈山人！"

"你们那儿管吃晚饭叫什么？"张锐考王莹。

"喝汤。"王莹不怵。

"中不中？"张锐再用某省方言考王莹。构日出版社碰巧有某省籍编辑，责无旁贷地出任编剧之一。

232

"不中。"

"咋地不中？"

"豆四不中。"

翻译过来就是：行不行？不行。为什么不行？就是不行。

张锐欣喜若狂地攥住王莹的手，他说："没想到能在这儿碰见嵖岈山老乡！"

王莹如坠言情小说里，周身沉浸在难以名状的欢愉之中。

张锐自觉失态，他赶紧松开王莹的手，连连说："对不起，对不起，我太激动了。"

王莹生擒张锐坐怀不乱的手，死攥着说："我好喜欢。"

"你叫什么名字？"王莹含情脉脉地问。

"董永。"张锐说。

"好浪漫的名字。"王莹用自己粗糙的大手摩擦张锐细皮嫩肉的小手。

"你叫什么名字？"张锐明知故问。

"王莹。晶莹的莹。"

"真巧，和我的小学老师同名。我的小学老师对我很好。"张锐杜撰。

"跟我说说她。人家好想听。"

张锐说："有一次，一位八十多岁的老军人到我们班对我们进行素质教育，他讲完后，王莹老师提问，她说：'哪位同学知道老爷爷为什么长寿？'我说：'因为当年参军时空气还没被污染，吃的是绿色食品。'王老师想了想，说：'董永同学回答得不能算全错，他参军的最终目的确实是为了把祖国的空气弄得更清新，环境更优美。'"

"王老师对学生真好。"王莹说。

被王莹的双手拘禁而受尽折磨的张锐，如坐针毡。张锐清楚自己的五脏六腑都长了鸡皮疙瘩，他要务实了。

"其实，我不是最爱看言情小说。"张锐说。

"那你最爱看什么书？"王莹被张锐牵着鼻子走。

"梁功辰的书。那才叫棒！你知道梁功辰吗？"

王莹犹豫了片刻，说："董永，我告诉你一件事，但你要发誓保密。"

"我发誓。"张锐说。

"我就在梁功辰家搞家政服务。"王莹说。

"真的？写小说的梁功辰？"张锐装作不信。

"就是他。我在他家已经两年了。"

"你和梁功辰生活在一所房子里？天天能见到他？"张锐装作难以置信。

"当然天天能见到他！刚才我还和他说话呢。"王莹极其自豪地说。

"能让我也见见他吗？"

王莹为难："梁叔叔一般不见人，有多少记者想采访他，他都不见。"

"我不是记者。再说了，将来咱俩结婚时，他怎么也得见我一面吧？对不起，我还没征求你的意见，就胡说八道了。"张锐说。

王莹激动地说："我会安排你见梁叔叔的，我觉得他知道了咱们的关系后，肯定会见你。还会送给你有他签名的书。"

"我真想到梁功辰家看看，那是我心中的圣地。除了嵯岈山。"张锐一脸的憧憬痴迷。

"我以后会让你去的。"王莹说。

"我等不及了，我能现在就去看看吗？就看一眼。"张锐迫不及待。

"那可不行。雇主最忌讳保姆往家带人。"王莹说。

"趁他们家没人的时候,你打我的手机,我就去看一眼,他们不会知道的。"张锐的另一只三生有幸的手主动跳入火坑,和被困多时的手里应外合,攥住王莹的手。

王莹软化了。她说:"我先去买菜,然后你跟我到他家附近等着,等他家的人都出去了,我打你的手机。咱们说好了,只看一眼就走。"

"我说话算数。"张锐站起来。

"脚好了?"王莹问。

"是你给我治好的。我好幸福。我脚依旧。"张锐跺跺脚。

"有你伴我一生,只能走,不能留。"王莹和张锐动身比翼齐飞去给梁功辰买菜。

买完菜,王莹和张锐来到梁功辰家附近,王莹指着梁功辰家说:"就是那个门。你在这儿等着。我去看看梁叔叔在不在,阿姨和梁新都上班上学去了。你等我的电话。"

张锐点头。他心说,你梁叔叔现在肯定在家,贾队的车在,梁叔叔能不在?

王莹走后,张锐站在树下和躲在汽车里蹲守的贾队聊天。

王莹进家后,看到梁功辰正要外出。

"叔叔出去?"王莹居心叵测地问。

"我去小区的公园散步。"无法写作的梁功辰只能去公园打发时间。

"一会儿就回来?"王莹别有用心地问。

"半个小时吧。"梁功辰出门。

王莹关上家门,她迅速把楼上楼下检查了一遍,确信家里没人后,她按照张锐写在她手上的电话号码给张锐打电话。

"董永，你来吧，快点儿。"王莹对着话筒说。

张锐一进门就被王莹抱住了。王莹有明显的接吻意图。

"别，别，"张锐挣脱不开一只手就能拎起满载的矿泉水桶的王莹，他的头往后躲闪，"听说过柏拉图吗？我想咱们应该先柏拉图，等到全面了解对方后，再西门庆……"

"什么白拉吐？"王莹不分青红皂白，亲了张锐一下。

张锐克制住没问王莹卫生间在哪儿，他想漱口。

"梁功辰在这儿写作？"张锐指着餐厅问。

"他的写作室在楼上。"王莹一边舔嘴唇一边说。

"我想看梁功辰的作品诞生的地方。"张锐说。

见王莹迟疑，张锐主动亲了她一下。

"你跟我来。"王莹带张锐上楼。

王莹推开梁功辰写作室的门，说："梁叔叔在这儿写作。"

张锐走进去瞻仰朝圣。他的注意力集中在写字台上的电脑上。

张锐的右手伸进裤兜，按下预设的出版社孙社长的电话号码。孙社长的手机上显示张锐来电后，孙晨立刻按照事先的约定，往梁功辰家打电话，将王莹调虎离山。

梁功辰家的电话响了。确实如张锐预料的，梁功辰的写作室没有电话机。

"我去接电话。"王莹走了。

张锐迅速关上门，他用最快的速度打开梁功辰的电脑。谢天谢地，梁功辰电脑里的菜单都是中文文件名，张锐一眼就看见了《影匪》。他打开《影匪》文件，毫不犹豫地按下了"清除"键。梁功辰电脑硬盘里的已经写出的《影匪》前半部分被张锐板上钉钉地删除了。张锐的身体一直在发抖。

紧张得满头大汗的张锐打开写字台上透明的磁盘盒，他飞快地一张一张地翻看磁盘粘贴纸上的字，他看见了一张绿色的磁盘上写着"影匪"。

张锐将梁功辰防患于未然备份《影匪》的磁盘插进电脑的软驱，删除得一干二净。

大功告成已经是构日出版社电子读物编辑室主任的张锐从电脑里取出磁盘时，无意间看到磁盘粘贴纸上的"影匪"下边有个铅笔写的"一"字。

"他备份了两张盘？"张锐赶紧再翻梁功辰的磁盘盒。

果然，张锐找到了写有"影匪二"的红色备份磁盘。

张锐将红色磁盘插进电脑，就在他哆嗦着手要按清除键时，他的身后传来一声大喝："把手放在头上！快！不然我劈了你！"

被吓破了胆的张锐赶紧将双手抱在头上，他浑身打战。

"慢慢转过来！"

张锐转过身，他看见母老虎般的王莹手持一把锋利无比的菜刀，怒不可遏地站在门口。她的眼睛里射出的惊诧愤怒的目光像激光手术刀，将张锐的皮肤烧灼得冒出了煳味儿。

"烤嫩酿！"王莹上来先用家乡话痛骂张锐，"你这个挨千刀的城里小白脸，狗特务，你敢设套骗我！说！你为什么要对我梁叔叔的电脑使坏？！你不是他的忠实读者吗？人家写东西容易吗？写长了你们说短的好，写短了你们又说长的好。写低了你们说是哄小孩儿，写高了你们又说少儿不宜。不写了说是江郎才尽，写了又说今不如昔。写坏了横遭冷嘲热讽，写好了惨遭抄袭盗印。到头来还有你这样的人直接到人家家里来破坏作家的电脑，你到底要干什么？你口口声声说城里到处是陷阱，谢谢你的提醒，城里确实到处是陷阱，别看你们用地砖和水泥把陷阱都伪装起来，照样害人。你不就是欺负我一个农村姑娘傻吗？我是农村人，我是没上过什么学，我还长得丑，可我有你没有的东西：良心。懂什么叫良心吗？你们城里人看不起俺们农村人，歧视我们。你们也不想想，咱们的开国元勋有几个是城里人？他们哪个不是货真价实的农家子弟？农村人打下了江山，反倒不让农村人进城了！你们还蔑称我们是'外来人口'。都是公民，怎么我们农村人就成了'外来人口'？以后我们农村人进城干脆办签证得了！真要是这样，你们还不老得拒签我们说我们有移民倾向拿我们出你们被美国领事拒签的气？你们当我们不知道，你们城里人去美国还不如我们农村人进本国城里的处境呢！人家外国人倒不管你们叫外来人口，人家管你们叫黄面鬼，连人籍都给开除了！我就纳了闷儿，你们在城里过得好好的，干吗要去美国给人家当孙子遭人家白眼？对于真正的外来人口，你们倒尊称人家为'老外'，逢年过节干吗不把他们这些鼻子不是鼻子，眼睛不是眼睛的真正的外来人口遣返？每到春节前，你们还要提醒城里人注意什么'节前偷盗期'，说是进城打工的外来人口回家过年前要在城里狠捞一把。是谁狠捞一把？俺哥前年进城在建筑工地打工，干了一年，临走时，包工头不但一分钱不给，还说俺哥欠他住宿费和伙食费！俺哥住的那工棚叫人住的房子？还不如包工头养的狗的狗窝好呢！你们如果让开国元勋的老乡都有事干都能挣到钱，谁不爱在春节前衣锦还乡？谁不知道在节前作案是冒着春节和家人妻离子散的风险？你们只看到管制刀具扎在你们城里人的身上，那刀同时也在春节前扎在了农村亲人的心窝子上呀！开国元勋们如果九泉之下有知，作为农村人的他们打了天下，他们的父老乡亲农村人倒成了外来人口，他们能不痛心疾首？告诉你，我们国家就是农家子弟缔造的！你们这些白眼狼！你还愣着干什么？还不快滚蛋！烤嫩酿！！！"

狗血喷头的张锐战战兢兢经过王莹时，被王莹用刀背砍了脖子。张锐踉跄了几步，拔腿就跑。

"回来！"王莹大喝一声。

张锐立刻站住。

王莹到卫生间拿出一杯水，她走到张锐面前，玩儿命漱口，然后将满嘴的水喷射到张锐脸上。

"滚！"王莹运足了气，雷霆万钧。

张锐终于体会到当外来人口的感觉了，他抱头鼠窜。

张锐神情恍惚地回到出版社后，孙晨迫不及待地问他："成功了？好脱身吗？她不会殉情吧？"

张锐再也忍不住了，他羞愧难当，放声大哭。

孙晨诧异。

当天下午，张锐向孙晨递交了辞职报告，自此不知去向。日后有用公款为国家假日经济"增砖添瓦"去五台山旅游的同事回来说看见张锐削发为僧出家了。此乃后话，不表。

第二十三章　陶文赣灵机一动

马丽目送梁功辰的汽车走了后，她才拿着梁功辰送给她的皮包回家。

"加完班了？"陶文赣问妻子。

马丽点点头。

"坐公共汽车回来的？"陶文赣再问。

马丽看了陶文赣一眼，没回答他的提问。

"谁开车送的你？"陶文赣眼睛发红。自从陶副省长东窗事发后，这是陶文赣首次在家发脾气。

"朋友。"马丽说。

"谁的包？"陶文赣看见了马丽手里的陌生皮包。

"管好你自己的事吧！"马丽瞪陶文赣。

这些年马丽虽然和陶文赣形同陌路同床异梦处于事实上的分居状态，但陶文赣从未发现妻子有外遇，这是他内心得以平衡的支撑点。当他看见一个男人深夜开车送马丽回家，而且马丽对他撒谎说是加班，养精蓄锐积压多年的陶文赣终于歇斯底里了。

陶文赣一把抢过马丽手里的皮包，他喊叫："我还是你的丈夫！你不能欺人太甚！你敢包二爷？"

陶文赣打开皮包，他呆了。

皮包里是摩肩接踵沙丁鱼罐头般的百元大钞。

"这是？"陶文赣眼球里的愤怒顿时被惶恐取代。自父亲受贿入狱后，陶文赣害怕巨款。

马丽不说话，她面无表情地看着丈夫。人类最精彩的表情就是面无表情。

"你贩毒？"陶文赣认定除了官员和财务人员，突然拥有巨款的人非盗窃即贩毒。

"你的想象力没用在正地方。"马丽含沙射影挖苦陶文赣的弱智写作。

"前几天我刚从电视上看到一个医生制毒贩毒，又不是没有先例！"陶文赣说，"这钱到底是哪儿来的？"

"反正不是偷来的，也不是毒资。"马丽脸上继续维持精彩表情。

"你不说，我打110报警了！我不能失去父亲后再失去妻子！我要中止你犯罪！"陶文赣说完拿起电话听筒，真的拨打110。

目睹陶文赣拨完"11"后没有停止的意思，马丽过去按下电话机上的叉簧。

"我告诉你这钱是怎么回事。"马丽对陶文赣说。

马丽看出陶文赣是真的让监狱吓怕了。

马丽坐在沙发上，她对陶文赣说："你站着听？"

陶文赣紧抱着梁功辰的皮包不撒手，就像紧抱着妻子不撒手一样，好像一松手，妻子就进监狱了。陶文赣抱着皮包坐在妻子对面的沙发上。他面前的茶几上是严阵以待直通110报警中心的电话机。

"下班前，梁功辰给我打电话。"马丽开始向丈夫证明巨款不是贩毒所得。

"梁功辰给你打电话？"陶文赣不信。

六年前，马丽在超市邂逅梁功辰回家后，她告诉了陶文赣。那之后的半年内，陶文赣几乎天天问妻子梁功辰来电话没有。陶文赣很想结识梁功辰。在梁功辰杳无音信后，陶文赣还唆使妻子主动给梁功辰打电话，被马丽拒绝。

"刚才开车送我回家的就是梁功辰。"马丽说，"这钱也是他给的。"

"你们……怎么了……他一次给你这么多钱……"陶文赣打开皮包再看里边，当他确信自己未将一元钞误判为百元钞后，惊讶万分。

"你嘴巴干净点儿！"马丽说，"说句不怕跌份子的话，就算我愿意，他会要我？"

"我也这么想。"陶文赣说，"那他干吗给你这么多钱？"

马丽将梁功辰委托她复活智齿的事告诉陶文赣。

"诓我？"陶文赣根本不信。

马丽起身从陶文赣怀中的皮包里拿出装有梁功辰智齿的小瓶子。

"我说的都是真话，这就是梁功辰的智齿，不信你看。"马丽将小瓶子递给陶文赣。

陶文赣只看了一眼就说："你们医院满地都是牙，你怎么能证明这颗是梁功辰的牙？"

"我会从地上捡一颗牙，再借二十万元，然后雇个人开车送我回家而且故意让你从窗户上看见？我再向你杜撰梁功辰委托我复活他的智齿？我有病？"马丽说。

陶文赣沉思后，点头。

"梁功辰说，不管我能否复活他的智齿，这二十万元都是咱们的了。如果成功了，他再付咱们三十万元。"马丽有意使用"咱们"这个词。

"他可真有钱。"陶文赣说。

五十万元合法收入对于经济捉襟见肘的陶文赣来说，极具诱惑力。

"咱们可以从这钱里拿出三万元，先把你欠的自费出书的债还上，还可以付他们利息。"马丽说。

一提自费出书的债务，陶文赣顿时矮了半截。

现在，不管智齿到底是怎么回事，陶文赣决定先信了再说。

"你看看我有没有智齿？"陶文赣灵机一动。

身为牙医的马丽，竟然从未仔细看过丈夫的牙。

陶文赣张嘴，马丽观察丈夫的口腔。

"你没有智齿。"马丽说。

陶文赣立刻神气了："我说我怎么写不好，原来是没有智齿！这不能怪我了！"

"看来是不能怪你写不好，我向你道歉。"马丽真诚地说，"梁功辰是靠智齿写作，连他自己都特肯定地这么认为。原先我一直奇怪，怎么一点儿文学细胞没有的他说写就写而且写得那么好呢？现在我恍然大悟了。他和我交往时，还没长智齿。他长了智齿后，就身不由己地成为大作家了。"

听到妻子向他道歉，陶文赣想给梁功辰送锦旗。

"有智齿的人都能当大作家？"陶文赣疑惑。

马丽摇头："有智齿的人太多了，怎么大作家这么少？肯定不能。但有一点可以肯定，起码梁功辰这颗智齿和他的写作有关系。"

"你有把握复活它？"陶文赣想拿另外三十万。

"很难。但梁功辰的一句话启发了我，我要用纳米技术试试。"马丽说，"这二十万元交给你保管，你先还债。从今晚起，我要全力以赴复活梁功辰的智齿。从明天开始，我请假不上班了，一直到复活它为止。"

"我支持你。"陶文赣抱着二十万说,"你的试验需要什么,我出去帮你采购。"

马丽家很长时间没这么融洽了。

"只要智齿复活了,装回去没问题?"陶文赣问。

"没问题。就算梁功辰的智齿原先的牙窝愈合了,我可以拔他另一颗牙,给智齿腾地方。"马丽说。

很遗憾,21世纪的人不可能知道黄金通道。只有极个别智齿的原装牙窝拥有通向大脑的黄金通道。这正是人类成员中天才人物凤毛麟角的真正原因。

"我给你做饭。"陶文赣挽袖子。

"我吃过了。"

"那我给你做消夜。"陶文赣献殷勤。

这一夜,马丽通宵达旦地复活梁功辰的智齿,陶文赣通宵达旦地向妻子提供后勤支援。马丽和陶文赣终于体会到,真正的快感源自夫妻携手共事具有创新性质的工作。这才是地道正宗的夫妻生活。

四天过去了,马丽几乎没离开过书房。写字台被改作临时实验台,上面堆满了试验用的器皿、药剂和书籍资料。

用晚餐时,陶文赣问妻子:"有戏吗?"

马丽用力点头。她没时间停止咀嚼饭菜。梁功辰那句"太晚了成功也不行"的话一直萦绕在她耳边。

"你很了不起。就算抛开梁功辰写作,你发明了将死牙复活的技术,算是大的医学贡献吧?"陶文赣一边给妻子夹菜一边说。

马丽咽下一口饭菜,说:"好像没什么实用价值吧?"

"光挣梁功辰这五十万也不亏。"陶文赣说,"估计还需要几天?"

"最多五天。过了五天没成功，估计也成功不了了。"马丽放下碗筷，快步回书房。

陶文赣洗完碗筷后，坐在客厅备勤值班，一旦马丽有什么需要，他随叫随到。

陶文赣坐着没事干，他的视线被茶几下边的两本书攫获，他拿出那两本书，一本是梁功辰的《圣女贞德》，一本是他的《蓝色公子》。

陶文赣先翻开自己的大作，他只看了两行就合上了书。陶文赣脸红得无地自容，他甚至环顾四周，看看有没有人。

陶文赣再打开梁功辰的书，已经无数遍看过这本书的他，依然一口气从随意翻开的那页一直看到全书"寿终正寝"。

看着茶几上并排放着的《圣女贞德》和《蓝色公子》，陶文赣想：你梁功辰写得好，并不是你自己的本事，而是由于你有智齿帮你写。我陶文赣写不好，不是因为我没本事，而是因为我没有智齿。

一个念头入侵陶文赣的大脑：等马丽复活梁功辰的智齿后，如果把梁功辰的智齿安在我嘴里，我不就能写出传世之作了吗？

陶文赣激动得腾地站起来，他又坐下了。

马丽会同意吗？这毕竟是不光彩的举动。而没有马丽的同意和技术支持，陶文赣无法完成安装梁功辰的智齿。陶文赣清楚，他得拔掉一颗大磨牙，才能换装梁功辰的智齿。

将梁功辰的智齿据为己有的念头入侵陶文赣的大脑后，所向披靡迅速扩张地盘。很快，陶文赣满脑子全是它的领地了。

凌晨就寝前，陶文赣在床上试探妻子，他有意使用开玩笑的口吻："你把梁功辰的智齿复活后，如果给我装上，我不就能写出名垂千古的文学作品了？再也不用自费出书丢人现眼了。"

"这怎么行？"马丽连想都没想就否了，"那是人家的东西。何况《影匪》还等着出版呢！有多少读者翘首以待呀，那天你还念叨《影匪》呢。"

"我是开玩笑，瞧你急的。"陶文赣赶紧说，"我会做这种事？就算我想做，我也受不了那疼。你还不知道我？手指破一点儿小口子都恨不得休克。"

"这倒是。"马丽清楚丈夫怕疼怕血到了邪乎的程度，"你如果真想装梁功辰的智齿，咱俩就得离婚了。这些年我之所以没和你离婚，就是觉得你的品质还凑合。"

"那是那是。"陶文赣连忙说。

"睡吧，都四点了。"马丽关灯。

陶文赣不敢有再动安梁功辰智齿的念头了。

入睡后，陶文赣做了一个辉煌的梦。他梦见马丽不知为什么突然同意将梁功辰的智齿给了他。安上梁功辰智齿后，陶文赣的笔刹那间就生了花，想不写传世之作都不行：《蓝色公子》第二部投放市场后，读者发疯般抢购，印刷厂印制《蓝色公子》第二部的印刷机根本不能停机，二十四小时连轴转还供不应求，直到将印刷机烧毁。陶文赣马不停蹄地到处参加签名售书活动，如云的美女给他写情书。诺贝尔文学奖等不及了破例在六月份向他颁奖。颁奖者告诉陶文赣，是诺贝尔托梦给每一位评委，威胁他们说如果不立刻向陶文赣颁奖，老诺就全炒了他们鱿鱼。评委醒后互通电话，坚信确有其事后，立马召开新闻发布会。陶文赣是在私家游艇上获悉自己获得诺贝尔文学奖的。

陶文赣的梦笑吵醒了马丽。

马丽残酷地将诺贝尔文学奖从陶文赣手中夺走，她推醒陶文赣："做什么好梦了？你吵醒我了。"

从天上回到地面的陶文赣睁着眼睛睡不着了。

陶文赣回顾自己从出生到现在的生命历程，他享受过来自父亲的权力和荣耀，但他没有享受过来自自己的名利双收，那才叫真正的享受。人活一世，如果从未体会什么是名利双收，纯属枉活。而从自己目前的状况看，陶文赣这辈子一鸣惊人的可能几乎没有。何况在知道智齿的秘密后，没有智齿的他更是万念俱灰。梁功辰的智齿对陶文赣的诱惑太大了。

陶文赣极力说服自己：他梁功辰已经享受过名利双收了，好事也不能全让他一个人占了，何况他的智齿还是马丽给复活的。根据婚姻法有关夫妻关系存续期间所得的财产夫妻各占一半的规定，复活梁功辰的智齿也有我陶文赣一半功劳，我陶文赣怎么就不能用用你梁功辰的智齿？

可马丽这一关怎么过呢？说服她当同谋的可能性是零。她不同意，谈何容易？

当"偷梁换柱"这个词语从天而降在陶文赣的大脑着陆后，山重水复的他猛然间柳暗花明。

在马丽成功复活梁功辰的智齿后，找一颗外貌相同的智齿换下梁功辰的智齿。

谁能给我拔牙和装牙呢？陶文赣想到了遍布街头的私人牙医，他曾经听一位同事说，这些私人牙医大都是从大医院辞职或退休的，医术普遍不低。那同事还说，她的牙在好几家大医院都没弄好，被电线杆子上贴着的一个私人牙医弄好了。

陶文赣决定实施自己的换牙计划，他太想靠自己的本事出人头地名利双收了。他憧憬在超市购物时被服务员认出来，他梦想在签名售书时和漂亮的女读者合影，他期望在同学聚会时谈笑风生纵横捭阖……

和陶文赣共进早餐时，马丽发现丈夫的眼光像贼。

"你怎么了？"马丽问陶文赣。

"昨天晚上做了个对不起你的梦。"陶文赣避重就轻。

"我说你做梦笑什么呢！"马丽恍然大悟，她自责道，"其实我也有责任，等忙完了梁功辰的智齿……"

陶文赣用玩笑转移马丽的注意力："趁着婚姻法还没把做婚外恋的梦列为严打罪行，我不妨多做几次。"

早餐收拾完碗筷后，陶文赣请示妻子："如果你没什么需要的，我想去单位看看。"

"去吧。"马丽说。

"我会赶回来给你做午饭的。"陶文赣临走时对马丽说，"我带了手机，有事你给我打电话。"

陶文赣离开家后，专找公共厕所。根据他的记忆，公共厕所的外墙是私人牙医和其他游医的广告集散地。越是屎尿遍地脏臭不堪的厕所，越是私医的黄金广告发布点。

在一座即使胃口如狼似虎的人只要进一次就能患终身厌食症的厕所里，陶文赣记下了一个私人牙医的行医地址。

陶文赣按图索骥，在一座物业管理水平恶劣的小区的一栋楼房的一层，找到了那个名为"黄德彪"的祖传牙医。

诊所的窗外挂着自制的户外广告，广告词上赫然写着"黄德彪兼任世界牙防组第四分组第八小组中国牙区副主席"。

门虚掩着，陶文赣出于礼貌敲门。

"请进。"里边热情邀请。

陶文赣推门进去，门厅即是诊所。一座患龋齿的牙科治疗椅痛苦不堪地躺着。一个近六十岁的男子笑容满面地欢迎陶文赣。

"您是牙医？"陶文赣问。

"我是黄大夫。从您的声音，我就能听出您的牙齿出了问题。"

黄德彪指指牙椅说，"您坐上来。"

"我的牙没事。"陶文赣说。

"那您是？"黄德彪有所警惕。

"向您咨询一件事。"陶文赣说，"我想换颗牙，拔掉我的一颗磨牙，换上一颗别人的智齿。行吗？"

"您的这颗磨牙坏了？"

"没有。"

黄德彪注视陶文赣，说："您一进来，我就看出您不是来看牙的。您就直说吧，您是消协的？卫生局的？工商局的？这么跟您说吧，我是没有行医执照，但我治了四十年牙，多少大医院解决不了的难题，到我这儿准治好。如果没人给我戳着，我能在家里挂牌行医？您如果想找我的碴儿，趁早歇菜。电话就在那儿，随您向哪儿举报，电话费我出。"

陶文赣说："您误会了，我确实想换一颗好牙。我估计您行医四十年没见过要求换好牙的人。如果我愿意换，您的技术行吗？我出高价。"

"多少？"黄德彪问。

"五万元。成功后一次付清。"陶文赣拿梁功辰的钱换梁功辰的牙。

249

第二十四章　偷梁换柱

黄德彪听到陶文赣出价五万元拔自己一颗好牙，吓了一跳，他看着陶文赣，不说话。黄德彪调动自己六十年的人生阅历和四十年的医牙经验甚至出生前一百年就有的遗传基因，分析面前这个男子来他的私人诊所究竟想干什么。

"圈套"是黄德彪想的最多的一个词。牙医拔掉患者的好牙是砸牌子之举。此人愿出五万元请黄德彪拔他的好牙，难道是别的牙医变相买凶害他黄德彪？如今私人牙医竞争激烈，医术确实不错的黄德彪清楚自己肯定抢了不少同行的饭碗，遭嫉在所难免。

"您是嫌五万元少还是没有金刚钻揽不了瓷器活？"陶文赣见黄德彪不说话，问他。

"谁派您来的？李质？赵官书？"黄德彪点了附近几个私人牙医的名。

"派我来？我不认识你说的人。我是自己来的。不是说有钱能使鬼推磨吗？有人出五万，让你帮他换牙，你居然不干？没想到你还挺有医德。"陶文赣说，"不干算了，我去找别人。您刚才说的那两个名字也是牙医吧？他们的诊所在附近？"

见陶文赣要走，黄德彪又舍不得放弃五万元，他说："您先别急，您不能怨我，这事确实太离奇了。您说得没错，如今是有钱能使鬼推磨，但也要看是什么磨。有的磨，您就是花再多的钱，也没有鬼敢接您的活儿。您不信挨个儿去牙医诊所问问，哪个牙医会听您这么一说就毫不犹豫地把您的一颗好牙三下五除二给拔了，还要再拔别人的一颗智齿给你安上？真要有这种牙医，我断言他绝对是只认钱的冒牌货，他根本不可能给您替换成功。我还断定，您不可能去正规医院做这件事，您只能找我们这些私医。"

"您说得没错。"陶文赣说，"我怎么做，您才会给我换牙？"

"告诉我真实原因。"黄德彪说，"让我看看是什么样的磨。捎带说一句，有钱能使鬼推磨这句话已经过时了，现在是有钱能使官推磨。"

陶文赣想起了自己的父亲，他咬了咬嘴唇。

"您为什么换牙？"黄德彪再问。

"请您谅解，原因我还真的不能告诉您，就算我说了，您也不会信。"陶文赣说，"这么说吧，我要是您，我就不会有别人设套害我的顾虑。为什么？什么人能通过花五万元诱使您拔一颗好牙砸您的牌子？那人给您五万，他得给甘愿牺牲一颗好牙的人多少钱？起码也不能低于五万吧？哪个私医能出十万元害您？他是百万富翁？"

黄德彪点点头，他觉得陶文赣的话有道理。

"再说了，您接触的人肯定多，您不可能没看出我不是没身份的人。"陶文赣说，"我神志清醒，有完全行为能力，有正式工作，我之所以要求您给我换牙，肯定是因为我必须这么做。我可以先付您一万元订金，成功之后，再付您四万元。即使没成功，那一万元订金也是您的了。"

近朱者赤，陶文赣受梁功辰启发，调整金融政策。

黄德彪动摇了，他问："您能事先和我签署一份协议书吗？说您是自愿拔除好牙。"

"没问题。"陶文赣说。

"我接这个活儿。"黄德彪拍板,"说说您的具体步骤。"

陶文赣松了口气,他已经看出黄德彪具备给他换牙的技术实力。黄德彪越是谨慎,越说明他不是草台班。

"首先,您要替我物色一颗活智齿,这颗智齿要和我手里的一颗智齿一模一样。"陶文赣说。

"什么意思?"黄德彪越发惊奇,"您手里有一颗活智齿?给我看看。您干吗不直接换它,还要我再找一颗一模一样的?您做什么工作?在国家安全部门?"

"那颗智齿我没带来,我回去后给它拍照。我把照片拿给你。你照着照片上的样子物色另一颗可以以假乱真的智齿。"

"您是要换装您手里的那颗智齿?"

陶文赣点头。

"直接装上不就得了?"黄德彪说。

陶文赣摇头。

"调包?"黄德彪明白了。

"是这个意思。"

"智齿都是一样的,您这是何苦?"

"一样我会花五万元换?"陶文赣冷笑,"我有病?"

"这世界确实越来越不可思议了。"黄德彪感叹。

"现在签协议?"陶文赣问。

"我照着您提供的照片找一模一样的智齿难度很大,还得是长在别人嘴里的活智齿。"黄德彪思索着说。

"来您这儿看牙的人不会少,您只要注意观察,说不定也不难。"

"人家会让我拔智齿?"

"您可真逗,您一个牙医,您跟人家说他的智齿非拔不可,他会不听世界牙防组中国牙区副主席的忠告？您还可以免费给他拔，买一送一的意思，他来这儿肯定是看别的牙。"

"那您得尽快给我照片。以免错失良机。"

"我下午就给您送来。"陶文赣说，"但您还不能找到合适的智齿立刻就拔，您先预订下来，等我的信儿再拔。"

"这又难了，我让人家张着嘴坐在我家等着？等多久？一天？两天？"

"您可以告诉他过两天来拔，让他留下联系电话。"

"这事五万元可不多。"黄德彪说。

"真的成了，我还会再给你三万元！"陶文赣激励黄德彪。

黄德彪眼珠子红了。

陶文赣继续说步骤："我拿着您找的智齿回去换下我的那颗，您再拔掉我的一颗磨牙，将我拿来的智齿装到我的嘴里。大功告成。"

"签协议吧，谁起草？"黄德彪问。

"共同起草。"陶文赣精通起草法律文书，他执笔。

合作内容、双方责任、报酬、违约责任……滴水不漏。

"您到底是干什么的？"黄德彪签字后问，"起码是硕士毕业。律师？博士？从美国留学归来？"

"彼此彼此。您的学历也低不了。"陶文赣说。

"说句实话，有本事的人活得最难，最危险。"黄德彪一副饱经沧桑的样子。

陶文赣尚无此体会，他不置可否。

"当然，没本事的人误认为自己有本事，更危险。"黄德彪补充说。

"这一万元是给您的订金。"陶文赣拿出钱，"我现在就去给智齿拍照，争取下午给您送照片来。"

"我等着。"黄德彪像接外星人的钱。

"您要守口如瓶。"陶文赣出门前叮嘱。

"您已经将乙方保密责任写进协议书了。"黄德彪表示自己拿了钱会按合同办。

陶文赣在回家的途中买了一个胶卷。

陶文赣拿出钥匙在开家门前先调整表情，他进门后就大声说："马丽，我回来了。"

"文赣，你快来！"马丽在书房叫陶文赣。

"出什么事了？"陶文赣连鞋都顾不上换，他快步进入书房。

"文赣，咱们就要成功了！"马丽的声调兴奋得竟然出现了美声唱法。

"这么快？！不是说还得五天吗？"陶文赣悲喜交加。喜的是他有望当超级作家了，悲的是他担心马丽会立刻通知梁功辰，使他错失良机。

"搞实验就是这样，很难预料。"马丽说。

"大约什么时间能成功？"陶文赣居心叵测地问。

"我觉得已经成功了。只是还需要三个小时证实。"马丽说，"顶多今天晚上，梁功辰就可以安上他的智齿了。"

"先不要急着通知他，等有百分之百的把握后再告诉他。"陶文赣要赢得时间。

陶文赣看见梁功辰的智齿泡在一个器皿里，确实显现出一线生机。

"在等待的这三个小时里，你没事了吧？"陶文赣想调虎离山，"出去透透气？这几天，你真够辛苦的，爱因斯坦发明相对论，也就这了。"

"累是累，但真有意思。做实验，比给人看牙适合我。"马丽站起来做扩胸运动，"咱们出去吃午饭吧？"

陶文赣没想到妻子拉他一起外出，他说："现在还不能算真正的成功，晚饭咱俩出去吃，庆祝庆祝。我去给你做午饭，你下楼散散步。"

"也好。"马丽中计。

马丽出门后，陶文赣迅速找出照相机，他站在窗户前，一边看着楼下散步的妻子一边像往狙击步枪里安装子弹那样往照相机里安装胶卷。

陶文赣端着狙击步枪照相机，从不同的角度瞄准梁功辰的智齿，他不停地按按钮，将三十六发胶片子弹扫射一空。

陶文赣把胶卷从照相机里取出，藏进衣兜。他一边在厨房做饭一边调整原先拟订的行动计划。

"你忘了往菜里放盐？"马丽吃了一口菜后，问陶文赣。

"是吗？我可能是太高兴了。"陶文赣赶紧站起来补盐。

"想那三十万了吧？"马丽笑。

"没错。"陶文赣说。

"咱们用这笔钱干什么？"马丽问丈夫。

"买辆汽车？"陶文赣心不在焉地说，"要不重新装修房子？"

"买汽车吧。买国产的还是进口的？"马丽问陶文赣。

"进口车质量不好，还是买国产车吧。"

"国产车比进口车质量好？"

"媒体上经常报道说外国汽车老是由于质量问题召回，咱们的国产汽车从来没有出现过因质量问题召回的现象，自然是国产汽车质量好。"

"我那天从网上看到，汽车召回制度是国外汽车厂商为自己树立品牌形象而惯用的伎俩。"

"向全世界宣布自己的汽车因质量问题而召回，是树立企业的品牌形象？"陶文赣难以理解。

"这不正说明他们对自己生产的汽车的质量一丝不苟一切从客户利益出发即使卖出去的车也要不惜代价召回检查更换零件吗？这不是给企业的良心做广告是什么？"

"聪明到家了！资本主义真坏。"

"越是敢于承认自己生产的汽车可能有质量问题，越是等于夸自己的良心好。傻子消费者也明白，良心好的厂家才敢于承认产品质量不好。产品质量从来没问题的厂家，良心肯定坏了。据调查，凡是宣布因质量问题召回汽车的厂家，其汽车的销售量都无一例外因此成倍增长，这种经营手段作为成功案例已经被收入国外名牌大学的 MBA 教材了。"马丽说。

"照这么说，有的厂家产品有质量问题，消费者以比较激烈的方式提出后，厂家反而将消费者告上法庭，说是侵害了厂家的名誉，这不等于抽自己的嘴巴吗？"

"这样的厂家，只能用两个字形容。"

"哪两个字？"

"性别障碍，我说不出口。含有歧视女性的贬义。"

"我知道了，有座大城市的足球迷特爱喊的话。新国骂。闹了半天，告消费者的厂家是那两个字的厂家。是够傻的。"

"咱们如果买汽车，一定要买有召回汽车记录的厂家的汽车。"马丽说。

"我同意。此外，今后我再也不会买告过消费者的厂家的产品了。"陶文赣急于结束这样浪费时间的聊天，时间现在对于他来说，就是一切。陶文赣问马丽："咱们几点就能确切知道梁功辰的智齿是否复活成功了？我出去找家好餐厅订饭。"

马丽说："下午三点。现在出去吃饭还用预订？"

陶文赣看表，目前是一点三十分。

"我想隆重点儿。"陶文赣说，"我去了？"

马丽点头。

陶文赣百米赛跑般下楼，出单元门后，他恢复正常行走速度，待到拐过楼角后，他又狂奔。

陶文赣问进入他视线的第一家彩扩店的服务员："你这儿冲扩的最快时间？"

服务员说："十五分钟。"

陶文赣拿出胶卷递给服务员。

"现在十五分钟不行。"服务员说。

"为什么？"陶文赣问。

"只有您这一卷，不值得开机。开机耗电量很大。老板规定凑够二十个胶卷才能开机。"服务员解释。

"我付你值得开机的价钱。你开价吧。"陶文赣说。

"其实您不用急，一会儿就上人了。"服务员管来顾客叫上人。

"我出多少钱，你能为我开机？"陶文赣问，"一千元？"

"五百元就行了。"服务员说。

陶文赣付款。

"不用预热？"陶文赣知道扩印机预热还需要不短的时间。

"刚关上。不用预热，十五分钟后，包您拿走。"服务员接过钱，春风满面。

服务员一边拿个小刷子刷底片一边看："您照的都是什么？"

"反正不是军事机密。"陶文赣说，"你看着像巡航导弹的零件？"

257

"五百元，我什么都敢给您扩。"服务员用见义勇为的口气说。

陶文赣接过散发着湿气的照片，审看。基本清晰。

陶文赣火速赶往黄德彪的诊所。

"计划要提前，我现在就要和它一模一样的智齿。"陶文赣满头大汗地将照片递给黄德彪。

黄德彪一边接过照片看一边说："今天也邪了，一个来看牙的都没有。"

话音没落，进来一个中年妇女。

陶文赣赶紧示意黄德彪接客。从她嘴里找智齿。

黄德彪问中年妇女："您看牙？"

中年妇女看陶文赣，说："他先来的，他先看。"

"他等别的，我先给您看，坐上来。"黄德彪说。

"谢谢您了。"中年妇女对陶文赣说。

"不客气，应该的。"陶文赣说。

"张嘴。"黄德彪连牙怎么不好都不问，就让她张嘴。

陶文赣也迫不及待地凑过来看。

"没有智齿。"黄德彪说。

"那就别耽误时间了。"陶文赣小声说，他催黄德彪快轰中年妇女走。

"您的牙怎么不好？"黄德彪不能生硬地驱赶他的患者。

"我想拔了这颗牙，您看该不该拔？"中年妇女指自己的某颗牙。

陶文赣站在中年妇女身后，他从衣兜里掏出协议书，指着协议书上的五万元数字，提醒黄德彪不要因小失大。

黄德彪对中年妇女说："您这颗牙不用拔，还有救。这样吧，我给您点儿药，您先回去吃几天，如果一个星期后不见好，您再来吧。长一颗牙不容易，不到万不得已，不能拔。"

"也好。"中年妇女同意。

陶文赣不停地看表。

黄德彪给中年妇女拿药，他向她交代吃药的注意事项。陶文赣在一边狠瞪黄德彪。

"多少钱？"中年妇女问。

"下次来时一块儿给吧。"黄德彪看出如果中年妇女再不走，陶文赣要武力驱赶她了。

"现在是两点，我必须在三点前，不行，我必须在两点五十分之前拿到和照片上一样的智齿。"陶文赣说，"否则，你这五万元就挣不成了。"

"没人来看牙，我有什么办法？"黄德彪为难，"我总不能到大街上拦住行人拿着照片对照找智齿吧？"

第二十五章　如此反哺

陶文赣急得在屋里来回走，他清楚，一个小时后，马丽确认梁功辰的智齿复活无疑时，她会立即通知梁功辰去她的医院装牙。

黄德彪也急，他不能就这么看着到手的五万元飞了。虽然陶文赣说过不管能否成功，一万元订金都是黄德彪的了，但如果连陶文赣需要的智齿都没找到，黄德彪还真不好意思要这一万元。

陶文赣突然站住了，他问黄德彪："您没有智齿？"

"早拔了。"黄德彪遗憾，他没想到自己在三十一年前拔掉了一颗可能价值五万元的智齿，而且当时拔完智齿后他还错上加错倒给医院钱。

"您的亲属有智齿吗？"陶文赣再启发黄德彪。

"我爸有！"黄德彪一拍脑袋。

"你爸在哪儿？"陶文赣在心里祈祷谢天谢地黄德彪的爸别像他爸一样在监狱里服刑。

"就在那屋。"黄德彪指着厨房旁的一扇门。

"怎么没声音？"陶文赣问。

"瘫在床上十五年了。"黄德彪说。

"能这么守着父亲，也是一种福气。"陶文赣羡慕地说。

"听您这口气，令尊好像不太顺？"黄德彪问。

"和瘫了差不多，不提了。"陶文赣叹口气。

"送到临终关怀医院去了？"

"临终关怀？"陶文赣苦笑，"没错，临终关'坏'。"

黄德彪仔细看照片上的智齿，他显然是在回忆对比。

"令尊的智齿和这颗差不多？"陶文赣小心翼翼地问。

"还真有点儿像。"黄德彪说。

"您是孝子？"陶文赣试探。

"不是孝子能伺候瘫在床上的父亲十五年？"黄德彪说。

"令尊高寿？"陶文赣不抱什么希望了。

"八十二岁。"

"这么大岁数了，牙还好？"陶文赣心怀不轨地问。

"这得归功于他的牙医儿子。"黄德彪自褒。

陶文赣不好再说什么了，他只能旁敲侧击："看来，咱们的合作该结束了。"

陶文赣做出要走的姿态。

"您先等等！"黄德彪对陶文赣说，"我看看我爸的智齿。"

"这……不合适吧？"陶文赣得了便宜卖乖。

"我只是看看。不会这么巧。"黄德彪说完拿着照片推门走进父亲的房间。

陶文赣跟进。

一个老态龙钟的人躺在床上，他神志还算清醒，看见儿子进来，他的面部表情有变化。

"爸，我看看您的牙。"黄德彪掰开父亲的嘴，拿手电往里照。他看一眼父亲的智齿，再看一眼照片。如此反复几次后，他的脸上出现了明显的遗憾表情。

"差得很多？"陶文赣泄气了。

"不是差得很多，是差得很少。"黄德彪叹了口气，"简直可以

261

说是如出一辙。"

"真的？"陶文赣欣喜若狂，他这才明白黄德彪的遗憾来自他为自己不能把孝子进行到底而悲哀。

陶文赣清楚自己此刻什么话也不能说，他看出黄德彪在作思想斗争。

"其实，我在二十年前就动员我爸拔智齿。"黄德彪在为自己的孽举寻找理由。

"令尊如果知道他的一颗没用的牙能换五万元，他会同意的。"陶文赣谨慎地说。

"如果我为了您拔了我亲生父亲的一颗好牙，您另付我多少钱？这可是咱们的合同之外的事。"黄德彪问陶文赣。

"您认为您父亲的这颗牙值多少钱？"陶文赣反问。

"我爸的这颗牙本身不值什么钱，但我的良心和孝心值钱。我如果拔了我爸这颗牙，我会一辈子不得安宁。您付给我的是精神赔偿费，不是牙钱。这点咱们必须说清楚。"

"我明白。您开价吧。"

黄德彪看了一眼床上的父亲，他向陶文赣伸出右手，手上的五个手指头全部雄起，没一个萎缩。

"五千元？"陶文赣装傻。

"您得再给加个零。"黄德彪说。

"成交。"陶文赣说，"我在二十分钟内要牙。"

黄德彪转身去拿麻药。

"您别看我爸瘫了，有时他身上还有股轴劲，你得帮我按着他。"黄德彪拿着麻药注射器，对陶文赣说。

陶文赣按住黄父。果然像黄德彪说的，其父察觉到异常，他开始反抗。

黄德彪将一把牙医专门用来扩张患者嘴的扩嘴钳插进父亲嘴里，黄父的嘴被儿子强行扩张。

针尖扎进黄父的牙床。黄德彪一边往父亲苍老的牙床里推麻药一边喔牙花子。严格说，父亲和儿子使用的是同一个牙床。

陶文赣看见黄德彪泪流满面。

"按住，我拔了。"黄德彪对陶文赣说。

在陶文赣的协助下，黄德彪哭着拔除了父亲的智齿。陶文赣看出，黄德彪的眼泪和其父的牙齿一样货真价实。

陶文赣的眼睛也流泪了，在他眼中，给父拔牙的黄德彪幻化成推磨的鬼。

"一样吧？"黄德彪一手拿着父亲滴血的牙，一手拿着照片，问陶文赣。

陶文赣一边点头一边在心里说：说这牙是梁功辰父亲的牙都会有人相信。

"您快去换牙吧。"黄德彪说，"我在这儿等着给您装牙。我在门外挂上'今日停诊'的牌子。别忘了带钱来。"

陶文赣将装在小瓶子里的黄父的智齿塞进上衣内兜，凯旋回巢。

差一分钟三点时，陶文赣出现在家里。

"怎么样？"陶文赣指着梁功辰的智齿问马丽。

"咱们成功了！"马丽激动地宣布。

她紧紧拥抱丈夫。

"你真棒！"陶文赣说，"你完全可以去搞牙科的发明创造！"

"这是什么？"装有黄父智齿的小瓶子隔着衣服硌了马丽的胸部，她松开丈夫，指着他胸部问。

"手机。对不起。"陶文赣脸都白了。

263

"我这就打电话告诉梁功辰，让他直接去我们医院。我给他装智齿。"马丽的想象力尚未发达到能想象出丈夫的上衣兜里装着一位风烛残年的耄耋老人的老骥伏枥志在千里的智齿。

"你打吧。"陶文赣万分庆幸书房没有电话机。

马丽到客厅打电话。

陶文赣假装坐在书房的写字台前欣赏妻子的杰作，他用眼睛的余光看妻子。马丽如果看他，只能看见他的身体，看不见他平伸在写字台上的双手。

马丽给梁功辰拨电话。她没看书房。

陶文赣迅速从兜里拿出装有黄父智齿的小瓶子，放到容纳梁功辰智齿的实验器皿旁边。这是马丽从客厅看不见的盲区。

"请找梁功辰，我是马丽。"从客厅传来马丽的声音。

陶文赣小心翼翼地打开装梁功辰智齿的器皿。

"梁功辰，我是马丽，成功了！"马丽告诉电话里的梁功辰。

陶文赣成功偷梁换柱。他将梁功辰的智齿装进黄父智齿的原装小瓶子。为防止马丽再度拥抱他，陶文赣将梁功辰的智齿藏进裤兜。

"你太伟大了！谢谢你，马丽！"梁功辰在电话里激动得难以自持。

"你现在就去我的医院，我给你装牙。你在医院门口等我。"马丽说。

"我给你带上那三十万元。"梁功辰说，"写完《影匪》，我还要另外给你提成。我现在开车去你家接你。"

"谢谢。一会儿见。"马丽说。

陶文赣从书房出来，幸福地看着妻子。

"梁功辰马上就付咱们三十万！"不出所料，马丽放下电话后再次拥抱陶文赣。

智者千虑，必有一失。陶文赣没料到这次妻子只用一只手拥抱他。她的另一只手竟然百年不遇地要暗度陈仓。

"你坏……"一把攥住丈夫裤兜里的小瓶子"认贼作父"的马丽说。

陶文赣立刻大汗淋漓，他把妻子的手从装黄父智齿的小瓶子上拿开，说："马丽，先忙正事，你不是已经和梁功辰约了吗？等拿到那三十万，咱们再往死里乐！"

"文赣，这些年，我对不起你……看把你苦的……"马丽自责。

在夫妻关系中，自责往往是有成就一方的专利。

"咱们的日子还长，一会儿，你给梁功辰装完牙后，多和他待会儿，一块儿吃吃晚饭。"陶文赣项庄舞剑意在沛公。

"你真好。"马丽依偎着陶文赣，陶文赣赶紧将未装梁功辰智齿的那侧裤兜靠向妻子。

楼下传来喇叭声。

陶文赣赶紧挣脱危险到窗前往楼下看。

"梁功辰来了。"陶文赣说，"你去吧。"

马丽去书房拿梁功辰的智齿，陶文赣紧张地注视马丽的表情。他怕穿帮，马丽毕竟是有造诣的牙医。

马丽拿起器皿刚要往包里装，她又翻过来倒过去看梁功辰的智齿。

陶文赣的心沉到肛门了。

"必须马上安装，好像已经有点儿变化了。"马丽说。

"那就快去！"陶文赣说。

马丽出门前说："你不是已经订餐了吗？我还是和你一起吃晚饭吧。在哪家餐厅？"

"你和梁功辰吃。我去退餐，没关系。快走吧！"陶文赣通情达理到不讲理的地步。

"晚上我会……"马丽将功赎罪的决心一览无余。

"快走吧!"陶文赣往门外推妻子。

马丽在楼梯上回首对丈夫说:"过去我是有眼无珠。梁功辰写的书算什么?你才是金子!"

陶文赣茫然地看着楼梯上和他依依不舍的妻子。

从窗户里看到马丽上了梁功辰的车开走后,陶文赣从床头柜里拿出梁功辰的前九万元钱,火速赶往黄德彪家。

黄德彪正在说服一个非要今天看牙的患者明天再来。

见陶文赣长驱直入,那患者不服气,问黄德彪:"黄大夫,他出多少钱今天包了您?我出得比他还多!"

陶文赣拉开皮包让那患者看他出的钱数,他说:"欢迎竞价招标。"

那人的嘴顿时张得比牙医使用扩嘴钳张得还大。

黄德彪将那患者关在门外,他插上门。

"快装。"陶文赣将梁功辰的智齿递给黄德彪。

"这跟我爸的牙有什么区别?您怎么会为它花十万元?还要拔掉自己一颗好牙!"黄德彪摇头。

陶文赣坐上牙椅,催促道:"您就快动手吧!"

黄德彪看陶文赣的牙,寻找合适的替换牙。

"您的牙都不错,可惜了。我想找一颗有点儿毛病的换,没想到一颗比一颗好。"黄德彪一边看陶文赣的嘴里一边说,"如果我没判断错,您家里准有牙医。您找我弄牙,绝对是舍近求远。"

"找好了?"陶文赣再催。

"就让它下课吧。"黄德彪用小锤子敲陶文赣的一颗磨牙,"您听这声儿,简直像铜墙铁壁,不管牙釉、牙髓还是牙神经,绝对是世界一流。我敢说，如果咱们不拔它，它肯定比您活得长。"

"快拔！"从小怕疼怕血的陶文赣竟然大无畏地催黄德彪拔他的牙。

"急什么，先打麻药。"黄德彪说完教唆注射器针头强暴麻药瓶。

在黄德彪的授意唆使下，注射器不顾疲劳连续作战，继续对陶文赣的牙床施暴。

"您还等什么？"陶文赣见黄德彪给他打完麻药后还不动手拔牙，问。

"得等麻药起作用后再拔，现在拔疼死您。"黄德彪说。

陶文赣看表："等多长时间？"

"十分钟。您刚才不是参与给我爸拔牙了吗？怎么还跟没启蒙似的？"黄德彪说。

陶文赣不耐烦地抖动腿。

"我的牙椅禁不住您这么晃悠。"黄德彪说，"您最好保持情绪稳定。情绪不稳定时拔牙容易止不住血。"

陶文赣看表："快十分钟了，下手吧。"

黄德彪将扩嘴钳插进陶文赣的嘴，他拔掉了陶文赣的一颗兢兢业业无比健康年富力强的磨牙。

黄德彪将梁功辰的智齿天衣无缝地装在陶文赣的牙窝上。

"成了。"黄德彪说，"您咬住纱布，起固定那颗智齿的作用。"

"咬多长时间？"陶文赣用孱弱的声音咬牙切齿地说，他担心超过马丽和梁功辰见面的时间。

所有拔过牙的人都有这种咬牙切齿说温柔话的经历。

"一个小时差不多了。一个星期内不要吃硬的食物。"黄德彪说，"您淘汰的这颗牙还要吗？"

"不要了。"陶文赣连看都没看忠心耿耿跟了他几十年的无过错牙。

黄德彪将陶文赣的无辜下岗牙扔进污物筒。

陶文赣从牙椅上下来,他打开皮包,拿出九万元递给黄德彪。

黄德彪一边接钱一边说:"和您这样君子一言驷马难追的人合作真让人增寿。"

陶文赣收回拿钱的手,问:"这颗智齿在我嘴里肯定能活?"

"我不能说百分之百,但我可以说百分之九十九点九。如果没活,除了我爸的牙钱,我全退给您。"黄德彪说。

陶文赣将钱递到黄德彪手中。

"确实活了后,我还会来再给您送三万元。"陶文赣说。

"您是干大事的人。"黄德彪说。

"以后从电视上看到我,别吃惊。"陶文赣出门前对黄德彪说。

"您是公众人物?"黄德彪看着陶文赣的面容搜索自己大脑里的名人记忆库。对不上号。

"走着瞧吧。"陶文赣咬牙切齿依旧。

陶文赣急匆匆地回家,他急不可待地要回家写作,他已经拥有了梁功辰的智齿,他坚信如今自己肯定能写出一流的文学作品。

梁功辰的智齿被装在陶文赣的牙窝上后,它立即勘探,结果令它失望:陶文赣的这个牙窝没有通向大脑的黄金通道。如果有黄金通道,智齿会在陶文赣身上一展风采的,它不在乎主人是谁。

陶文赣咬着纱布跨进家门,万幸马丽还没回来。陶文赣撞倒两把椅子后,坐在了电脑前。

"先写一个短篇小说试试。"陶文赣踌躇满志地想。

大文豪的感觉笼罩了陶文赣的全身,他竟然思如泉涌般打字。

第二十六章　手吻

接到马丽的报捷电话后，梁功辰全家立刻进入过节状态，梁新、朱婉嘉和梁功辰情不自禁地拥抱在一起。

"爸，有个没成为配偶的初恋情人真不错！"梁新说。

朱婉嘉嗔瞪女儿："哪儿学的？还配偶！"

"我们班徐得忠老用这个词儿。"梁新说。

"别跟我提那孩子！"朱婉嘉说。

"您别记仇呀。"梁新说，"诬陷我后，不知为什么徐得忠主动向校长要求非要在全校大会上作检讨。我还挺感动。"

"可能是你爸的话感化了他，毕竟还是个孩子，可塑性大。"朱婉嘉说。

"快去安牙吧。"梁新催爸爸，"读者等着《影匪》呢。"

"你得跟我去。"梁功辰对朱婉嘉说，"安完牙，我可能开不了车。"

"我去合适吗？"朱婉嘉犹豫，"你也太娇气了。"

"您在车上等爸，别进医院。"梁新对妈妈说，"有您在旁边，是挺煞风景的。中年女医生给初恋情人安牙，真够浪漫的。可以拍言情电视剧了。王莹准爱看。"

王莹不在旁边。

"咱们走。"梁功辰对朱婉嘉说，"你带上三十万元。"

朱婉嘉去准备。

梁功辰到写作室将《影匪》磁盘装进衣兜。自从董永事件后，梁功辰每次外出，都将《影匪》前半部备份磁盘随身携带。那天梁功辰散步回家后，王莹向梁功辰哭诉了事情的经过，并要求梁功辰辞退她。梁功辰大惊，经他检查，电脑硬盘里的《影匪》真的被删除了，两张《影匪》备份盘中的一张也被删除了，另一张仅剩的唯一的备份盘插在电脑软驱里，伸着脖子等待铡刀下落。

梁功辰立即向小区派出所报警。警察询问观察王莹后，得出犯罪嫌疑人既非骗钱更非骗色的结论，初步分析是患有精神病的梁先生的读者所为。警察走之前叮嘱梁功辰多加防范。

经过梁功辰全家表决，一致通过了终生聘用王莹的决议，如果她愿意的话。梁功辰和家人认为，是保姆王莹拯救了半身不遂的《影匪》。否则，《影匪》必定全身不遂。

王莹痛哭流涕一边忙不迭地说"肿，豆四肿"，一边表示从此死心塌地终身不嫁追随梁功辰家到死。除了包揽家政，她还要看家护院，确保梁功辰作品的安全。王莹还发誓从此不看言情小说，她顿悟白马王子十有八九是白马流氓，她还说英雄救美女是没有社会责任感的作家为居心叵测的坏人编织的作案伪装网。

梁功辰和朱婉嘉驱车前往马丽家。梁功辰驾车，朱婉嘉坐在后座，副驾驶的座位给马丽预留。

贾队的汽车尾随。

马丽上车后，没看见后座上有人。

梁功辰用致歉的口吻告诉马丽："我太太朱婉嘉也来了，我担心装完牙后，我开不了车。"

"你好！"朱婉嘉从后座伸手到马丽耳边。

"你好。"马丽礼节性地碰了碰朱婉嘉的手，她的好心情顿时被破坏了。

"这三十万元，是我们感谢你的酬金，太谢谢你了。"朱婉嘉拿起后座上沉重的皮箱给马丽看。

马丽咬牙不说话。她觉得朱婉嘉是在侮辱她。

"我先生也要跟我去，咱们回去接上他吧？"马丽对梁功辰说。

"都开出来这么远了，还回去吗？"梁功辰清楚是朱婉嘉说钱惹的祸，他在反光镜里瞪朱婉嘉。

"要不我下车？我正想去商场买点儿东西。你们安完牙，打我的手机。"朱婉嘉说。

梁功辰将车停在路边，等待两个女人的决定。

"还是回去接我先生吧。"马丽坚持。

梁功辰操纵汽车掉头。

贾队也掉。

马丽上楼发现家里没人，她想起陶文赣可能去退预订的晚餐了。

马丽回到车上，她说："我先生可能自己去医院了。咱们走吧。"

朱婉嘉不敢再张嘴说话了。

前车载着一个男人、两个女人、三十万元现金和黄德彪老父的智齿驶向市第一医院。后车载着贾队和助手与前车保持不温不火的藕断丝连的距离。

梁功辰将汽车停在医院门外的停车场，时间是下午四点。看车的老头拿着两个版本的停车发票朝梁功辰的汽车走来，按照行规，他会先向车主收取高价停车费，如果车主有异议，他再改收平价。老头刚示意梁功辰交款，他看见了坐在梁功辰身边的马丽，马丽是医院的名医，老头还找她看过牙。

"原来是马大夫，我老花眼了。"老头不但不收费了，还殷勤地给马丽开车门。

"我在车上等你们。"朱婉嘉说。

梁功辰回头说："好吧。"

马丽没说话，她拿着装有智齿的包下车。

牙科的同事看到马丽来上班，都和她打招呼。

"马医生，您有一个星期没来了吧？我都想你了。"一个眉清目不秀的女护士对马丽说。

"我约了个患者。"马丽对那化妆扬眉抑目的同事说，"从明天开始，我就正常上班了。"

马丽一路和同事不停地打招呼。

"你的人缘很好。"跟在马丽身后的梁功辰说。

"是我公公出事后才好的。"马丽讪讪地说。

"我看看主任的单间用没用，给你安牙，最好别在有好多人的地方。"马丽推开主任治疗室的门。

"来上班了？"主任见是马丽，挺高兴。

"我明天正式上班。"马丽说，"我现在约了个患者，我想用用您的治疗室，行吗？"

"你用吧，我正好要去院里开会。"主任说。

马丽和梁功辰进入主任的治疗室，治疗室里只有一座牙椅。

"我去开会了。"主任看了梁功辰一眼，拿着小本对马丽说。

马丽冲主任点点头。

"坐上来。"马丽对梁功辰说。

梁功辰坐到牙椅上。

马丽从包里拿出智齿。她用镊子夹起智齿给梁功辰看，说："看看你的宝贝智齿，我把它救活了。"

"谢谢你，马丽，你帮了我大忙，我会终生感激你！"梁功辰处于下位的脑袋仰面看着上位的马丽说。

"张嘴。"马丽说。

梁功辰张嘴。马丽观察梁功辰拔除的智齿的原籍。

马丽摇摇头："挺麻烦，你的牙窝已经基本愈合了。"

"书上不是说三个月才能愈合吗？"梁功辰最近拼命攻读牙科医书。

"人和人不一样，你的创伤愈合能力可能很强。"马丽说完这句话就后悔了。当年她甩梁功辰时，两个人分手前，她对梁功辰说的最后一句话就是"我希望你的创伤愈合能力强"。

"确实强。"梁功辰说，"平时我的手指划破了，到我找出创可贴时，伤口已经好了。"

"只有拔掉你的一颗磨牙了，借用它的牙窝，安上智齿。"马丽说。

"好吧。"梁功辰同意。

梁功辰不知道也不可能知道自己满嘴的牙窝只有原先属于智齿的那个牙窝拥有黄金通道。

"你有哪颗磨牙不舒服吗？咱们最好拔一颗有问题的牙。"马丽和黄德彪异曲同工。

"没有。"梁功辰说，"你看着哪颗体积和智齿最接近就拔哪颗吧。"

马丽的手碰到了梁功辰的嘴唇，好像梁功辰的嘴唇安装了电网，马丽的全身触电般痉挛。当年，和梁功辰热恋时，马丽最爱干的事就是拿手指轻轻触碰梁功辰的嘴唇。

梁功辰也触手生情了。由于朱婉嘉没这个习惯，当马丽的手指碰到他的嘴唇时，他也过了电。

理智提醒梁功辰，现在不是重温旧梦的时候，千百万读者在等《影匪》。

"先把智齿安上……"梁功辰说。

马丽点点头。为克服手的颤抖，她索性将手紧紧抵在梁功辰的嘴唇上，让自己的手和梁功辰的嘴唇保持长吻状态，反而比断断续续接触给心灵和身体带来的振荡小。

马丽给梁功辰拔牙时，她看出梁功辰有点儿紧张。为分散梁功辰的注意力，她的一条腿有意靠在梁功辰的腿上。这是马丽从医十余年来，首次在治疗时使用这种减轻患者痛苦的方法。

梁功辰感觉到了马丽侵权的腿，他迎合她。手吻外加腿吻大大减轻了拔牙带给梁功辰的恐惧和疼痛。

马丽将智齿顺利装在梁功辰嘴里。

梁功辰咬住纱布大功告成后，马丽的手依旧放在梁功辰的嘴唇上，腿也没有挂靴的意思。

"你的腿才是真正的国脚。"梁功辰咬牙切齿地说，"早知道这样，根本不用打麻药。"

马丽不说话，她的声带发生了板块移动离开了喉咙，一分为二，一截迁徙去了右手，一截漂移去了左腿。

直到主任开完会回来，马丽才和梁功辰分开。

"还没完？"主任问马丽。

"快了。"马丽撒谎。

"我下班先走了。"主任收拾东西，"你离开时，锁好门。"

马丽点头说："我们马上就走。"

主任出去后，又回来了，他迟疑了一下，对梁功辰说："梁先生能给我签个名吗？我是您的读者。我在电视上见过您。"

梁功辰点头，他躺在牙椅上在主任递过来的本子上签名。

"谢谢。顺便问一句,《影匪》快出版了吧?"主任一边开门一边问梁功辰。

梁功辰叨着纱布咬牙切齿特肯定地说:"快了。"

主任走了。

"你的读者真多。"马丽说。

"对于作家来说,每个读者都是一个压力。读者越多,作家压力越大。此外,读者越多,越众口难调。"梁功辰说。

"疼了吧?"马丽问。

"有点儿。"梁功辰说。

马丽用腿给梁功辰打止疼针。

"好多了。"梁功辰说。

马丽不对梁功辰说"治疗完毕"这几个字。梁功辰虽然清楚换装智齿已经结束,但他不好意思弄完牙站起来立刻就走,他知道马丽愿意和他多待会儿,他不能表现得太势利,尽管他恨不得立即飞回家恶写《影匪》。

马丽没有忘记陶文赣刚才的大丈夫宽阔胸襟的出色表现,她也想赶回家对丈夫狂尽妻职,但她下意识地要让朱婉嘉屁股底下的汽车后座变成针毡。她想延长朱婉嘉在停车场的等待时间。她极度反感刚才朱婉嘉在车上拿巨款对她说事。

"他对你好吗?"梁功辰话一出口就后悔了,作为功成名就的初恋情人,似乎不能在重逢时向弱势一方挑起这样的话题。

"很好。"马丽爽快地说,"他很支持我复活你的智齿,这些天,都是他给我做饭,外出采购试验用的药剂也让他给包了。本来今晚他去餐厅预订了晚饭,后来你的牙复活成功了,他去退了饭。"

"干吗退?"梁功辰问。

"他说让我和你多待会儿。"马丽的语气里充满自豪。

"我为你高兴。"梁功辰喃喃地说。尽管嘴里堵着纱布,马丽依然嗅出梁功辰语气里醋的含量不低。

马丽扬眉吐气。

再功成名就也不如夫妻美满。马丽顿悟。

"不知为什么,不合理的事总是比合理的事多。"马丽冒出这样的话。

梁功辰听到马丽新开了话题,他知道这次治疗后遗症短不了了,他只得舍命陪君子。现在的时间对于梁功辰来说是地道的命。

"如果合理的事比不合理的事多,"梁功辰说,"这世界还有什么意思?人类还用奋斗吗?奋斗的目的是铲除不合理的事。"

"你每天在家写作,是不是写出来就高兴,写不出来就不高兴?"马丽的话题跳跃性比较大。昔日陶文赣写作时,有这种毛病。

"一般是这样。"梁功辰说,"但也有时候,写不出来不高兴,写出来也不高兴。"

"为什么?"

"有时写顺了,一天能额外写很多,写的时候不觉得累,写完了很累。累了也会影响情绪。容易不高兴。"梁功辰说,"不过,写不出来不高兴是沮丧的不高兴。写出来不高兴是高兴的不高兴。写作的本质是幸福地献血。"

"对于你,我看最适合的是每天少写点儿,但天天写。"马丽说,"这样就天天快乐了。"

"没错。积少成多是适用一切领域的黄金法则。"梁功辰说,"生命、人生、知识、财富、成就甚至犯罪,都是积少成多法则的胜利。"

马丽喜欢听梁功辰说话。梁功辰的大脑虽然没有了智齿的支援,但瘦死的骆驼比马大。耳濡目染多年,梁功辰的大脑多少开了点儿窍。

"我该走了，朱婉嘉还在车上等着。以后咱们再聊，来日方长。"梁功辰怀疑如果自己不先说告一段落的话，马丽会一直和他坐到两人的牙齿都老得脱落了为止。

"心疼她了？"马丽问。

"我还得赶回家写作，你知道交稿日期快到了。"梁功辰说，"《影匪》出版，你是头功。"

"你这句话比那三十万管用多了。"马丽说。

"我们送你回家，拿上钱。"梁功辰从牙椅上起来。

朱婉嘉在汽车旁焦急地往医院门口看，她看见梁功辰后立刻问："装上了？"

梁功辰指指马丽，说："马丽的医术高明，成功了。"

"谢谢你。"朱婉嘉对马丽说。

马丽矜持地点点头。

"我开车，你们坐后边。"朱婉嘉对梁功辰和马丽说。

马丽没说话，她拉开前门，坐到朱婉嘉身边。

梁功辰在后座对开车的朱婉嘉说："咱们先送马丽回家。"

贾队从医院里出来，上了自己的汽车。藕断丝连的两辆车上路。

马丽拿着装有三十万元现金的皮箱走进家门时，陶文赣正在书房酣畅淋漓方兴未艾地写作。他竟然没听见妻子回来。

"亲爱的，你在干吗？"马丽拎着三十万静悄悄走到丈夫身后，含情脉脉地问。

陶文赣吓了一跳。

马丽看电脑屏幕。

"这是什么？"马丽看着屏幕上的文字，问陶文赣。

"我还是想试试写作……"陶文赣慎重地说,"给梁功辰安完牙了?"

马丽认定丈夫虽然刚才表现得很大度,但他心里还是想通过在事业上追赶梁功辰以达到征服妻子的心的目的。马丽心疼没有写作才能又硬写的丈夫。

"你不用写了,我现在觉得你比梁功辰强多了!我这是真心话。"马丽动情地说。

"你不看看我写的短篇?还有一段就写完了。"陶文赣说。

"我去洗手。你写完它。"马丽将皮箱放在陶文赣脚下,"我看。"

马丽一边往卫生间走一边想,即使陶文赣写得再差,这次她也要赞不绝口。就是,自己的丈夫愿意写作,又不是吸毒,妻子为什么不鼓励?

马丽回到书房时,陶文赣已经离开椅子,他让位给妻子。马丽坐到电脑前,褒扬的话在她的嗓子眼整装待发。

"你的嘴怎么了?"身为牙科医生的马丽发现丈夫嘴型有异。

"没什么没什么,长了个小溃疡。"陶文赣遮掩。

"我看看。"马丽想以此延缓看丈夫新作,她还是担心止不住吐。

"先看作品。"陶文赣说。

马丽只得看电脑屏幕。

屏幕上陶文赣写的短篇小说的篇名是:《国妓米兰》。

马丽立即被这新颖而别出心裁的篇名吸引了。

"《国妓米兰》?你想出来的?亏你想得出,绝了!"马丽由衷地赞扬。

"快看。"陶文赣催。

马丽一口气看完了陶文赣的短篇小说《国妓米兰》。

"真的是你写的？"马丽难以置信。

马丽认为《国妓米兰》是三流小说，丈夫的进步令她兴奋。道理很简单：陶文赣能从十流一步跨到三流，没准也能从三流跨到二流甚至一流。

"真的是我写的。"陶文赣已经从妻子脸上看到了拥有梁功辰天才智齿后的自己写作的成功，"好吗？"

"进步太大了，虽然比梁功辰的作品还差点儿，但我相信你很快会追上他。"马丽激动地说，"你怎么突然就突飞猛进了？"

"这要归功于梁功辰，是他在激励我。"陶文赣说。

定居陶文赣嘴里的梁功辰的智齿听了这对夫妻的话死活想不通：没有黄金通道，我根本无法发挥作用，他的写作怎么会突飞猛进？

当天晚上，马丽和陶文赣度过了结婚以来最幸福的时光。似水柔情竟然能倒海翻江。

次日上午，陶文赣拿着打印出的《国妓米兰》去富阳出版社找高建生。

陶文赣一眼就看出高建生心绪不宁。

"我又写了个短篇，想请你给鉴定一下。"陶文赣拿出稿子，说。

"最近我很忙，稿子放在我这儿。"高建生明显地不耐烦，"等我忙过这阵子，就看。"

陶文赣不依，他说："你现在就看，很短，顶多二十分钟就能看完。"

陶文赣将稿子递到高建生眼前。

高建生只扫了题目一眼，就立刻看稿。

"你的进步很大呀！《国妓米兰》，光这题目就抓人！写得也不错。"高建生惊讶，"就这一篇？多写几篇，我给你出个短篇集。书名就叫《国妓米兰》。第一版印数会有一万本。"

"真的？"得到高建生的肯定，陶文赣才算真正踏实了。他在心里暗暗惊叹梁功辰的智齿的神奇。

尽管高建生看出《国妓米兰》只是三流小说，但在三流作品都往凤毛麟角拓展的当今文坛，能弄到三流小说出版的出版社已是屈指可数。

陶文赣认为自己有了梁功辰的智齿后写得却不如梁功辰的原因是智齿和他需要一个磨合期。

第二十七章　梁功辰会晤高建生

将马丽送到家后，朱婉嘉和梁功辰驱车回家。

"疼吗？"朱婉嘉一边开车一边问取代马丽坐到前座的梁功辰。

"有点儿。"梁功辰说，"马丽的医术不错。"

"我对她印象不好。"朱婉嘉贬马丽，"刚才她坐在我身边，我差点儿连车都不会开了。"

"如果我真的恢复了写作能力，她的功劳很大。"梁功辰为马丽说话。

驾车的朱婉嘉手脚嘴并用，她说："内因起决定作用。温度再适宜，也不能从石头里孵出小鸡来。我真的不服气。幸亏是你嘴里的物件和写作有关，要是别的器官，她还不定怎么着呢，瞧她刚才非要回家拉她先生那劲儿。"

梁功辰说："在这个世界上，合理的理多，合理的事少。不能太认真。"

"法多理少。"朱婉嘉说风马牛不相及的话。

"快回家写《影匪》吧。马丽说换完牙少说话。"梁功辰说。

"你刚才和她在医院肯定没少说话。"朱婉嘉闯红灯。

"婉嘉，你现在应该高兴才对呀！"梁功辰扭头看脸上像霓虹灯般闪烁反映车外的灯光的朱婉嘉。

朱婉嘉不说话了。

一进家门,梁功辰无视餐桌上王莹为他们准备的饭菜,直奔楼上的写作室。

"成了?"梁新问妈妈。

朱婉嘉点头。

"马丽真伟大。"梁新看着妈妈说。

朱婉嘉不置可否地点头。

梁功辰打开电脑,他头一次感觉自己这台配置武装到牙齿的电脑开启的速度慢。

梁新上楼看爸爸,她进入写作室。

"爸,让我看一眼智齿。"梁新说。

梁功辰说:"还咬着纱布呢,马阿姨说,多咬会儿。"

梁新搂着梁功辰的脖子说:"我终于如释重负了。"

"这话怎么讲?"梁功辰问女儿。

"是我看牙导致您拔智齿的。您不知道,我压力很大。"梁新说。

"现在你可以安心了。"梁功辰说,"爸能把时间赶回来,让《影匪》按期出版。"

梁新看着梁功辰脸上的某一个部位,说:"爸,您这儿怎么显老呀?"

"什么显老?"梁功辰听不懂。

梁新指着梁功辰脸上内部安装了智齿的那部分脸皮,仔细看,她说:"您脸上就这一块显老,跟八十多岁似的。"

"爸没时间跟你逗了,等写完《影匪》,我和你好好乐。"梁功辰开始打字。

梁新一步三回头地看梁功辰脸上鹤立鸡群的那块牙齿大小的老年皮。

梁功辰噼里啪啦打了几行字后，他审阅自己刚写的文字。全是废话。劣质小说和优质小说的区别之一：优质小说没有可写可不写的话。劣质小说则相反。

梁功辰傻了。

他删除刚才写的文字，改写。

依然是可写可不写的话。比刚才的还可不写。

梁功辰到卫生间吐出嘴里的纱布，他张开嘴照镜子。看得出，智齿在梁功辰的牙床上待得很惬意。

朱婉嘉听见梁功辰从写作室出来进了卫生间，她跟进来看究竟。

"出血了？"朱婉嘉问丈夫。

梁功辰发呆。

"怎么了？"朱婉嘉预感到不妙。

"还是写不出来。"梁功辰沮丧地说。

轮到朱婉嘉发呆了。

"会不会得等到完全长好了才能写？"梁功辰说。

"智齿真的复活了吗？"朱婉嘉设问。

"马丽不会骗我。"梁功辰否定妻子的怀疑。

"你应该说，她不会第二次骗你。"朱婉嘉提醒丈夫，她认为当年马丽甩梁功辰属于欺骗感情。

"我再去试试。"梁功辰说，"如果今晚写不出来，明早我去找马丽复查。"

"没时间再拖了。"朱婉嘉看日历。距离合同约定的《影匪》交稿期已经越来越接近纳米距离了。

梁功辰六神无主地回到写作室继续写六神无主的文字。

到晚上十一点时，梁功辰绝望地关闭电脑。

一直守候在门外的朱婉嘉听到电脑的关机声,推门进来,她从丈夫脸上看到了答案。

"别急,你给马丽打个电话。"朱婉嘉已将情绪调整到位。她懂得危急关头夫妻双方不能一起急,要有一方保持镇静。

梁功辰同意。他跟着妻子下楼打电话。

"请找马丽,我是梁功辰。"梁功辰听到接电话的是气喘吁吁的男性,他说。

陶文赣叫身边的妻子接电话。

"马丽,对不起,打搅你了。我还是写不出来。会不会没装好?"梁功辰问。

"绝对装好了。"

"智齿会不会没活?"

"绝对活了。这样吧,明天一早,你去医院找我,我给你复查。我把主任也叫上,他是权威。"马丽说。

"好吧。我七点就到。"梁功辰听出马丽好像急于挂电话,不知她在忙什么。

陶文赣见妻子挂上了电话,问:"梁功辰怎么了?"

"他说装完牙还是写不出来。"马丽说。

陶文赣没说话,他用舌头呵护抚摸自己嘴里梁功辰的移民智齿,备感珍贵。

"你的嘴今天不对劲呀?"马丽歪头看丈夫。

"就是溃疡了。"陶文赣赶紧用行动转移妻子的注意力。

次日天刚亮,两辆若即若离的汽车又驶出梁功辰居住的小区,前往市第一医院。

"梁作家怎么老往医院跑?"贾队在后车一边打哈欠一边说。

"体验生活吧。"助手说。

"你看过他的书吗？"贾队问。

"没有。我不看小说，都是瞎编。"

"我也没看过。咱们跟了他这么多天，按说该看看他写的书。"贾队眼睛里有血丝。

梁功辰抵达医院时，马丽已经到了。她果然打电话通知牙科主任也提早到医院。主任一听说是梁功辰的事，二话没说就来了。

朱婉嘉和梁功辰一起走进主任的单间治疗室，主任示意梁功辰躺在牙椅上。

马丽对主任说："我昨天将他的一颗智齿做了移植，您看看移植成功了吗？"

主任观察，他问："原先那颗磨牙坏了？"

马丽撒谎："是的。"

主任仔细检查后，对梁功辰说："梁先生，智齿移植得很成功。您尽可以放心。"

主任离开座位后，马丽又看梁功辰的口腔。

"绝对没问题。"马丽对梁功辰说。

"既然没问题，他怎么还是……"朱婉嘉突然意识到主任在场，她的声带急刹车。

遗憾的是朱婉嘉的声带没有防抱死装置，主任看着朱婉嘉，等她把话说完。

见梁夫人不说了，主任问她："梁先生移植牙后有什么异常？"

朱婉嘉忙说："也没什么……"

"是不是还疼？"主任问。

梁功辰赶紧点头。

"现在疼是正常的。但这种疼和您原先的牙疼已经不一样了，如今您是伤口疼。过一段时间就好了。"主任说。

"移植的智齿肯定是活的？"朱婉嘉问主任。

"百分之百是活牙。"主任说。

没人说话了，都在等主任走人。

主任从包里拿出特意带来的梁功辰的书，请梁功辰在产权是主任的梁功辰的书上签名。主任是聪明人，他说他去院务处有事，回避了。

朱婉嘉对马丽说："功辰装上智齿后，怎么依旧写不出来？"

马丽说："你刚才听主任说了，智齿确实是活的，移植也是成功的。至于功辰为什么还是写不出来，我想，这已经不属于我能解释的范畴了。"

朱婉嘉急了："我们花了五十万，仍旧写不出来，这算什么？"

马丽针锋相对："我和功辰事先有约定，你应该清楚，我的职责是复活智齿和保证将智齿装回功辰的嘴里。按照约定，我的任务已经圆满完成了。五十万元是你们主动开的价，不是我索取的。我拿这钱拿得心安理得。尽管如此，我现在依然要向你宣布，我把钱全部还给你。我可以告诉你，我帮助功辰不是为了钱。"

朱婉嘉刚要说什么，被梁功辰制止了："婉嘉，你不要再说了。马丽，你说得对，按照咱们的约定，你的任务已经完成了。那钱你绝对不能退回来，就算你退了，我们也不会要。至于我装回智齿为什么仍旧写不出来，确实和你没关系。谢谢你了，马丽。"

马丽对梁功辰说："功辰，你先别急，会不会需要一个过程？智齿毕竟离开你有些日子了，刚回来，它得熟悉熟悉你吧？"

"但愿这个熟悉的时间不会太长。"梁功辰忧心忡忡地站起来，"我们走了。"

马丽首次使用怜悯的目光看梁功辰，她确实觉得他很可怜。

马丽的眼眶湿润了。仿佛她面前站着的不是大作家梁功辰，而是一个任谁都可以对其谴责辱骂的可怜虫。

"功辰，你要多保重！有事尽管找我。"马丽泪眼蒙眬地说。

朱婉嘉此刻看马丽的眼光，笔者实在找不出恰当的词汇描述。笔者认输。请诸位读者宽容。

梁功辰在妻子的陪伴下，步履沉重地离开医院。马丽只将他们送到牙科门口。

三天后，梁功辰一个合适的字也没写出来。在这三天里，他每天至少在电脑前坐二十八个小时。

"必须通知高建生了。"这天中午，梁功辰对朱婉嘉说。

朱婉嘉哭了。

"你把富阳出版社预付我的《影匪》八十万元版税外加我的违约赔偿金一百万元准备好，一共是一百八十万元。等会儿高建生来时，我给他。"梁功辰一字一句地说。

"现金？"朱婉嘉的不愿背井离乡的眼泪钻回她嘴里。朱婉嘉不心疼钱，她心疼丈夫。

"活期存折。"梁功辰目光呆滞地说，"你去办吧。我这就给高建生打电话。"

朱婉嘉走后，梁功辰给高建生打电话。每次按完第七个号码后，他的手就哆嗦得按不准最后一个号码。如此反复了二十遍，梁功辰都以前功尽弃告终。

"梁叔叔……要我帮忙吗？"王莹站在远处怯生生地问，她的眼球亦在抗洪。王莹察觉出家里真的出大事了。

梁功辰点头。

王莹照着通讯录上的电话号码按键。她眼中的洪水决堤，漫延到电话机上。

梁功辰喃喃地说："谢谢你，小王。"

王莹将话筒递给梁功辰。

"建生,我是梁功辰,请你来我家一趟。"梁功辰的声音在颤抖。

"写完了?"高建生大喜。过去每次梁功辰向他报写完了的喜时,声音都兴奋得颤抖。

"你现在来吧。"梁功辰说话的声音像是从耳朵里边发出来的,"带上司机,你不要自己开车。"

梁功辰担心高建生从他家出去后把车开进地狱。

"……我这就去。"高建生感觉出不妙。

梁功辰放下电话,他靠在椅子上等高建生。

"叔叔在哪儿会客?"王莹问。

梁功辰指指餐厅。他怕一会儿高建生下楼时忘记使用楼梯的方法。

朱婉嘉从银行回来了,她将饱含一百八十万元依然不显山露水的活期存折装在一个信封里交给梁功辰。梁功辰将信封放在餐桌上。

门铃响了。

梁功辰冲朱婉嘉抬抬下巴,示意她去开门。

高建生从朱婉嘉脸上看到了《影匪》的讣告和治丧委员会名单。

"……他在餐厅等你……"朱婉嘉致悼词。

梁功辰高估了高建生。高建生两腿发软,他忘记了走平路的方法。

高建生扶住门框,他拼命给自己的腿打气。

"你给高社长端茶后,上楼去收拾梁新的房间。"朱婉嘉对王莹说。

王莹点头。

高建生用人类头一次从树上下地行走的步伐走到梁功辰对面，坐下。

梁功辰只看了高建生一眼，就将目光锁定在高建生左耳后边酒柜里的一瓶名为拿破仑的酒瓶上。

"建生，我对不起你。"梁功辰说。

"给了构日？"高建生问。

梁功辰摇头。

"那是？"高建生问。

"我写不出来了……"

"怎么可能？不是已经写了一半吗？你还说写得特好，超过你以前的所有作品。"

"建生，你不要打断我的话，听我把原因告诉你。你可能不信，但我请求你相信我的话。确实是真事。"

高建生点头。尽管梁功辰的目光拒绝和他的目光对接，高建生的目光依然死盯着梁功辰目光的发源地。

从梁新牙龈出血说起，直到牙科主任为他复查移植的智齿，梁功辰叙述了半个小时。其间，高建生从未打断梁功辰的话。

出乎梁功辰的意料，高建生立刻就相信了梁功辰的话。

"我一直纳闷你为什么要找谭青，这下我明白了！"高建生恍然大悟，"我信智齿。"

"你是我见到的第一个二话不说就信智齿帮我写作的人。"梁功辰将目光从拿破仑身上收回，他看着高建生说，"这是你预付我的《影匪》版税，还有我付给你的违约赔偿金，一共是一百八十万元。我还要向你道歉。我清楚，我给你造成的损失是无法弥补的。你为《影匪》所做的前期投入太大了。你投入的每一分钱，都是当众在打自己的嘴巴。"梁功辰将存折推到高建生跟前。

梁功辰站起来，向高建生鞠躬致歉。

高建生赶紧站起来，说："功辰，写不完《影匪》，不是你的主观原因造成的。预付你的版税，我不能收回，你已经写了一半，理应拿这笔钱。对于你这样的天才作家，我的原则是不以出版论英雄。你给我的赔偿金，我更不能要。但我通过这一百万元赔偿金，看到了你的为人。今生今世能和你这样的人交往，是我三生有幸！不管是智齿或者是别的什么人体器官使你成为天才的，反正你是或者曾经是货真价实的天才。在数以亿计的人类成员中，能有幸和天才交往尤其是和天才合作甚至和天才生活在一起的人，毕竟是凤毛麟角，其数量比天才也多不了多少，谁让天才都不合群呢。功辰，如果你从此真的写不出来了，我不但不要你的赔偿金，我还要付给你一百万元赔偿金，你是在为我们社写书的过程中丧失写作功能的，我们不赔你，天理难容！"

梁功辰热泪盈眶。

"你绝对是出版天才。"梁功辰发自肺腑地说，"不和你合作的作者都是弱智。"

"没错，我有智齿。"高建生说，"估计是分管出版或者传媒的智齿。刚才你一提智齿，我就想这个问题了。我今生今世不会拔它。还得谢谢你的提醒。我早就奇怪，怎么学法律的我鬼使神差地干起了出版，而且左右逢源如鱼得水。"

"真相大白了。"梁功辰说。

"照这么说，你安回智齿后，不应该写不出来呀？"高建生沉思。

"我也是这么想的。"梁功辰说，"可确实写不出来。"

高建生突然说："会不会安回去的不是你原先的那颗智齿？"

"不可能吧？"梁功辰说。

"你认得你的智齿吗？"高建生问。

"认得，拔除它后，我把它放在一个小瓶子里，天天看。"梁功辰说。

"我想起来了，上次我来时，你赶紧将装智齿的小瓶子收进抽屉，我当时对你这个动作感到很奇怪。"高建生说。

"这几天我照着镜子反复看了，是我的智齿。"梁功辰说。

"长得一样的牙太多了，咱们不一定能辨认出来。"高建生若有所思地说。

"你的意思？"梁功辰问。

高建生猛然想起陶文赣令人难以置信的突飞猛进的写作状况。

"调包"这个词语在高建生的大脑皮层上登陆。

"你认识一个叫陶文赣的人吗？"高建生问梁功辰。

梁功辰觉得这名字有点儿耳熟，但他又想不起来："不认识。好像在哪儿听到过。"

"陶文赣的父亲是前几年被判无期徒刑的陶副省长。"高建生提示梁功辰。

"你这么一说，我想起来了，陶文赣是马丽的丈夫。怎么，你认识他？"梁功辰问。

高建生心里有数了，他说："陶文赣喜欢写作，但没有才华。前几年，他在我们社自费出过一本小说。他和我是大学法律系的同学。"

"马丽说过，她先生从事法律工作。"梁功辰证实。

"也就是四天前吧，陶文赣给我拿来一个他新写的短篇小说，水平不可思议地提高了一大截。四天前，正是你安智齿的日子吧？你的智齿会不会被调包了？马丽复活你的智齿的事，她丈夫知道吗？"

梁功辰的两个眼球夺眶而出，带血飞行环绕屋子一圈后，愤怒返航。

一直在门厅听他们谈话的朱婉嘉冲进餐厅，她喊叫道："肯定是马丽伙同她丈夫偷换了功辰的智齿！功辰对我说过，马丽相信是智齿在帮功辰写作！他们这是一箭双雕呀，既当上大作家，又挣了五十万元！坏女人！"

梁功辰制止朱婉嘉："事情还没搞清，你不要乱讲。我看马丽不会做这种事。"

"难说。"高建生痛恨拆他台的所有嫌疑人。

梁功辰问高建生："陶文赣新写的小说水平很高？"

"三流。"高建生说。

"他装了我的智齿，应该写一流小说呀！"梁功辰提醒高建生和朱婉嘉。

"陶文赣原先写的是十流小说。"高建生说，"加上他和马丽是夫妻，再加上他是四天前突飞猛进的，世界上会有这么巧的事？"

"百分之百是陶文赣和马丽合伙偷换了功辰的智齿。"朱婉嘉愤怒至极。

高建生说："我认为陶文赣装了功辰的智齿的可能性是百分之九十五。至于马丽是不是同伙，还不好说。"

朱婉嘉说："没有马丽，陶文赣能自己把智齿装上？他去哪家医院，人家会给他装智齿？有病？"

"这倒是。"高建生点头。

"我现在就给马丽打电话问她！"梁功辰激动。

"你不能打电话。"高建生制止梁功辰，"如果她和陶文赣是同伙，她会承认吗？你得面对面突然发问，以你的判断力，应该能看出她说的是不是实话。"

"我也这么想。"朱婉嘉说。

"我该怎么办？"梁功辰没了主意。

"你现在给她打电话，佯称牙齿出血了，止不住，我估计她会马上让你去医院，她给你止血。"高建生策划，"到了医院，你当面问她智齿的事。"

"就按你说的办吧。"梁功辰说，"如果确实是陶文赣换了我的智齿，咱们怎么办？"

"当然是要回来！"朱婉嘉说，"如果他不给，咱们告他盗窃罪。高社长是学法律的，马丽夫妻这么做，算盗窃罪吧？"

"盗窃罪如今是五百元以上立案，估计定他们盗窃罪问题不大。"高建生说，"不过，咱们一报警，媒体就会煽风点火，恐怕对功辰不利。最好能要回来。我和陶文赣是同学，我出面说服他。"

"你给马丽打电话吧。"朱婉嘉对梁功辰说。

梁功辰按照高建生吩咐的做。他告诉马丽，他的牙流血不止。

马丽果然上当了，她一听梁功辰说牙出血了，马上就让梁功辰去医院，她也立刻去。

"我自己开车去吧。"梁功辰觉得他见马丽时有朱婉嘉在身边只会坏事。

"我的车跟着你。"高建生说，"我要在第一时间知道结果。"

"我坐你的车。"朱婉嘉对高建生说。

朱婉嘉上楼叫王莹开车库门。

梁功辰驾驶的汽车在前边开道，高建生的汽车居中，贾队的车殿后。一行人浩浩荡荡驶向市第一医院。

第二十八章　陶文赣直立心切

　　由于是周末，今天马丽在家休息。她接到梁功辰的电话后，马上动身去医院。

　　"梁功辰怎么了？"坐在电脑前写短篇集的陶文赣做贼心虚地问。

　　"牙出血了，我去医院帮他止血。"马丽说。

　　"你们科任何一个护士都能给他止血，还用你亲自去？"陶文赣觉得马丽见黄父的智齿的次数越少越好。

　　"他的牙出血，我应该去。"马丽说，"我很快就回来。你写吧，我等着看你的第二个短篇小说呢。"

　　马丽已经知道出版社向陶文赣约稿给他出短篇小说集的事。

　　马丽赶到医院时，梁功辰已经在医院门口等她。

　　"我看看。"马丽在大门口就让梁功辰张嘴。

　　"马丽，我有话问你。"梁功辰见四周人不多，他说。

　　已是吃晚饭的时间。

　　马丽看出梁功辰表情异常。

　　"你给我装的这颗智齿是我原来的那颗吗？"梁功辰全神贯注看着马丽，问。

　　"你这话什么意思？"马丽反问。

　　"你是不是把我的智齿装到你先生嘴里了？给我另换了一颗。"

梁功辰问。

"你怎么会有这种念头?"马丽惊讶。

"据我所知,你先生也喜欢写作,但他写不好。于是,你们就……"

没等梁功辰说完,马丽抬手中止了梁功辰的话。马丽给了梁功辰一记清脆嘹亮的耳光。

躲在车里观看的朱婉嘉急了,她要下车和马丽肉搏,被高建生拉住了。

"嫂子你别急,"高建生说,"这倒说明马丽和陶文赣不是同伙。你现在出现,对咱们未必有利。"

朱婉嘉没拔牙也咬牙切齿。

梁功辰从马丽的举动中得出了她不是陶文赣的同谋的判断。

"你是小人。"马丽摇头。

"马丽,对不起。"挨打的向打人的道歉,梁功辰说,"我错怪你了。"

"你怎么会这么想?"马丽气愤依旧,"是不是你老婆说的?"

"富阳出版社的高社长刚才对我说,你先生在四天前写了个短篇小说,比他从前写的进步很多。"梁功辰解释,"你是在四天前给我安的智齿,我觉得怎么会这么巧,就多心了。还请你原谅。"

马丽突然想起陶文赣这几天嘴部总好像不对劲儿,而且他近日不吃硬食物。

马丽发呆。她回忆复活智齿成功那天陶文赣的举动,她发现了疑点。

"马丽,你怎么了?"梁功辰问。

"陶文赣好像真有问题。"马丽说,"你开车来的?"

梁功辰点头。

295

"送我回家！"马丽歇斯底里，"我去问他！"

梁功辰和马丽上车。车队离开医院，直奔马丽家。

"没想到作家的生活本身就是小说。"助手一边开车尾随一边对贾队说。

"我想不通梁功辰的妻子躲在车上看别的女人打她先生为什么按兵不动。"贾队说。

梁功辰将汽车停在马丽家楼下。

"我要你跟我一起上去！"马丽说。

梁功辰不干："还是你自己去吧，我在场，不好。"

"你必须去，否则我跳到黄河也洗不清。"马丽坚持。

"如今是越跳进黄河越洗不清。"梁功辰有意缓和气氛。

"都什么时候了，你还有心开玩笑！下车！"马丽说。

"也好，我跟你去。"梁功辰同意了。

梁功辰下车后先揉脸，他不想让陶文赣看到他脸上的耳光遗迹。

梁功辰的手机响了。

"对不起，我接个电话。"梁功辰对马丽说。

马丽点头后往单元门口走，到了听不清梁功辰说话的地方，她站住等梁功辰。

"你要去她家？"高建生不放心。

"马丽确实不知情，但我看出，她已经怀疑陶文赣了。她要求我跟他一起去问陶文赣。"梁功辰说。

"不会有什么危险吧？"高建生说。

"不会。一旦陶文赣情绪失控，你的手机号码在我的手机上，我一按拨号键，你们就上来。"梁功辰说。

"好的。"高建生挂断电话。

梁功辰和马丽上楼。

马丽掏出钥匙开门，梁功辰看看马家一尘不染的木地板，小声问马丽："要换鞋吗？"

马丽瞪了梁功辰一眼："还换个屁鞋！"

马丽看见陶文赣在书房写作，她朝书房走去。梁功辰站在门口不动。马丽走到书房门前，她回头看梁功辰没跟来，马丽冲梁功辰使劲招手。梁功辰只得过去。

陶文赣正沉浸在自己的作品中，他全然不知马丽和梁功辰站在他身后。梁功辰的智齿察觉到原主人来了，它有所表示。陶文赣觉得牙有点儿疼，他摸摸脸，没有生疑。

陶文赣流畅地打字。

梁功辰低头看电脑屏幕上的字。三流描写。

"写得真不错呀！"马丽讥讽道。

"你回来了？"陶文赣头也不回地说，"你看出好了？我马上写完了，你一会儿从头到尾看，绝对不错。梁功辰的血止住了？"

马丽说："梁功辰不是牙出血。"

陶文赣停止打字，他没回头，问："他是哪儿出血？"

"心出血。"马丽说。

"心肌梗？"陶文赣回头，他看见了梁功辰。

"他是谁？"陶文赣问妻子。

"梁功辰。"马丽说。

陶文赣张口结舌。

马丽伸出右手，极为专业地就势钳住陶文赣的两腮，她只看了丈夫口腔一眼，就抡起左手打了陶文赣一记耳光。

"无耻！窃贼！"马丽吼道。

梁功辰注意到，马丽刚才在医院门口打他用的是右手，现在她打陶文赣换了左手。一个女人，能在二十分钟之内左右开弓打两个男人耳光，其中一个是大作家，另一个是法律工作者，马丽完全有资格向妇联申请女权世界纪录了。

陶文赣给马丽和梁功辰跪下了。

陶文赣痛哭流涕："马丽，我对不起你！是我偷换了梁功辰的智齿，我不是人！可我是被你们逼上梁山的呀！梁功辰，我也对不起你，我乞求你宽恕我。我实在是没办法呀！你逼得我好苦！你没出名前，我和马丽的日子过得花团锦簇。自从你功成名就后，我就被你打进了十八层地狱！梁功辰，你知道自己的老婆穿着加起来也不到两寸布的内衣在床上捧着别的男人写的书如饥似渴地欣赏而对身边的丈夫不闻不问的滋味吗？梁功辰，你有过老婆在家里当着你褒奖别的男人贬低你的体会吗？在那样的时刻，你肯定觉得自己是器官健全的太监！她和你联手阉割了我！我恨你，梁功辰，我恨你们这些名利双收的男人。你们的快乐是建筑在阉割别的男人的痛苦之上的！不错，你们成功了，于是那些没有成功的男人的老婆拿你们当阉刀，去无情地在精神上阉割她们可怜的丈夫。当我意识到我只有通过努力赶上你才能恢复我的家庭生活后，我拼命写作。但我写得确实不行。我的努力给我带来的是新的阉割。马丽，你不知道那些日子我有多苦，我在家里活得像只老鼠。我父亲是罪该万死，可我也罪该万死吗？当我父亲入狱后，马丽，你不但不安慰我，你反而雪上加霜，拿梁功辰阉我，我到底做错了什么？不就是没才吗？没才的男人就注定在家里抬不起头？马丽，你别以为我不知道，梁功辰成名后，你就下了不和我生孩子的决心。梁功辰，我家是一脉单传呀！谁不知道，作为孩子，有什么也不如有好父母。作为父母，有什么也不如有好孩子。而我如今是上无好父母，下无好孩子，世界上的好东西我都没了份儿！当我知道你梁功辰并不是靠自己而是靠智齿名利双收时，我就更不服气了！面对复活的智齿，我能不动心？我承认我干的不是人事，可我不是为了我自己，我是为了让我的妻子在超市邂逅初恋情人时也扬眉吐气也谈笑风生也挺起腰板呀！"

马丽泪流满面。梁功辰满面泪流。

"文赣，起来吧。"梁功辰搀扶陶文赣克服地心引力。

"功辰，你不答应我的要求，我不起来。"陶文赣说，"功辰，我请求你将智齿借给我一个月，就一个月。我写完十个短篇小说后，就将智齿还给你。你已经有那么多传世之作了，不能帮帮我？就算看在马丽复活了你的智齿的分上吧。如果她没复活智齿，你不是永远也写不出来了吗？我写的是短篇小说，而你不写短篇小说，我的作品和你的作品没有竞争关系。功辰，我求你了，只有你能治愈我那被阉割的创伤！我会把那五十万元都还给你，还要付给你利息。"

梁功辰连连点头："文赣，我答应你，智齿借给你一个月。过去我真的不知道我伤害了你，甚至伤害了很多男同胞。现在我才明白了，鸡本来不是鸡，是鹤的出现使鸡沦为鸡的。鹤立鸡群是这个星球上最残酷的事。马丽，文赣，本来你们过得好好的，我一出名，就给你们的家庭蒙上了阴影，甚至导致你们不要孩子，我是十恶不赦呀。我向你们道歉。钱我不要了，算是我向你们支付的赔偿金。"

马丽抽泣着对陶文赣说："文赣，你起来吧。是我对不起你！我由于梁功辰的成功而贬低你，其实和梁功辰没有关系，是我浅薄！世界上还有第二个像我这样拿别的成功男人打击自己丈夫的妻子吗？我是妻子吗？是刀子差不多！前几天你那么支持我复活梁功辰的智齿，那么通情达理地让我去给梁功辰安装智齿，尽管现在看来你是别有用心，但我当时确实感受到你的可贵。其实，成功的男人算什么？他们的日子过得肯定不如不成功的男人。文赣，你听我说，虽然功辰同意将他的智齿借给你，但我想说，咱不需要它，你根本不用出版什么小说集。每个人的生活就是小说，今后我再也不看小说了，看自己就行了。有位古人不是说'不着一字，尽得风流'吗？你看，连古代圣贤都说了，一个字不写的人才是真正的风流倜傥，我给古人狗尾续貂一句：著作等身，遗臭万年。"

梁功辰若有所思地低声重复马丽的话："不着一字，尽得风流。著作等身，遗臭万年。"

马丽扶起陶文赣："文赣，等会儿功辰一走，咱们马上就要孩子，要双胞胎！你家的香火不能断在我手里。咱们抓紧要孩子！文赣，你听我的，把智齿还给功辰，那是祸害。"

平身的陶文赣说："马丽，我不多借智齿，就借一个月，梁功辰已经同意了。马丽，你就让我出一本像样的书吧！我求你了。书对我比孩子重要，我决定先要书，后要孩子。能直立的男人才是男人，没有事业的男人不能直立。马丽，我软怕了。我现在有了这个直立的机会，你就成全了我吧！"

马丽说："文赣，你听我说，一个家庭，只要有一个人成功，不论男女，整个家就立住了。通过复活功辰的智齿，我受到了启发，我觉得我有能力尝试将龋齿复原成好牙。如果试验成功了，其价值太大了。我过去为什么要贬低你？作为妻子，我也能通过努力改变咱们的家呀？女人一样可以直立！"

梁功辰说："复原龋齿的想法很伟大。马丽，你能成功。真要是这样，拔牙将成为历史。牙坏了，在原地即可还原成好牙。很了不起的想法。"

陶文赣说："那我更得出书了！和成功的妻子生活在一起的丈夫好受得了？妻子直立，丈夫疲软，吃软饭就是这个意思。我要吃硬饭。我要出版《国妓米兰》！"

梁功辰对陶文赣说："你写吧，智齿借给你一个月。"

马丽叹了口气，她提醒梁功辰："你和出版社出版《影匪》的合同怎么办？"

梁功辰这才想起高建生就在楼下。

"高建生确实比较难办。"梁功辰说，"他就在楼下等消息。朱婉嘉也来了，她在高建生的车上。"

陶文赣说："我和高建生是同学。我去和他说。"

梁功辰说："也好。这样吧，我先去和他打个招呼，你们过五分钟再下来。"

梁功辰下楼，他趴在车窗外将陶文赣乞求借一个月智齿的事告诉高建生和朱婉嘉。

"绝对不行！"高建生和朱婉嘉异口同声。

"我已经同意了。陶文赣很可怜。"梁功辰说。

"你？！"高建生和朱婉嘉再次不约而同。

陶文赣来了。

"建生，看在老同学的分上，你就帮我一次吧！"陶文赣对高建生说。

高建生下车，他怒视陶文赣："陶文赣，我帮你还少吗？你不可理喻！你知道《影匪》如果不能按期出版，对我意味着什么吗？"

陶文赣提醒高建生："我的《国妓米兰》也是在你们出版社出呀！"

高建生嗤之以鼻："你太没有自知之明了，《国妓米兰》和《影匪》能同日而语？那是天壤之别呀！你必须今天把智齿还给梁功辰，否则我就对你不客气了！"

朱婉嘉对陶文赣说："告你盗窃罪！"

陶文赣说："告我盗窃罪？你们就不怕智齿的事披露后毁了梁

301

功辰的声誉？谁会相信智齿帮助作家写作？不成闹剧了？"

高建生盯着陶文赣说："你很卑鄙，你是小人。"

陶文赣说："建生，你很健忘。当年咱们在大学宿舍讨论世界观时得出过一个结论：祖先留下的'先小人后君子'这句话一直被后人理解歪了，它的真实含义应该是不先当小人绝对成为不了君子。你忘了那个月光皎洁的夜晚？咱们一边喝啤酒一边纵古论今。"

高建生厉声喝道："陶文赣！你必须今天还给我智齿！否则你要承担由此引发的一切后果！"

"智齿是梁功辰的，不是你的。产权人已经同意了。"陶文赣说。

"建生，就借给他一个月吧。"梁功辰替陶文赣求情。

"《影匪》怎么办？"高建生质问梁功辰，"有些事你不知道，我答应过某印刷厂的邵厂长，把《影匪》给他印。前几天，邵厂长托人带话来，说如果《影匪》不给他印，就会怎么着怎么着，据说那人不是省油的灯。"

"他威胁你？"梁功辰惊讶。

"我欠他情。"高建生说，"这么说吧，如果由于我食言导致邵厂长报复我，我是罪有应得。"

"我去跟他说。"梁功辰说，"我赔偿他。"

朱婉嘉火了："功辰，你有多少钱赔人家？人家认识你是谁？别以为你是作家谁都买你的账。作为印刷厂，你的书不在人家那儿印，对他们来说，你就一钱不值。功辰，你今天怎么这么糊涂？是马丽说服了你？你不想想，如果《影匪》不能按时出版，咱们不说对不起高社长，你对得起千百万读者吗？那么多人喜欢看你的作品，你怎么能把智齿借给陶文赣？退一万步，就算借，你也要等写完《影匪》再借呀！"

马丽对朱婉嘉说："文赣说得没错，这颗智齿的产权是功辰的。只有他有权决定。如果功辰说要回智齿，我马上办。如果功辰决定借给文赣，谁也无权干涉，他是完全行为能力人。至于你刚才说的是我说服了功辰，谢谢你抬举我，你的丈夫你了解，他是没有主见任人摆布的人？"

陶文赣助妻子一臂之力："梁太太，很遗憾，婚姻法里目前还没有人体器官在夫妻婚姻关系存续期间是夫妻共有财产的条款。"

梁功辰警告陶文赣："不许你对我妻子这样说话！"

陶文赣赶紧赔不是："我收回我刚才的话。"

马丽对梁功辰说："功辰，你决定吧。"

"梁功辰，你要三思！"朱婉嘉反感透了马丽一口一个"功辰"。她反而称呼梁功辰的全名。

大家都看梁功辰，包括躲在黑暗角落里听不清他们说什么的贾队。

"借给他一个月。"梁功辰说。

高建生将手中的手机摔在地上，他冲进汽车，对司机说："开车！"

高建生关车门的声音震碎了楼上的几块玻璃窗。汽车呼啸而去。不时传来急刹车声，像一级方程式F1赛车比赛。

朱婉嘉摇着头像不认识似的看梁功辰，她再看马丽。

马丽不看朱婉嘉也知道她的表情，马丽对梁功辰说："功辰，谢谢你。"

梁功辰对马丽夫妇说："快去写吧，能提前还我智齿最好。尽快要孩子。"

朱婉嘉气疯了。

第二十九章　邵厂长拍案而起

高建生尚未失去理智，他清楚，现在他首先要做的事，是去向邵厂长负荆请罪，坦言《影匪》有变。高建生知道，对于邵厂长这种人，只能实言相告，不能蒙骗。蒙骗一旦露馅，结局十有八九是鱼死网破。

高建生的车直奔印刷厂。

邵厂长对于高建生在夜色中不打招呼就来找他感到惊奇。

"高社长给我送《影匪》印制单来了？"邵厂长问高建生。

"有酒吗？"高建生问邵厂长。

"当然有。"邵厂长更惊奇了，"高社长喝什么酒？"

"白酒。"高建生说。

邵厂长吩咐手下拿白酒。

一位中年妇女端上来一瓶白酒、两个茶杯和一大盘煮花生米。

邵厂长给高建生斟酒，由于是茶杯，邵厂长只给高建生斟了小半杯。

"老邵，你给我倒满。"高建生说。

"我不知道高社长是海量。"邵厂长将已扶正的酒瓶再次牛不喝水强按头，酒从茶杯中溢出。

高建生二话不说，拿起茶杯，一饮而尽。

"好，高社长是痛快人，我喜欢和能喝酒的人交往！"邵厂长再给高建生斟满一茶杯白酒。

高建生再次将茶杯喝得一穷二白。

高建生斜着眼珠看邵厂长，说："老邵，不瞒你说，我从来没喝过白酒。"

邵厂长盯死高建生，他说："有酒给你壮胆，你可以说话了。不过，高先生，我有话在先，如果你想把《影匪》拿走给别人印，我劝你免开尊口。你一进来，我就知道你嘴里含着说不出口的话。"

高建生傻笑："不是我……不给你……《影匪》，我的为人……你应该有所耳闻……我高建生……是那种说话不算数的人？有几个真正的……成功者是食言而肥的人？我告诉你老邵……成功的秘诀是诚信。怎么有那么多人死活……干不成事？还不是因为……他们说话不算数！你知道是谁……不让我把《影匪》……给你吗？那人叫……陶文赣，陶文赣你……知道吗？陶副省长的公子……"

"陶副省长不是早就被判刑了吗？陶文赣也搞印刷？"邵厂长没喝酒，眼睛也红了。

高建生断断续续将智齿的事告诉邵厂长。

邵厂长一把揪住高建生的脖领子："姓高的，和你们这些舞文弄墨的人打交道，我他妈早就烦了！我儿子将来敢搞印刷，我打断他的腿！你以为我不知道你们是什么东西？表面看个个揣着烫金文凭，说起话来装腔作势一副不食人间烟火的清高样子，实际上你们比谁都见钱眼开，谁给你们回扣多你们就到谁的印刷厂印书，印完了你们还赖着不结账！甘蔗到了你们手里就变成两头甜了，你们吃了原告吃被告，向作者隐瞒印数，逼着我们印刷厂弄虚作假干断子绝孙的事！你们可真是旱涝保收呀，书的印数少，你们让作者自掏腰包。书的印数多，你们独吞利润，然后把残羹剩饭像喂狗那样赏给作者，还要源头扣税，从税务局那儿再拿一回扣税提成。咱们这儿要是能出大作家就邪了门了！姓高的，你小看了我。你想耍我？你先是来向我要《控飘》的实际印数，断我的财路，你现在又来向我说什么智齿影响了《影匪》的正常出版，你拿我邵全道当小孩儿蒙？我告诉你，你今天不让手下送两百万来，你回不了家！"

高建生苦笑着说："老邵……你也……不想想，我如果真的……想蒙你，我会傻到……单枪匹马拿自己送货上门？我说的关于……智齿的事……全是真话，我连陶文赣的名字……都说出来了，你可以……去问他呀！我是谁？我是公认的最牛……的年利润十亿的出版社的……一社之长！你是谁？你的厂子……年利润有二十万？我吃饱了撑……的来找你树敌？不是我……贬低你们这些没大学文凭的人，你的思维能力……确实让人瞧不起。这么跟你……说吧，如果我刚才说……的智齿的事是蒙你，我的家人……随你处置，我绝不……报警。这是我的家庭成员……的姓名、工作单位或学校，对了……我的钱包里有……全家福，送给你当通缉犯照片，便于你向你的手下……指认。我还有……一句话，姓邵的，你刚才骂我们出版界骂得不错，但我要……告诉你，像你说的那种出版社只是……少数，我就从来没有向作者隐瞒过印数，我更没有拖欠过……印刷厂印制费。以后你要擦亮眼睛，别和下三滥……出版社合作。你刚才说到吃回扣，正是你们这些印刷厂……搅乱了正当竞争，你们通过给出版社员工回扣……拉印制单，腐蚀出版社……的员工，回扣会你们自掏腰包？还不是从……印制费里出？不在印书时偷工减料……你们拿什么给出版社员工回扣？回扣导致书籍的印刷……质量下降，既侵犯了读者的利益……又损害了出版社和印刷厂的声誉，最倒霉的是……拿了回扣的出版社员工，你们这不是把人家往……监狱里推吗？诱惑人家妻离子散……家破人亡，有这么害人的吗？你们不是祸首谁是？姓邵的，你敢说你没向……出版社的员工塞过钱？你心里很清楚，你塞给人家的不是钱……是定时炸弹！你敢保证你们厂……百十来号人以及他们的七大姑八大姨今生今世都和你……同心同德保持稳定？只要有一个对你不满的人……往检察院经济犯罪科打个匿名举报电话，你塞给人家的……定时炸弹不就响了？你坏不坏？你能保证你每次给……手下发奖金都一碗水端平？奖金真的平均主义大锅饭了……你们厂还能有效益？你能保证你有生之年……不炒下属鱿鱼？咱们都是……当头儿的，你肯定比我清楚，咱这儿的员工最富有什么？不是本事，不是文凭，不是敬业精神，他们最富有的……是报复心。别看他们兜里没几个钱，有几个不是……报复亿万富翁？生活在报复亿万富翁之间，你行贿……不是害人吗，你还不如直接杀了人家对得住人家的家人！你不知道……陶副省长是怎么栽的？不就是向陶副省长在汽车上……当着司机行过贿的一家企业的老总……的司机酒后驾车出了交通事故后……被拘留了。在拘留所里……那司机不堪忍受同号里众多专业犯罪嫌疑人的骚扰，为了尽快……离开那些驻会专业犯罪嫌疑人，他大声喊叫……警察，说他有重大案情要向……检察院举报。到了检察院，他唯一的要求……是检举后不让他再回到拘留所。于是陶副省长存折上的定时炸弹就……爆炸了。姓邵的，谁不干人事？行贿的人……最不干人事。行贿不可能只有一个人知道，您的钱不通过会计拿出来？您的会计还有父母和兄弟姐妹呢！他们都没有……驾驶执照都不开车都不出交通事故？一进拘留所就……想立刻坦白从宽逃出地狱了。姓邵的，不要再靠向……出版社员工行贿拉印制单，要靠印刷质量……争取出版社！顺便告诉你，咱这儿大作家有的是，不显山不露水……的海了去，你看不见是你……有眼无珠。眼睛别老盯着……驻会作家。真正的大作家能忍受……趴窝孵卵般的驻会？离开纳税人的豢养……就活不下去的是……作家？不自由毋宁死是全球所有……大作家的共同特征。姓邵的，你差得还远呢，不要以为管着个小印刷厂就可以……随便教训人。我今天来你这儿，是来负荆请罪的。如果你愿意交……我这个朋友，你就原谅我无法将《影匪》给你。我不给你，不是因为……我将《影匪》又给了别人，而是连我自己……也没有了。今后，我会把我们出版社的书都拿……到你这儿来印。但我有两个……条件：一，印制质量一流；二，不许向我的员工塞……定时炸弹。如果你的钱多……得实在花不完，你就捐到孤儿院去。同样的钱，你给了我……的员工，是……定时炸弹。你给了孤儿院，就成了……奶油蛋糕……"

高建生说完给自己倒满一杯酒，喝完后将茶杯摔得粉碎。

瞠目结舌的邵厂长拿起酒瓶，他将酒瓶里的酒全喝光了后，也将酒瓶碎尸万段。

"高建生，我信你了！"邵厂长说，"你是爽快人，我交你这样的朋友是高攀。我答应你的两个条件，你把书都拿到我这儿来印吧。我给出版社员工回扣，确实是害人家，但我也有难处，我不这么干，就拿不到活儿。"

"再拿……酒来……庆祝咱们……结盟。"高建生说。

邵厂长叫手下上酒。

两人人手一瓶，不用茶杯，裸喝。酩酊大醉。

"建生……既然……咱们……是朋友了，我有句话，不知当说……不当说？"邵厂长喝光一瓶酒后，换上另一瓶。

"一定……要说！往后咱们……之间，有什么……说什么。"高建生的舌头充血直立，不雅观地伸出嘴外。

"我觉得……像陶文赣……这种人，也不比我们这种给人家塞……定时炸弹的人……强多少吧？"邵厂长问。

"陶文赣比……你们坏多了……"高建生宣判。

"那咱们……如果眼看着他坏……而不管他,是不是属于……见死不救?"

"……差不……多……"

"看着人家……自制了定时炸弹……绑在自己身上,咱如果给……他摘了,算不算……见义勇为?"

"绝对……算……"

"咱们如果……把他的智齿给摘了,是不是就等于摘了他的……定时炸弹?我说的……他的智齿其实……是梁功辰……梁先生的智齿,陶文赣是……偷的……"

"那……当然……"

"要不我……派人去把陶文赣的智齿……摘了还给梁功辰?我也干点儿……积德的事,年底申请……见义勇为基金……奖励……"

尽管高建生醉得不轻,他毕竟是法律出身,血液里的法律细胞暂时战胜了酒精。

"你的意思是……绑架陶文赣……强行摘除他嘴里的……梁功辰的智齿?"

"高兄理解……错了,绑架是……犯法的事,咱绝对不能做。咱是给他……排弹,救人。"邵厂长给高建生再开一瓶酒。

高建生血管里的酒精浓度超过了法律细胞的浓度。

"邵兄的意思是……救我同学的命?"

"没错。"

高建生和邵厂长热烈握手:"谢谢你……谢谢你……我替我的老同学……陶文赣谢谢你,你确实是……好人。不但我们社的书以后都拿给你印,我还要动员……别的社长把书给你,我认识的社长……很多很多,连美国……的都有,你能印……英文书吗?"

"那我就去救……陶文赣了?他住……哪儿?"邵厂长喝酒海

309

量，身醉心不醉。

"我的通讯录……上有，在我包里……你快去救……陶文赣，晚了智齿……该爆炸了……"高建生没说完就睡着了。

邵厂长从高建生的通讯录上抄下了陶文赣的地址，他吩咐手下将高建生抬到他的床上睡觉。

邵厂长给铁哥们儿打电话。

很快，四个膀大腰圆的哥们儿来了。

邵厂长交代任务。

"让我们去拔牙？"哥们儿之一为难，"您还不如让我们卸他一条腿呢。"

"您还要求那牙拔下来得完好无损，这太难了。"哥们儿之二说，"我们使用什么工具？"

邵厂长说："我给你们准备好了，就用普通的钳子。我在钳子上缠了布，你们拔的时候不要用死劲，要柔和地拔。"

哥们儿们看经过改装的普通工具钳。

"为了防止拔错，你们把智齿附近的两颗牙也拔了拿回来。"邵厂长吩咐。

邵厂长看表："现在是晚上十一点，你们能在凌晨三点回来吗？"

"问题不大。"哥们儿之一说，"我们走了。"

"不要伤人。不要拿东西。"邵厂长叮嘱，"我只要牙。"

"牙肯定不是长在他家的瓷砖上，怎么可能不伤人？"哥们儿之二一边出门一边笑。

邵厂长的计划如下：

夺回智齿后，他叫醒高建生。由高建生拿着智齿连夜去找梁功辰，他们必须趁智齿还活着赶紧给梁功辰装上。邵厂长现在的当务之急是找一个技术娴熟的牙医。

邵厂长想到了黄德彪。黄德彪是邵厂长母亲的牙医。老太太常年看牙就信私医黄大夫,她老人家多大的医院也不认。

第三十章　蒙面入室抢牙

陶文赣争分夺秒在电脑前写作。马丽坐在客厅发呆，她脑子很乱，今天下午发生的事令她身心疲惫。

家里突然漆黑一片。邵的哥们儿拉了陶文赣家的电闸。

陶文赣大声提醒自己快存盘，他家的电脑配备的杯水车薪 UPS 只能在断电时供应电脑三分钟电源。

陶文赣到窗户前看邻居，左邻右舍依然灯火通明。

"可能是咱家跳闸了。我出去看看。"陶文赣对无动于衷的马丽说。

陶文赣找出手电，当他打开家门准备查看门外的闸盒时，四个蒙面人入室了。

陶文赣还没来得及叫，从天而降的宽胶带就准确地封住了他的嘴、手和腿。

马丽步丈夫后尘，亦被胶带封闭。

马丽被捆后只有一个念头：警方为什么迟迟不将宽胶带定为管制胶带？难道只有硬物才能成为凶器？警察真的不懂以柔克刚是世界上最凶狠的武器？扫黄的本质不就是扫除利用以柔克刚犯罪吗？

灯亮了。被非管制透明胶带以柔克刚制服的马丽和陶文赣看见了四个蒙面彪形大汉。他们头套用毛线织就的面具，面具上还有美丽不俗的图案花纹。他们手里没有凶器。只有一把钳子。

"你们不要害怕，我们不会伤害你们和你们的财产。"一个大汉对陶文赣夫妇说，"我们只是要回梁先生的智齿，希望你们配合。"

被捆得无法动弹的马丽躺在沙发上。

两个大汉先警告陶文赣不要喊叫，他们随后撕开陶文赣嘴上的胶带。陶文赣没敢叫。

两个人将陶文赣架到马丽身边，另一个人掰开陶文赣的嘴，拿手电往里照。

一个高个儿对马丽说："我们知道你是牙医。我现在拿筷子一个一个指你男人的牙，指到梁先生的智齿时，你就点头。"

高个儿去厨房找到一根筷子，他开始指陶文赣的牙。旁边的人拿手电照亮。

陶文赣的嘴处于马丽的上方。

高个儿指了一遍，马丽没有任何表示。她不配合。

高个儿遗憾地对陶文赣说："陶先生，很抱歉，看来您太太很恨你。我们只好拔掉你的所有牙了。"

"马丽，你指给他们吧！"陶文赣急了。

"我陪你再玩一回。"高个儿对马丽说。

这次，到该点头的时候，马丽毫不迟疑地点了。

"是这颗。"高个儿指给拿钳子的弟兄看。

陶文赣被蒙面人按在地上，其中一个人用钳子小心翼翼地伸进陶文赣的嘴里。

"对不起，我们没带麻药。拔牙时你如果叫，你老婆就今生今世再也叫不了了。"高个儿警告陶文赣。

另一个人提醒拿钳子的说："你先拔智齿旁边的那颗，练练手。"

那人拔掉了陶文赣的一颗原装牙，疼得陶文赣全身湿透了。马丽心如刀绞肝肠寸断。

"还行,就这么拔,再轻点儿。"高个儿仔细验收试拔的牙后,说。

几个人按住陶文赣,从他嘴里拔出梁功辰的牙。

高个儿从兜里掏出一个装戒指的锦盒,他将梁功辰的智齿装进去,再把锦盒放进一个小塑料袋,再将塑料袋装进自己的内衣兜。

"把挨着智齿另一边的那颗也拔了。"高个儿说。

"你们拔几颗?"满嘴是血的陶文赣抗议。

"来一趟不容易,怕拔错了。"拿钳子的人一边拔一边向陶文赣解释。

和梁功辰智齿当了几天邻居的两颗牙也被高个儿装进另外的锦盒。

见陶文赣口中全是血,一个有点儿同情心的人脱下陶文赣的一只袜子,很人道主义地塞进陶文赣嘴里起止血作用。

四个蒙面人使用胶带将马丽和陶文赣面对面捆在一起。

高个儿将茶几上的一把水果刀的刀柄插进陶文赣叼着袜子的嘴里,他告诉陶文赣:"我们走后,你们要自救。方法是:你用嘴叼着刀子,割断你太太身上的胶带,千万别伤着她。她获救后,再报答你的救命之恩。听明白了?回见。"

家门关上了。

大约在五点时,轻伤不下火线的陶文赣终于用伤嘴操纵水果刀割断了妻子身上的胶带。

马丽获释后直奔电话机报警。

"马丽,你别报警。"陶文赣有气无力地说。

已经拨完"11"的马丽问为什么。

"我懂法律。他们不傻,除了牙,什么都不拿不碰,简直是秋毫无犯。我是他们犯罪的起因。我偷梁功辰的牙犯罪在先，他们犯罪在后。你一报警，我也肯定跟着他们进去。"陶文赣吐了口血，说。

马丽摔了电话听筒。她发疯似的撕扯自己的衣服，她咽不下这口气。

"梁功辰太不像话了！"马丽愤怒至极。

"这不是梁功辰干的，是高建生。百分之百。"陶文赣说，"你还不帮我止血？"

马丽这才想起给丈夫止血。

"疼死我了。"陶文赣龇牙咧嘴。他张着血盆大口接受马丽的治疗。

马丽一边弄一边掉眼泪。

陶文赣吃完止疼药后，好一些了。

"文赣，你还写吗？"马丽问。

"没了梁功辰的智齿，想写也写不出来了。"陶文赣叹气，"不是自己的东西，确实不能要。要了没好事。"

"孩子是自己的东西。文赣，咱们要孩子。"马丽说。

"我现在肯定不行，嘴疼死了。上梁不正下梁歪。过些天吧。"陶文赣说。

"文赣，我刚才被捆着时就想好了，我辞职专门研究将龋齿复原成好牙，我有信心。"马丽说，"你给我当法律顾问。成功后，咱们申请专利。准比梁功辰还名利双收。"

陶文赣点头。

"你这不算吃软饭。"马丽安慰丈夫，"没有你的法律保护，我的成果不可能全部转化为咱们的收入，盗版还不海了去？咱俩是合作。共同创业，共同吃硬饭。"

"那不叫盗版,叫侵犯专利权。"陶文赣咬着纱布说。

"一会儿我就去医院辞职。"马丽看表,已是清晨六点三十分了。

第三十一章　完璧归赵

邵厂长拿到梁功辰的智齿时，是深夜两点三十八分。邵厂长给了四个哥们儿每人两万元劳务费。

"你们去外地玩一个星期。"邵厂长说。

哥们儿走后，邵厂长清楚自己必须尽快叫醒高建生，以免梁功辰的智齿死亡。

高建生鼾声如雷。

邵厂长拿一盆凉水泼到他脸上。高建生醒了。

"我把梁先生的智齿要回来了。"邵厂长打开锦盒给高建生看。

"怎么可能？"高建生难以置信。

邵厂长简述经过。

酒已经醒了的高建生脸白了："这是入室抢劫呀！入室都是重罪！"

"我估计陶文赣不会报案，我的人进去除了牙什么都没拿，他们连凶器都没带，只有两卷胶带。陶文赣盗窃他人器官在先。"邵厂长并非法盲。

高建生不置可否。

"退一步，就算他报了警，我就说你喝醉了，什么都不知道，是我一人见义勇为的。我真的进去了，有人能捞我出来，你也不会见死不救，你起码会出二十万赎金吧？"邵厂长说。

"我可以为你出八十万赎金。"高建生说。

"现在咱们的当务之急,是去拉梁先生安装智齿。时间一长,智齿一旦死了,这回可没人给复活了。"

"这么晚,去哪儿装?"

"我知道一个私人牙医,叫黄德彪,这老头医术高明,又是认钱的人。咱们带着梁先生去找他,出价一万元,估计没问题。他的诊所就在家里。"邵厂长说,"只要梁先生装上了他的智齿,不管咱们这儿出什么事,就算警方抓了我甚至你,他们也绝不会抓梁先生,他确实和入室抢牙没一点儿关系。梁先生先写着《影匪》,等我出来甚至你出来时,《影匪》正好写完了,咱们往死里印它!"

高建生握住邵厂长的手,说:"谢谢你。咱们去梁功辰家。"

"你先给他打电话,让他做好准备。咱们一到,拉上他就走。我派人先去黄德彪家打前站。"邵厂长说。

"我的司机呢?"高建生问。

"昨晚我让他回去了。一会儿你坐我的车。"邵厂长说。

高建生给梁功辰打电话。高建生希望是朱婉嘉接电话。果然是朱婉嘉。

"嫂子,对不起,深更半夜给你们打电话。我是高建生。"高建生说。

"出什么事了?"朱婉嘉看了身边的梁功辰一眼,问。

梁功辰彻夜失眠。

"我们把功辰的智齿弄回来了。"高建生说。

"真的?"朱婉嘉兴奋。

"你先别跟功辰说,我担心他不配合。我们已经找好了牙医,我们这就去你家接你们,你让功辰起床做好准备。你就对他说我有事找他,你不知道是什么事。"

"好的。"朱婉嘉挂了电话。

"谁的电话？"梁功辰问妻子。

"高社长，他说有急事儿找你。他一会儿来咱家。"朱婉嘉说。

"是不是马丽家出事了？"梁功辰坐起来穿衣服。

"高社长没说是什么事。"朱婉嘉说。

"你好像很高兴。"梁功辰看妻子。

"你吃点儿消夜？"朱婉嘉打岔。

梁功辰说："不吃了。我下楼等他。"

梁功辰和朱婉嘉坐在门厅等高建生。

门铃声。朱婉嘉开门。高建生和邵厂长进来。

梁功辰看邵厂长。

"真对不起，这么晚了还打搅你们。"高建生说，"这位是印刷厂的邵厂长，我的朋友。"

梁功辰冲邵厂长点点头。

高建生说："功辰，我去向邵厂长说《影匪》暂时不能给他印了。碰巧他和陶文赣是亲戚，他说服了陶文赣先把智齿还给你，等你写完《影匪》，再借给他。"

梁功辰说："我既然已经答应陶文赣了，就不能反悔。"

邵厂长掏出锦盒，说："陶文赣已经把牙给我送来了，您看看，是不是您的？"

梁功辰接过锦盒，打开看，他说："这颗确实是我的智齿，上边有个痕迹我认识。"

朱婉嘉也凑过来看。

"马丽给他拔的？"梁功辰问。

"是的。"高建生豁出去蒙梁功辰了，只要把智齿装进梁功辰嘴里，任凭梁功辰知道真相后如何谴责高建生，高建生保证做到梁功

319

辰越骂他他越心花怒放。

"咱们现在抓紧时间去安牙吧？时间长了，怕牙不行了。"邵厂长说。

"赶紧去！"朱婉嘉急不可待地说。

"马丽在医院等着？"梁功辰问。

"马丽说这么晚了，医院的牙科治疗室锁门了。"高建生狂编。

梁功辰看看表，凌晨四点。

"等医院上班再去？"梁功辰说。

"等不了，万一时间太久了，智齿出了问题，就麻烦了。我给联系了一个牙医，医术很好，咱们现在就去。"高建生对梁功辰说。

朱婉嘉对高建生说："你们的车在前边带路，我开车和功辰在后边跟着。"

"走！"高建生出门。

三辆车依次驶出小区。邵厂长。梁功辰。贾队。

黄德彪已经被邵厂长的手下唤醒了。

"这是哪儿？"梁功辰在黄德彪诊所外边问高建生。

高建生说这位医生原先是马丽的同事，退休后自己开了诊所，是马丽推荐的。

邵厂长示意高建生先和梁功辰在外边待一会儿，他去向黄德彪交代。

邵厂长见了黄德彪，说："黄大夫，还认识我吧？我常带我妈来您这儿看牙。"

"认识，当然认识。令堂的牙出问题了？"黄德彪问。

"有一件挺特殊的事，我需要您帮忙。"邵厂长压低声音说，"请您帮我们拔掉一颗牙，再在原地安上另一颗牙。要保证成活。我们出高价。"

"多少钱？"黄德彪问。

"一万。"

"拔掉的是好牙还是坏牙？"经验丰富的黄德彪问。

"好牙。"

"一万我不干。"黄德彪说，"你们这么深更半夜来，又是拔好牙，您知道，我们牙医最忌讳拔患者的好牙。您这事对我来说绝对有风险。"

"你要多少？"邵厂长皱眉头，他盯着黄德彪问。

"两万。"黄德彪说。

邵厂长说："成交。"

"先付款。"黄德彪说。

"先付一万。成活后，再付另一万。"

"必须先付清。如果没成活，我会把钱全退给您。"黄德彪不让步。

邵厂长掏出两万元，交给黄德彪。

邵厂长对黄德彪说："我有个要求，换牙的人不是很知情。你要对他说你和一个叫马丽的女医生曾经是同事，马丽是市第一医院牙科的医生。今晚是马丽推荐你给这位先生换牙的。"

黄德彪点头，他说："按说这应该另外收费。但我优惠您了。免了。您去叫他吧。"

梁功辰在前呼后拥下进入黄德彪家。屋里混浊的空气使得朱婉嘉捂了一下鼻子，她马上把手拿下来了。

"功辰，坐上来。"高建生扶着梁功辰躺在牙椅上。

"马丽和您是同事？"梁功辰问黄德彪。

"我们在市一院是同事。"黄德彪说，"请张嘴，别说话了。"

黄德彪清楚说多了准穿帮，他连马丽的岁数都不知道。

黄德彪张大了嘴,他看见了长在梁功辰嘴里的他父亲的智齿。

"梁先生的牙怎么了?"高建生从黄医生的表情上看出梁功辰嘴里有问题。

"没什么,没什么。"黄德彪知道自己不能提陶文赣的事,他装傻,"换哪颗牙?"

朱婉嘉指给黄德彪看。

"另一颗牙带来了?"黄德彪问。

朱婉嘉小心翼翼地从包里拿出智齿。

黄德彪鉴定梁功辰带来的智齿时,至少有六只眼睛从不同的角度监视他,他们怕再被调包。

黄德彪给梁功辰打麻药。拔自己老爸的牙。再将梁功辰的智齿装上。全过程只用了不到三十分钟。

智齿回到梁功辰的嘴里,它感慨万千。遗憾的是,梁功辰的这个牙窝没有黄金通道。

"肯定能活?"朱婉嘉问黄德彪。

"百分之百。"黄德彪说。

"多少钱?"朱婉嘉拿出钱包。

邵厂长拦住朱婉嘉,说:"高社长已经付了。不多,就两百元。"

"咱们走吧?"朱婉嘉说。

一行人离开黄德彪诊所后,黄德彪赶紧将钱收起来,他难以置信父亲的一颗牙前后直接间接给他挣了总共十二万元。

黄德彪看见了牙椅托盘上父亲的智齿。

"把爸的牙给他老人家再安上。"黄德彪想。

自从营利性拔了父亲的牙后,黄德彪睡觉老做噩梦。

黄德彪推醒父亲,他告诉父亲,儿前些天拔父亲的牙是为了修补那颗牙，现在修好了，儿再给父亲装上。

黄德彪用扩嘴钳撑开父亲的嘴，他在没有助手帮助的困境下给瘫在床上的父亲安牙，难度挺大。幸好父亲的牙窝还未愈合，黄德彪将父亲的智齿完璧归赵。黄德彪获得了心理平衡。他觉得自己又是当之无愧的孝子了。

由于父亲不能自己咬纱布固定牙，黄德彪就用他的手指托着父亲刚装回去的智齿。他双膝跪在父亲的病榻前，手伸进父亲的嘴里，托着父亲的牙。

黄德彪就这么跪在父亲床前，他的手孝顺地在父亲嘴里小心翼翼地托着父亲的智齿。黄德彪困了，他跪着睡着了。

两个小时后，黄德彪醒了。他看看表，认为父亲的牙已经不需要他呵护了，他将手从父亲的嘴里拿出来。

黄德彪感觉父亲皮肤的温度不对，他找父亲的脉。黄德彪摸遍了父亲全身，父亲什么都不缺，就缺脉搏。父亲死了。

父亲的眼睛大睁着。黄德彪试图让父亲闭上眼睛，父亲不干。

黄德彪通知医院来给父亲做尸检，没有医院的死亡原因证明书，火葬场不接受死者遗体。

医生验尸后当即打电话报警。验尸结果：死者系非正常死亡，窒息而死。

黄德彪蒙了。他这才想起，父亲近日患重感冒，鼻子不通气。他把手插进父亲嘴里长达两小时，父亲被活活憋死了。

警察铐走了黄德彪。黄德彪涉嫌谋杀生父。

第三十二章　轩然大波

高建生回到自己家时，已经是清晨五点四十分了。妻子从高建生身上嗅到了酒气。

"你喝酒了？"妻子惊讶不沾酒的丈夫一身酒气。

"和朋友喝了点儿。我睡两个小时。两个小时后，你叫醒我。"高建生一边脱衣服一边说。

"还是为《影匪》的事烦？"妻子问。

"不烦了，解决了！"高建生倒头便睡。

听高建生说《影匪》没有难处了，妻子松了一口气。

六点多钟时，高建生的妻子去早市买菜，路上，走在她前边的两个人一边看报纸一边说话。

"原来梁功辰是精神病，你看，这报上说，他的《影匪》写不出来了，原因是他拔了一颗牙。报上说，梁功辰还大闹医院，让医院赔他一亿。"一人说。

"真的？让我看看。我可是梁功辰的忠实读者，报上胡说八道呢吧？有的记者专靠毁名人度日。"另一人拿过报纸边走边看。

高建生的妻子紧走几步，追上那两人，她问："这是什么报？"

"《晨报》。那边有卖的。"一人说。

高建生的妻子掉头去买了一份《晨报》。她站在路边通读有关梁功辰的新闻。新闻的标题是：《梁功辰拔牙拔掉灵感，〈影匪〉出师未捷难产》。那记者说：近日作家梁功辰因拔除了一颗智齿而导致无法写作。只写了不到一半的《影匪》已经难产。文章详细描写了梁功辰大闹口腔医院的经过，还有给梁功辰拔除智齿的女医生的照片和证言。梁功辰为了牙齿从口腔医院疯狂转战到市第一医院，还在市第一医院门口挨了牙科某貌美女医生的耳光，至于梁功辰挨打的原因，到底是性骚扰还是和牙有关，本记者正在调查之中，本报会作连续报道。昨晚，富阳出版社社长高建生一反常态，喝得酩酊大醉，深夜和梁功辰去一街头私医家看牙，他们走后，私医就被警方以涉嫌谋杀生父逮捕。不管这一系列扑朔迷离的事件之间有何种内在联系，有一点可以肯定，梁功辰认为自己的写作天才和嘴里的智齿有直接关系，这是他亲口对口腔医院医护人员说的。那记者竟然还别有用心地公布了梁功辰家所在的小区名称。大有不惜奉献独家新闻号召同行前往采访的高风亮节。

高建生的妻子顾不上买菜了。她拿着报纸赶紧回家。

高建生被妻子推醒后看表，他说："你怎么不到七点就叫我？"

妻子双手将《晨报》在高建生眼前展开。

高建生一个鲤鱼打挺坐起来，他从妻子手里一把抓过报纸，目光横扫千字如卷席。

"王八蛋！"高建生怒不可遏。

"你们昨晚真的去找私医给梁功辰看牙了？"妻子问。

高建生点头。

"几点？"

"严格说是今天凌晨四点左右。"

"有记者昼夜监视梁功辰？"妻子说，"再有，你喝酒的事，记者怎么知道的？你也被跟踪了？"

高建生从床上跳到窗前，他躲在窗帘后边往外看。他眼中的行人都成了特务。

高建生低头想了大约三分钟，他拿起电话应战。

高建生的第一个电话打给朱婉嘉。接电话的正是朱婉嘉。

"嫂子，我是高建生。功辰在干什么？"高建生问。

"他回来后一直在睡。可能是麻药的原因。我估计私医的麻药质量差一些。有什么事？"朱婉嘉说。

"有记者跟咱们捣乱，我把报纸传真给你。有三件事情你务必办到：一，我估计有人二十四小时在监视你家，可能是记者。如果你发现了，要向小区派出所报警，理由是监视者窥探梁功辰的隐私，干扰你们的正常生活，法律保护公民的隐私权。二，尽量不要让功辰知道媒体对他的负面报道，以免影响他顺利完成《影匪》。三，可能会有很多记者去你家，你要请求派出所出面劝阻。你最近几天不要上班，在家确保功辰写完《影匪》。梁新这几天最好也别上学，我估计记者不会放过她。现在我给你传真报纸。看完要沉住气，我马上会安排反击。"

高建生的第二个电话打给社长助理。

"小郑，我是高建生。"高建生做部署，"你立刻通知全社员工，进入紧急状态。任何人不得外出，不得接受记者采访。八点整，我在咱们社开新闻发布会，你通知所有和咱们关系好的记者都来参加，你给每人准备一千元交通费。"

"出了什么事？"社长助理问。

"你去买一份今天的《晨报》，看了就知道了。去办吧。"

"明白。"

高建生的第三个电话打给邵厂长："邵厂长，有件事情你马上给办一下。你派人去黄医生家，弄清楚黄医生为什么被警察抓走了。"

"黄大夫被警察抓了？什么时候的事？"邵厂长吃惊。

"我从今天的《晨报》上看到的。不知真假。你务必在七点五十分之前告诉我黄被抓的真相。"

"我这就派人去了解，有结果马上告诉你。"邵厂长挂上电话。

高建生往公文包里装东西，准备去社里。

"你应该高兴，他们这是在给你的《影匪》做免费广告。如果《影匪》能按时出版的话。"妻子对丈夫说。

"《影匪》肯定按时出版。"高建生说，"你说得对，他们是在帮我。如果这报道昨天发出来，我还不敢这么想。今天见报，浑蛋们笃定是在帮我扩大《影匪》发行量。弱智！"

上午八点整，新闻发布会在富阳出版社举行。与会记者多达一百人。使用假名写《梁功辰拔牙拔掉灵感，〈影匪〉出师未捷难产》的记者也混迹其中，他从小就喜欢看描写双重间谍的书。他更喜欢两头拿钱。

高建生首先告诉记者，他将保留起诉《晨报》和那记者侵害富阳出版社名誉权的权利。高建生说，梁功辰最近的确拔了智齿，但根本没有影响他写《影匪》。有记者问梁功辰大闹口腔医院是否属实。高建生说，梁功辰确实在拔牙后去找过口腔医院，但他不是大闹，而是体验生活，因为梁功辰的作品里有描写医院的情节。有记者问，梁功辰的智齿真的和他的写作有关联？高建生说绝对没有，也不可能有。有记者问，如果《影匪》不能出版，是否就可以认定《晨报》的报道基本属实？高建生信誓旦旦地说，《影匪》绝对会按时出版，如果不能按时出版，他就携出版社全体人员去向《晨报》道歉。有记者问，听说各地出版发行商已经向富阳出版社预付了三千万元《影匪》购书订金，是否属实？高建生回答说不属实，因为确切数字是三千零八万一千二百元。会场笑声四起。有记者问某私医今晨被捕和梁功辰去其处看牙有否关系？高建生说梁功辰深夜看牙亦是体验生活，至于私医因涉嫌谋杀被捕，纯属巧合，这还说明梁功辰寻找体验生活目标的先知性，此事肯定会被写入《影匪》，多精彩的情节呀：私医深夜弑父。当然，梁先生对从生活中得来的细节取舍十分严格，《影匪》出版后如果大家没有看到这个细节，只能说明梁功辰创作态度严谨，并非捡到篮子里的全是菜。

新闻发布会结束后，记者们马不停蹄赶回自己的单位八仙过海各显神通。《影匪》顿时甚嚣尘上，家喻户晓，妇孺皆知。向富阳出版社预付的《影匪》订金多得把该出版社的开户银行分理处的电脑弄死机了不计其数次。

清晨，忙了一宿的贾队和助手在位于梁功辰家不远的汽车上小憩。由于怕睡得太死误事，他们开着车载收音机。

当收音机里出现梁功辰的名字时，贾队和助手一下就醒了。

如今的广播电台是最大的报纸盗版者，播音员几乎全天拿着各种报纸念。

收音机里在念《晨报》上有关梁功辰的报道。那播音员最后说，《晨报》一石激起千层浪，各种有关梁功辰和《影匪》的报道肯定铺天盖地，本台将陆续念报。

贾队发愣。助手问怎么了。

"咱们跟了梁功辰这么多天，还没看过他的书。你去买几本来。"贾队说，"是咱们给那记者提供的梁功辰的行踪。咱们应该了解梁功辰。"

助手很快弄来梁功辰的五本书。贾队和助手分头阅读。用狼吞虎咽来形容贾队和助手看梁功辰的书时的情景，十分恰当。

"太棒了！他写警察这么传神！"贾队赞不绝口。

"原来小说这么好看！我不看小说亏大发了！"助手痛心疾首。

"梁功辰是天才。"贾队说,"天才是人类的共有财富。构日雇咱们盯梁功辰到底是什么目的?"

贾队的调查事务所有行规,不向顾客打听原因。

"你去构日出版社,查清他们为什么雇咱们跟踪梁功辰。"贾队向助手下达新任务。

"我成双重间谍了。"助手下车。

很快,贾队接到了助手从构日出版社附近打来的电话。助手告诉贾队,构日出版社的目的是阻止梁功辰写完《影匪》。

"狗日的,怎么能这么干?"贾队急了。

助手回来后,贾队向他宣布:"咱们倒戈,不帮构日了,帮梁功辰。"

"咱们已经收了构日的钱。"助手提醒上司。

"全额退还。"贾队说,"从现在起,咱们免费保护梁功辰。能保护他这样的作家,是咱们的荣幸。"

两名警察和高建生走到贾队的汽车旁。

其中一名警察敲汽车玻璃示意贾队出来。

"您的车几乎二十四小时停在这儿好几天了,您是小区的居民吗?"警察问贾队。

"叫小郝来跟我说话。"贾队说。该小区派出所所长是贾队昔日的部下。"你们所长不姓郝?"

特意前来协助朱婉嘉报警的高建生知道碰上厉害人了。

郝所长来了一见犯罪嫌疑人是贾队,赶紧立正敬礼。

贾队不等郝所长说话,他说:"小郝,你能在这个小区工作,幸福呀!将来全世界都知道咱们这座城市,肯定是由于梁功辰住过这儿!我的事务所受雇于人,跟踪梁功辰。刚才我看了梁功辰的书,才意识到我干了错事。从现在起,我二十四小时义务保护梁先生。"

高建生问："谁雇的您？"

贾队说："这我不能说。这是职业道德。我可以毁约，但我不能披露甲方的任何信息。"

郝所长小声告诉高建生，贾队是退役的特级警探，如今经营一家调查事务所。

"我们出版社重金聘您保护梁功辰，一年五十万元，可以签约吗？"高建生对贾队说。

"保护梁功辰顺利写《影匪》，我不要劳务费。"贾队说，"你要给，就算是伙食费、汽油费和汽车折旧费吧。"

"请您这几天重点阻挡来梁功辰家的记者。"高建生说。

"贾队过去在刑警队有'记者克星'的美誉。"郝所长说。

第三十三章　体检阴谋

这天上午八点三十分，朱冬在音乐协会他的办公室里看文件。身为音协秘书长的朱冬，承担着音乐协会繁杂的日常工作，他每天都要开会、看文件、谈话和布置工作。乐此不疲。朱冬当年自知作曲无才后，转而痴迷官场，成为仕途痴迷者。

朱冬的办公桌上放着音协上半年的工作总结，这份文件比较重要，将发给音协所有理事审议，还要报送上级单位。朱冬认真地审阅。

"怎么能出这样的错？"朱冬拿起红铅笔在文件上的某两个字上画红圈。

使用拼音输入法打字的音协机关打字员粗心大意，将"音协"误打成了"淫亵"，整句话连起来看，就成了：上半年，我们淫亵的领导做了三件大事……

朱冬用红笔将"淫亵"绳之以法，再在文件空白处写上"音协"两个字，然后他将"音协"也套上红圈，最后将都戴着红枷锁的"音协"和"淫亵"之间用红笔牵线连接。此乃全国通用的纠正错字标志。

有人敲门。

"请进。"朱冬头也不抬，继续看文件。

"秘书长。"办公室的苗颖站在门口，她有几分犹豫。

朱冬抬头，问："什么事？"

苗颖是朱冬的嫡系，在音协历次领导的派系争斗中，她都旗帜鲜明地站在朱冬一边。

苗颖拿着一张报纸，她说："我觉得，应该给您看。"

"看什么？"朱冬奇怪苗颖的态度。

苗颖将当天的《晨报》压在朱冬办公桌上的文件身上，转身走了。走到门口时，苗颖回头说："不能让他们拿这件事整您。"

朱冬看见了报上的通栏醒目标题：《梁功辰拔牙拔掉灵感，〈影匪〉出师未捷难产》。

朱冬的血压当即封顶。

朱冬双手按住两侧额头，以使大脑不致分崩离析，他的目光快速扫描那文章。

朱冬这才想起，自从女儿和女婿深夜委托他打听一个叫谭青的作家后，女儿这些天再没同他联系过。

梁功辰是朱冬的骄傲。因有梁功辰这样的女婿，朱冬在同僚中甚是昂首挺胸。一旦梁功辰的写作出现危机，朱冬清楚，骄傲将被嘲笑击碎。

朱冬给女儿朱婉嘉打电话。

"婉嘉，我是爸爸。"朱冬拿电话听筒的手像交响乐指挥拿着指挥棒在指挥贝多芬的《命运》般抖个不停。

"爸。"朱婉嘉只说了一个字。

"你看今天的《晨报》了吗？"

"看了。"

"功辰怎么得罪了记者？"

"没得罪。功辰确实拔了牙，不知怎么被记者盯上了。您不用着急，富阳出版社的高社长已经在开新闻发布会反击了，今天会有许多媒体为功辰澄清和说话。"

"功辰为什么拔牙？他的牙不是很好吗？拔了牙后，他真的去医院让人家赔他一亿？这不像功辰的做派呀？如果不属实，咱们可以告那记者和《晨报》诽谤。"

"那文章基本属实。"

"你说什么？基本属实？功辰拔了智齿后真的写不出来了？"

"爸您放心，我一下子说不清，我还有很多事，有人跟踪功辰，我得出去看看是谁，一会儿高社长也要来协助我们报警，把跟踪我们的人赶走。我现在只能简要告诉您，功辰的写作确实靠的是他的智齿，他拔了智齿后，就一个字也写不出来了。我们前些天委托您找那个叫谭青的作家，就是为了证实这件事。现在我可以肯定地说，天才都有智齿。"

"……你们不是受什么刺激了吧……"

"爸！我说的都是真话！高社长都坚信不疑了。"

朱冬在女儿家见过高建生一面，他很欣赏高建生的才干。如果高建生都对智齿协助梁功辰写作信以为真，朱冬就不能不认真对待智齿了。

"……太离奇了……"朱冬说。

"功辰在今天凌晨装回了他的智齿，他现在还在睡觉，我估计是麻药的关系。只要他一醒，马上就要投入《影匪》的写作，还要把失去的时间追回来，我们要不惜一切保证他的写作。高社长说了，不能让功辰知道媒体对他的报道，我已经对梁新以及保姆都交代了，谁也不能向功辰透露半点儿风声，要让功辰静心写《影匪》。您最近不要往我家打电话说这些事，也不要来。等功辰写完《影匪》，我会告诉您全部经过。很曲折，没有五个小时说不完。"

"《影匪》能按时出版？"

"没问题。功辰曾经创造过一天写两万字的纪录。"

"有需要我帮忙的地方，你们尽管说。我认识的记者很多。"

"高社长认识的记者已经不少了，他还财大气粗，您知道如今开记者招待会金融方面的规矩。听说现在有一百多名记者去出席富阳的新闻发布会。有需要您帮忙的事，我会给您打电话。好像功辰醒了，我挂电话了？"

"我再问一句，谭青有智齿？"

"有。"

"怎么看有没有智齿？"

"从牙齿中缝往任何一边数，第八颗是智齿。"

"你有智齿吗？"

"没有。另外，我们发现，有智齿的不一定是天才，但天才好像都有智齿。智齿似乎还分专业，比如高社长有智齿，他的智齿应该是分管出版的。"

"分工这么细？"

"这只是我们的初步推断。功辰确实醒了，我挂电话了？"

"好的。你们一定要全力以赴保证功辰按时写完《影匪》，还要写好。这是对《晨报》最好的反击，比什么新闻发布会都管用。"朱冬说完将已经由指挥棒变回话筒的话筒放回到电话座机上。

朱冬无心审阅音协文件了，他思索女儿刚才关于天才和智齿关系的话。朱冬将手指伸进自己嘴里探囊取物找智齿。上下左右纵横捭阖，无论哪个方向，他都没有第八颗牙。

朱冬相信智齿和天才的关系了。

"王必然肯定有智齿。"朱冬想。

王必然是本省乃至全国甚至世界的一流作曲家，三十多岁的他已经谱出了上百首脍炙人口的歌曲，人气极旺。王必然为某届奥运会谱写的会歌更使他如日中天。当初王必然连续三年报考音乐学院都名落孙山。如今，王必然是音乐学院的客座教授。当音乐学院教导处发现每当王教授来校授课后都有若干学生申请退学时，校方再不敢给王教授安排课时了。没有大学文凭的著名作曲家王必然客座教授往梯形教室讲台上一站，在学生眼中，教室立刻就变成了拳击场，王必然出场不到一分钟，就挥拳将音乐学院的所有文凭击倒。

朱冬一直使暗劲儿压制王必然。除了嫉妒心使然外，一次小苗向朱冬密报王必然参加某届音协会员代表大会时在下边散布蔑视朱冬的言论是主要原因。在上届会员代表大会上，已有人提名王必然出任音协副主席，朱冬小使手腕就剥夺了王必然的副主席候选人资格。以王必然的实力，出任世界音协副主席都绰绰有余。王必然如今只是音协理事，连常务理事都不是。王必然对此不屑一顾，他还从不参加职称评定。王必然有一句名言：作曲家的职务和职称是由五线谱任命的，对作曲家的职务和职称的任何文字任命都是擦屁股纸。

朱冬清楚王必然出任本省音协主席是迟早的事，他预计下届会员代表大会将众望所归选举王必然出任音协主席。朱冬不希望王必然当主席。虽然朱冬已到退休年龄，但由于上面曾有群众团体的行政领导到了退休年龄确有政绩的可以延长任期两年的规定，朱冬像某些担任领导职务的人那样，想在到了退休年龄时被判"死缓"。对于有些官员，退休等于被执行死刑。失去权力无异于失去性命。人一走茶就凉，寂寞、失落、无所事事、门可罗雀，生不如死。朱冬认为如果王必然当选音协主席，其不会恩赐他两年"死缓"。从目前的形势分析，只有三种原因能导致王必然当不成下届音协主席：一，死亡；二，王必然出事；三，再也写不出好歌。

王必然才三十多岁，死亡的可能性应该小于朱冬。第一条朱冬基本指望不上。至于出事，由于王必然没有公职，可以说他连受贿的资格都没有。鉴于他基本不拿正眼瞧各级官员，行贿犯罪的可能性也不大。王必然生活行为检点，吸毒嫖娼赌博均不沾，连彩票都不买。朱冬曾经将希望寄托在王必然江郎才尽上，但从目前王必然月均谱出劲歌至少一首的如火如荼状态看，朱冬如愿以偿的可能性几乎是零。

放下电话后，朱冬仔细思索女儿的话，一个朦胧的想法出现在他的脑际，挥之不去。

朱冬又将《晨报》那篇文章看了两遍。

朱冬决定行动。他认为这是上天赐给他的机会。

朱冬的计划如下：立即由音协出面出钱以爱护人才的名义组织本地著名作曲家到医院全面体检。实际上，所有参加体检的人都是沾王必然的光。在检查口腔时，察看王必然有否智齿。如有，让医生动员其拔除。朱冬再设法将王必然的智齿拿到手。朱冬想好了，一旦拿到王必然的智齿，他不要，而是舐犊给女儿朱婉嘉装上。朱冬觉得自己活得不如女儿长，装了天才作曲智齿是浪费。

此举一箭双雕：失去智齿的王必然从此江河日下，再有人提名其出任音协主席时，朱冬反驳的理由将极为充分；朱婉嘉从此在音坛一鸣惊人，朱冬由此给珠联璧合的双料天才女儿女婿当爸爸。足矣。

朱冬当即亲自起草音协关于组织著名作曲家体检的通知。体检的意义、爱护人才的具体措施、关心中青年作曲家的健康等等冠冕堂皇的文字跃然纸上。任凭谁也看不出，堂而皇之的词汇下隐藏着险恶的用心。

朱冬写完后，打电话叫苗颖过来。

"小苗，你让打字员把这个通知打出来，印五十份。告诉她不要再把音协打成'淫亵'。"朱冬翻出工作报告上的"淫亵"给苗颖看,"你拉出一个体检名单来,必须有王必然。"

已经粗略看完朱冬起草的体检通知的苗颖不解:"干吗必须有王必然?他爱去不去!您干吗关心他的身体?他死了才好呢!"

"哎,不能这么说嘛。"朱冬语重心长教下属做人,"对于像王必然这样有成就的作曲家,咱们要关心。有意见是正常的事,另说。懂吗?我交给你一个任务,你立刻同王必然联系,告诉他务必参加体检。如果他答应了,你马上拿上支票去联系医院。"

"谢谢秘书长对我的关照。"苗颖感激。

音协的工作人员都清楚,外出联系开会、吃饭、体检等等是肥差,绝对有回扣。饭店、餐厅、医院对于单位公款举办会议、集体用餐和体检求之不得。为了拉生意,他们都会给客户单位具体操办这件事的工作人员提成。因此,每当有这种好事,大家都自觉地风水轮流转着去。

苗颖走后,朱冬打开办公室里的电视机和收音机,果然,有关梁功辰和他的智齿以及《影匪》的消息铺天盖地。一家电视台的记者在大街上随意采访梁功辰的读者,没一个人相信梁功辰的天才写作和智齿有关。有人说这肯定是出名无望的记者借此炒作自己。有人怀疑是报社记错了愚人节的日期。还有人断定这是富阳出版社在给《影匪》做别出心裁的广告。没一个读者在接受采访时谴责梁功辰。当记者向梁功辰的读者询问他们是否担心梁功辰写不出来时,读者都断然否定。

朱冬笑了。他的血压舒服得像在家憋了一天屎尿后终于被下班回家的主人带出去方便的宠物狗。

临近吃午饭时,苗颖来向朱冬汇报。

"体检通知已经打印好了,是我校对的。"苗颖将一摞纸放在朱冬的办公桌上,"我给王必然打了电话,他在家。我对他说了体检的事,他说他身体很好,不用去了。"

"他的口气很肯定?有回旋余地吗?"朱冬问。

"也不是特别肯定。"苗颖依然不明白秘书长今天怎么突然放下屠刀立地成佛了。

"我亲自去王必然家说服他参加体检。你去到司机班给我安排车。"朱冬说。

"秘书长吃完午饭去?"苗颖奇怪报纸上那么糟蹋朱冬的女婿,朱冬竟然如此沉着,还有心思开展新工作。

"我现在就走。"朱冬说,"你跟我去。带上体检通知,盖音协的公章。"

"体检通知上的体检日期和医院是空着的,填上吗?"苗颖问。

"联系好医院了吗?"

"您刚才说王必然定了后再联系医院。我尝试联系了四家,我觉得市第三医院比较合适。"苗颖说。

苗颖经过货比三家,市第三医院的回扣率最强劲。

"你在给王必然的体检通知上填上体检地点是市第三医院,体检时间先空着,看王必然什么时间有空再决定。"朱冬向苗颖交代。

惊愕之余,苗颖初步判断是瑞典皇家科学院在下水道的砖墙里新发现了诺贝尔的完整遗嘱由此追设了诺贝尔音乐奖,朱冬从内线获得了王必然将被授予首届诺贝尔音乐奖的信息。

第三十四章　一顾茅庐

　　音协的司机认识音协所有理事的家。这些司机的日常工作除了伺候音协机关的人就是开车拉载诸位著名作曲家、歌唱家去医院或火葬场，有的走双程去了还回来，比如痊愈出院比如参加别人的遗体告别，有的是单程，一去不返。

　　朱冬没去过王必然家，按说对于像王必然这样级别的作曲家，身为音协秘书长的朱冬，逢年过节理应登门问寒问暖以示音协每年耗费纳税人数百万元税款的合情合理。但由于王必然的年龄不够级别，加之后来朱冬视王必然为"死缓"障碍，故朱冬至今未屈尊莅临王必然的草舍。

　　司机小易将朱冬和苗颖送到王必然家的楼下。

　　苗颖先下车给朱冬开车门。朱冬下车前对司机说："小易，你也没吃饭吧？你稍等会儿，我们办完事，咱们三个一起去吃饭。"

　　苗颖引导朱冬来到王必然家门口，她按门铃。离开音协之前，苗颖问朱冬要不要先给王必然打个电话，朱冬凭直觉认为王必然会找各种理由将他拒之门外，他告诉苗颖不用打电话预告他要去。

　　开门的正是王必然，他看见朱冬后一愣。

　　苗颖对王必然说："音协领导很重视这次体检，您刚才在电话里说可能没时间参加，这不，朱秘书长亲自来动员您参加。"

　　王必然没法不让朱冬进家门，他很勉强地说："不敢当。请进。"

朱冬觉得自己像叫花子。

王必然的家改装成了录音棚，墙壁全由音乐的配偶材料制成，各种登峰造极的录音设备虎视眈眈地看着朱冬。尽管朱冬对录音棚不陌生，但他在私人住宅里看到这样的场面，还是惊诧不已。

"叹为观止，叹为观止！"朱冬赞不绝口，"这得很多钱吧？"

"也没多少。"王必然说，"请坐。"

王必然让客人坐在皮沙发上，他站着。

朱冬清楚王必然是在用身体语言逐客，他说："小王呀，这回音协组织著名作曲家体检，你一定要去。"

"我没病。再说我还年轻，身体的零部件还没到该检修的时候。我谢谢你们的关心，最近我很忙，抽不出时间来。"王必然说。

朱冬说："最近，本市发生了很多起三四十岁的知识分子猝死的悲剧，某大学一位只有二十八岁的副教授患直肠癌去世了，从发现到死亡只有两个月。这不能不引起上级对知识分子健康的重视。所以还请小王支持我们的工作，务必参加这次体检。你是咱们音协最有影响的作曲家，我们恳请你参加。"

王必然想了想，问："体检多长时间？"

朱冬像猫看见了老鼠，他说："不超过两个小时，如果你很忙，一个小时也行，挑主要项目检查。"

朱冬忍住没说你光检查口腔就行了。

王必然多少被朱冬感动了。他问："哪天体检？"

苗颖插话："朱秘书长说了，你哪天有时间就哪天体检。"

王必然惊讶："其他人都跟着我的时间走？"

朱冬点头。

"这不合适吧？"王必然不安。

"没关系，还没发通知书呢。你现在定了时间，我们回去就发通知。"苗颖说。

"真不好意思。"王必然说,"过去我曾说你们把群众团体办成了衙门,看来我错了。这样吧,就明天上午体检,你们给其他作曲家发通知来得及吗?"

"来得及来得及,我们可以电话通知。"喜欢钓鱼的朱冬品尝到了旱地钓人鱼的快感。

"我还有个要求。"王必然说。

"请讲。"朱冬拿出有求必应的姿态。

"我体检是自费。"王必然说,"如果你们同意,我就去。"

"为什么?"朱冬问。

王必然说:"任何人包括名人的身体健康,都是个人的事,不能由国家出钱。国家本身没钱,说到底是纳税人的钱。同样是人,凭什么花别人的钱检查自己的身体?就因为是知识分子?名人?越是名人越应该自己花钱。我出名前就有一个愿望:今生今世不花国家一分钱,只向国家纳税。至今我一直恪守这样的原则,请你们成全我。我觉得,真正的作曲家、艺术家和作家都不会花国家的钱。"

苗颖说:"这我们知道,王先生每次参加音协的会,都是自付饭费和住宿费。只不过这次体检如果您自费,我们的组织就失去了意义,您自己随便可以去医院体检呀!"

"你们帮我联系医院了。再说,没有你们督促,谁会没病自己去医院体检?"王必然说。

朱冬瞪了苗颖一眼,他对王必然说:"我们同意你的要求。我觉得你的境界很高,如果作曲家艺术家作家都像你这么想这么做,国家能减轻多少负担。"

王必然对朱冬刮目相看:"没想到朱先生能说出这样的话。我过去一直以为朱先生是以花国家的钱为乐事的人。其实,我小时候唱过您的歌。"

"好汉不提当年勇，我已经不行了。"朱冬说。

"天才也难免有不行的时候。"王必然说。

"你不看电视？"朱冬在王必然家没看见电视机，他不希望王必然从媒体上知道梁功辰和智齿的事。

"不好意思，我属于不看电视不看报的人。"王必然说。

朱冬站起来，对王必然说："我们不耽误你的时间了，明天上午七点三十分，我们派车来接你去体检。"

"不用不用，我有车。"王必然说，"在哪家医院？"

"可能是市第三医院，还没最后定。"朱冬说，"明天早晨我路过这儿，我来告诉你。"

朱冬担心王必然生变。

"让您费心了。"王必然确实很感动。

朱冬、苗颖和司机在一家餐馆共进午餐。回到音协后，朱冬吩咐苗颖立刻落实体检的医院。

"体检项目？"苗颖问。

"血压、心电图、验血、牙科、透视等。"朱冬交代。

"牙科？"苗颖以为听错了。

"必须有牙科。"朱冬说，"今年是国际爱牙年，应该借此机会爱护牙齿。特别是咱们这个行业，不少作曲家同时又是歌星，牙坏了，影响演出呀！去年咱们省不是有个歌星在参加一台重大政治任务演出时在唱歌期间把假门牙唱掉了吗？幸亏她反应迅速，当即决定背对观众把歌唱完。观众还以为这是她新设计的动作，还报以掌声。如果她当即弯腰捡牙，那不成了笑掉大牙吗？你看，牙对于音协重要不重要？"

苗颖点头，她去落实朱冬的指示。

四十分钟后,苗颖告诉朱冬,明天上午八点,在市第三医院体检,一切准备就绪。

苗颖说:"我挨个儿打电话通知理事,在三十位理事中,只有八人明天上午有时间去体检,其他人都说太仓促了,如果提前几天通知就好了。"

"八个就八个吧。"朱冬说,"你给我备车,我要去第三医院叮嘱院方给作曲家认真体检,不要走过场。"

"我已经向他们交代过了。"苗颖担心朱冬去医院后她吃回扣的事露馅。

"我要去看看。"朱冬要去关照牙医。

"我跟您去?"苗颖说。

"你再想办法多说服几位理事参加体检。我自己去医院。"朱冬说。

"您找牛副院长,我是和他联系的。"苗颖对朱冬说。

朱冬走后,苗颖给第三医院牛副院长打电话,通知他音协朱秘书长亲自去该院敲定检查项目。苗颖自然要暗示对方不可泄露回扣之事。

朱冬赶到市第三医院时,牛副院长已经在办公室恭候他。

"音协这次组织给作曲家体检,重点是牙科。"朱冬开门见山。

"牙科?"牛副院长惊奇,"刚才贵单位的苗女士给我打电话说体检增加牙科,我就感觉有意思,要不换脑电图?"

朱冬问牛副院长:"您听说媒体炒作作家梁功辰的智齿的事了吗?"

"谁都知道!真逗。"牛副院长笑。

"如今有些记者很没有职业道德,他们这样做,不是干扰作家写作吗?我们音协就是受这件事启发,防患于未然给我们管辖的作曲家检查有没有智齿,凡有智齿的,请你们务必动员该作曲家拔除,

343

省得日后记者拿我们作曲家的智齿做文章，干扰作曲家谱曲。"

"我明白了。"牛副院长恍然大悟，"请秘书长放心，明天上午经检查凡有智齿的作曲家，一律动员其拔除。我会向医生安排的。"

"您的医生动员作曲家拔智齿时，不要说社会原因，只说生理原因。比如智齿对口腔健康不利什么的。"朱冬叮嘱。

"请秘书长放心，我知道艺术家疑心普遍重。"牛副院长笑着说。

朱冬告辞。

第三十五章　煮熟的鸭子飞了

次日早晨七点三十分，朱冬的汽车准时停在王必然家楼下。朱冬二顾茅庐，告诉王必然去市第三医院体检，他的车给王必然带路。

王必然驾车跟在朱冬的车后边，驶向第三医院。朱冬不时回头看王必然的车。他觉得自己有点儿像绑匪。

参加体检的作曲家一共九人。搭车沾光体检的音协工作人员共二十七人。

王必然坐在牙科的椅子上时，一直蹲守在牙科斜对面卫生间里的朱冬适时出现在王必然身边。

牙医让王必然张嘴，牙医看王必然的嘴。朱冬看牙医。

"你的这颗牙已经不行了，龋洞很深，不疼？"牙医拿工具敲击王必然的一颗牙。

"经常疼。"王必然说。

"没看过？"牙医问。

"没时间。"王必然张着嘴说话的样子比较滑稽。

"这颗牙应该补。"牙医说，"时间再长，可能就保不住了。"

"现在补？"王必然问。

牙医说："今天是体检，你们来体检的人挺多，补牙耽误别人，咱们可以预约一个时间，后天上午行吗？您的这颗牙不能再耽误了。"

"可以。"王必然说。

医生继续向纵深检查。

"您有一颗智齿，应该拔除。"牙医终于说出了朱冬翘首以待的话。

"智齿？也坏了？"王必然问。

显然已经被院方关照过的医生说："您的这颗智齿磨损了您的口腔黏膜，如果不拔除，很可能引起口腔黏膜恶变。现在就可以拔。我给您拔了？"

朱冬退后一步，他怕王必然感觉到他的心跳。

"后天和补牙一起吧！"王必然说。

"也行。"医生同意。

朱冬急了："还是先拔了智齿吧，万一引起恶变，给咱们国家造成的损失就太大了。"

王必然笑了："肯定不在乎这两天，医生您说是吧？"

医生说："两天问题不大，但你后天上午一定要来。你的那颗龋齿应该马上补。智齿一起拔，受一次罪就行了。我很喜欢听您的歌。"

"谢谢。"王必然说。

朱冬对王必然说："后天上午，音协派人陪你来拔牙。"

朱冬要当场拿到王必然的智齿。

王必然说："秘书长，我真不知说什么好了。我又不是小孩子，拔牙还用监护人？我自己来就行了。"

"我们争取吧，如果那天不忙的话。"朱冬说。

晚上，妻子见朱冬忐忑不安，她问："还为功辰的事烦？你的承受能力也太差了，只能说好不能说坏？"

朱冬不敢将"盗窃"王必然智齿的事告诉妻子。

"我也不能因为有记者骂功辰而高兴吧?"朱冬说。

"我看还是像你这样好,在某个领域别太出名。"妻子说。

"都这么想,社会还怎么往前走?"

"谁愿意出头推动社会前进谁就去受那份罪,其实还是当普通人坐享其成舒服,还安全。"

"我宁愿出头,可惜我没才。"朱冬嘴上和妻子对话,心里却想着王必然的智齿。

深夜,朱冬登上了世界最高音乐奖格莱美奖的领奖台。自从装上了王必然的智齿,朱冬厚积薄发,以六十岁退休年龄在世界音坛异军突起。

急促的电话铃声将朱冬从睡梦中吵醒。

"秘书长吗?我是范强雷,我在单位值夜班。出事了!"范强雷是音协工作人员。

"说。"朱冬反感这个将他从格莱美领奖台上拽下来的电话。

"王必然出车祸了!"

"你说什么?你再说一遍!"朱冬难以置信。

"王必然驾车在外环路行驶时,一辆停在路中间更换轮胎的大货车没有在车后置放警示标志,王必然的汽车撞上了大货车的尾部,现场很惨。"

"他的智齿怎么样?"朱冬昏了头。

"什么?"

朱冬察觉自己失态,他调整话头:"王必然生命没有危险吧?"

"很不幸,他已经死了。"

"死了?"朱冬从床上掉到地下。

"秘书长,您要车吗?我派车去您家接您?您得去现场吧?王必然的亲属都去了。"

"你派车来吧，我去。你告诉司机事故地点。"朱冬沮丧地说。

范强雷听出朱秘书长心情沉痛。

朱冬赶到事故现场时，只有测量勘定的警察和几名消息灵通的记者。朱冬从警察口中获悉，王必然的尸体和他的亲属都在距离事故现场最近的广和坛医院。

朱冬吩咐司机去广和坛医院。在医院的急救室里，朱冬看见几个人围着一张盖着白单子的床痛哭流涕。白单子下面显然盖着一个人，单子随人体形状呈雕塑状。

"这是王必然？"朱冬问一个护士。

护士点头，见多不悲的护士眼圈竟然也红了，朱冬估计她喜欢听死者的歌。

朱冬冲司机小易努努嘴。

小易过去对王必然的亲属说："音协的朱秘书长来看你们。"

朱冬流着真正伤感的眼泪，上前同王必然的亲属一边握手一边说："请你们节哀。这是音坛的一大损失。"

由于王必然奉行独身主义，他的亲属群由父母和姐弟构成。

一听说朱冬是音协的秘书长，王必然的父亲握着朱冬的手不放，他老泪纵横地说："十个小时前必然和我通电话时还对我说起您，他说您对他的身体健康很关心，还安排他体检，连牙齿都看了。我替我们全家谢谢您了。"

朱冬哭着说："那是我应该做的。必然走了，我很痛心。"

王必然的亲属见到朱冬如此悲痛，反主为客安慰朱冬节哀，好像死的不是王必然而是朱婉嘉。

朱冬走到那张将不计其数的活人变成尸体的床前，他恭敬地掀开王必然头部的白单，打着瞻仰遗容的幌子看死者的牙齿状况。

王必然虽然面目全非，但他的嘴部完整无缺。为了不引起死者亲属的怀疑，朱冬借道肛门长出了一口气。

朱冬决定不惜一切代价从王必然的尸体上取出智齿。朱冬不懂智齿亦会死亡。

朱冬的眼泪鸣金收兵，他对王必然的亲属说："必然的丧事由音协出面办理，费用也由我们出。你们提供参加遗体告别的亲朋好友名单，由我们寄发讣告。"

王必然的姐姐对朱冬说："谢谢您。我代表王必然的亲属同音协联系。不光是王必然的丧事，我希望音协也能派人参与交通责任认定。我一定要追究那卡车司机的事故责任，我要让他倾家荡产。"

朱冬点头说没问题。朱冬看出，王必然的姐姐属于维权意识和报复心比翼齐飞的视消协和法院为第二故乡的人种。

一个护士过来告诉死者亲属，由于该医院的太平间客满已没有床位，请死者亲属同火葬场联系，将尸体直接从急救室拉到火葬场存放。

朱冬吩咐司机立即给火葬场打电话。两分钟后小易告诉朱冬，火葬场的运尸车马上就来。

朱冬目睹了王必然的尸体被火葬场的工作人员抬进运尸车的过程，那是一辆每个人此生都要坐一回的车。从道德角度看，运尸车分别驶向两座车站：天堂和地狱。

朱冬的汽车跟在运尸车后边护送王必然的遗体前往火葬场，王必然的亲属乘坐另一辆车。

到火葬场时，太阳出来了。朱冬看见太阳的光照在火葬场的松树上，显得十分老庄。

音协的司机小易和王必然的姐姐去办理王必然的遗体入住停尸房手续。

朱冬清楚，从现在起到王必然进入焚尸炉，是他获取王必然智齿的绝无仅有的机会。

王必然的遗体被安置进停尸房。亲属在向朱冬表示感谢后，回去筹备丧事。朱冬吩咐小易回音协向苗颖等人转述他关于办理王必然丧事的指示。司机问朱秘书长现在不回机关？朱冬说他还要同火葬场的领导落实王必然遗体告别的事。现在火葬场的领导还没上班，他等一会儿。同火葬场领导谈完了事，他乘坐出租车回音协。

都走了后，朱冬看表，现在是清晨七点多，离火葬场领导上班还有半个小时。朱冬漫步到火葬场的公墓，看那些墓碑和骨灰墙。

人生的目的地是墓地。

朱冬置身死人中间，依然执迷不悟。他在策划如何万无一失地攫取王必然的音乐天才智齿。

骨灰墙上叠床架屋的众多骨灰盒注视着朱冬从他们面前经过，他们嘲笑朱冬的绞尽脑汁，他们都清楚，只有四个字能最准确地概括人生：枉费心机。

七点五十分时，朱冬敲响了火葬场场长办公室的门。

"您好，我是音协秘书长朱冬，来和您商谈关于著名作曲家王必然遗体告别仪式的事宜。"朱冬递上自己的名片。

"我已经听说了。王必然先生归宿敝场，这是我们的荣幸。"场长向朱冬回赠名片，"按说我们给人名片挺不吉利，但现在的人思想越来越现实，早晚都得到我这儿报到。如今商家也发现了这个人人必需的商机，纷纷投资兴办火葬场和公墓，竞争十分激烈，都抢着吃这碗人生最后的晚餐，我们的行话，叫吃尸。您别毛骨悚然。和死人打交道多了，说话不喜欢转弯抹角。"

朱冬看场长的名片，场长姓马名抗。

"我希望敝场今后成为所有音乐家的归宿。我们这儿还根据死者的级别分别设立了不同的焚尸炉，从科炉到部炉，一应俱全，能满足不同级别死者的需求。"马抗将一份印制精美的火葬场简介递给朱冬。

朱冬看那简介。各种级别焚尸炉的图片和价格一目了然。朱冬对号入座找到了属于自己的焚尸炉。

"印得很考究。"朱冬赞扬火葬场简介的印刷质量。

"人生最后一次商业机会，我们要对得起终结消费者。"马抗说。

"终结消费者？"朱冬重复对方的话。

马抗说："人从受孕开始就成为消费者，各种胎教和产前检查比比皆是，让商家和医院赚足了钱。其实，还可以往前追溯，人在精卵分离时就是消费者了，比如少年儿童的早期性教育书籍，比如不孕症的治疗，比如伟哥类药品，比如铺天盖地的卫生巾广告，严格说都属于商家发胎儿消费者的财。胎儿算是隐形消费者。人出生后，就成为显形消费者了。一辈子能让商家赚多少钱！到火葬场时，人就成为终结消费者了，也就是最后一次当消费者。当然，我们要尽可能地将终结消费者变成摇钱树，比如每年收取骨灰保存费，出售冥币供亲属在清明节焚烧什么的。如果死者是名人，社会上还会有人靠给死者写传记甚至拍影视作品赚死者的钱，这也算吃尸的一种。"

朱冬听傻了。

"您起码是大学本科毕业。"朱冬对马抗说。

"不好意思，在您面前，我是班门弄斧。敝人不才，硕士学位。"

"如今连火葬场场长都是硕士学位！"朱冬感慨，"对不起，我不是贬低火葬场的意思。听了您刚才一席话，我倒觉得在三百六十行中火葬场是最了不起的工作。"

"谢谢您的褒扬。"马抗说，"不知能不能和您签一份合同，如果您能保证今后音协管辖的歌唱家、作曲家还有音协工作人员死后都来我们这儿,我可以给您打九折。如果不打折,我可以给您百分之十的回扣。"

朱冬说:"完全可以。但我不打折,也不要回扣。只要你答应我的一个条件,我就和你签音乐家作曲家死后都到贵场来当终结消费者的合同。"

"您的条件是?"马抗问。

朱冬看着马抗说:"您知道,王必然是世界级的大作曲家。"

"没错,我儿子狂热崇拜王必然。"

"王必然是天才。对于天才,其全身上下都有研究价值。您不会没听说过爱因斯坦死后科学家将其大脑保存下来用于研究的事吧?"

"上大一时就听说了。"

"为了对广大歌迷负责,也为了给世界文化遗产添砖加瓦,我们音协决定在火化前保留王必然的某个器官。"

"大脑?"

"正是。遗憾的是王必然的亲属观念陈旧,他们不同意。"

"音协出钱呀!我就不信出够了钱,他们不干。出一百万!"

"音协没钱,我们每年的经费只有二百多万元,光工资和退休金就占去百分之七十。"

"您准备怎么办?"

"保留王必然一颗牙齿。"

"太少了,怎么也得留他一只手。大二时,一个教授告诉我,巴尔扎克就被留下了一只手。"

"王必然的亲属智商都不低,他们会将王必然一直保驾护航进焚尸炉,缺一只手,他们不会视而不见。我们经过反复论证,认为只有留王必然一颗牙其亲属不会发现。他们无论如何不会在和王必然诀别时掰开他的嘴数牙。"

"这倒是。我在火葬场工作这么多年，还没见过这样的生离死别场面。倒是有过一起前妻将死者的金牙摘掉的事例，理由是当年是她掏腰包给死者镶的这颗金牙。"

"如果您能帮助我们音协留下王必然的一颗牙齿，又不让其亲属和贵场任何工作人员发现，我就和您签署音协所有人员给您当终结消费者的合同书。需要特别说明的是，我们只要王必然的智齿，而且必须完整无缺。"

"智齿？昨天媒体上全是作家梁功辰智齿的事，和这有关系吗？"

"没关系。那是炒作闹剧。谁会信智齿和才能有关系？"

"真是的，我老婆一边看这新闻一边说无聊。"

"您同意我的条件吗？"朱冬问。

"成交！"马抗拍板。

"这事只能咱们两人知道。连音协普通工作人员都不知道。一旦被王必然的亲属知道，就麻烦了。王必然的姐姐是很难缠的人。"

"我听我的手下说了，她刚才给死者办手续时，很较真。"马抗说。

"您现在能拿牙吗？"朱冬担心夜长梦多节外生枝。

"白天绝对不行，我们的停尸房比北京王府井的人流量不差。只有晚上。"

"我希望是今天晚上。"朱冬要求。

"可以。今天晚上场领导值班正好轮到我。"马抗看了一眼墙上的场领导轮流值班表，"王必然有几颗智齿？随便哪颗都行？怎么辨别智齿？"

"王必然只有一颗智齿，上排牙左侧的最后那颗就是。"朱冬说完又叮嘱，"是他的左侧，不是你面对他时你的左侧。"

"明天清晨五点，您来我的办公室拿牙。您验收合格后，咱们签合同，您要交点儿订金。"

"多少钱？"

"不多，象征性的，起个约束作用。两万元。"

"我带支票来。"朱冬同意。

第三十六章　停尸房闹鬼

朱冬走后，兴奋之余的马抗想到从没给他人拔过牙的自己很难确保在拔王必然的智齿时做到不损毁，而一旦出现纰漏，和音协的合同就泡汤了。为了确保不损坏牙，马抗决定向当牙医的妹妹寻求技术支持。

马抗在办公室给马丽打电话。

"马丽，我是马抗。"

"哥，什么事？"马丽情绪不高。

"你不高兴？有记者毁梁功辰，你应该高兴呀？这说明当年哥还是有眼光的。"

"少废话。"马丽恨透了当年马抗出面拆散她和梁功辰。

"对不起，对不起。我是开玩笑。哥有事向你这个牙科专家咨询。"

"牙疼了？"

"你别咒我。"

"那是什么事？"

"知道王必然吗？"马抗压低声音。

"知道，奥运会会歌的作曲家。"

"他昨晚出车祸死了。"

"他好像很年轻吧？"

"三十多岁。他在我这儿。刚才有个音乐协会的秘书长来求我偷偷拔王必然的智齿。我不会拔,你告诉我怎么拔才不会损坏牙?"

"音协的人让你偷拔死者的智齿?这是犯法的事,你怎么能答应?"

"这是人家和我签合同的条件。你想想,音协净是名人歌星作曲家什么的,他们的骨灰盒往我这儿一摆,多大的广告作用?谁看了会不做出自己死了来我这儿和名人为伴的决定?活着不能和名人为友,死后完成夙愿也不失为亡羊补牢。"

"放屁!"马丽被戳到了疼处,连当年拆散她的同谋母亲一起骂。

"你看我这张嘴,该死!"马抗自知失言,"都怪我老和死人打交道,变得口无遮拦了,你知道,死人听什么话都无所谓。"

马丽心里突然一动,她问:"音协那人叫什么名字?"

"朱冬。"

马丽脸上出现了奇怪的笑容。

马丽想:朱婉嘉,你终于有了今天。

"把钳子包上布,轻轻拔,就行了。你可以先拔另一颗牙做试验。"马丽将昨天凌晨目睹蒙面人给陶文赣拔牙的经过传经送宝给马抗。

"知道了。谢谢你。"马抗说。

"你什么时候拔?"马丽居心叵测地问。

"今天晚上。"

"再见。"马丽挂上电话。

马丽放下电话听筒后,她的手没离开电话机,仿佛手离开电话机会中断她的思绪。她想:朱婉嘉肯定会将智齿帮助梁功辰写作的实情告诉自己的父亲。朱冬在获悉天才作曲家王必然车祸死亡的消息后，就企图利用职权盗取王必然的智齿，以使自己也成为天才作曲家。马丽知道这是盗窃罪外加侮辱尸体罪。马丽计划在明天上午给马抗打电话询问盗牙进展，如果盗成并且交给了朱冬，马丽就匿名给王必然的亲属打举报电话。就算王必然的亲属再宽宏大量与世无争，也必将怒发冲冠。由此，朱冬最轻也会丢乌纱帽。如果王必然的亲属追究朱冬的法律责任，朱冬很可能会有牢狱之灾。朱冬栽跟头，最痛心的恐怕要数朱婉嘉了。唯一令马丽感到不安的是马抗将因此被牵连进去，马丽有些投鼠忌器。但她很快释然了，她觉得马抗应该为他当年充当拆散妹妹和梁功辰的马前卒付出代价，他应该为此受到惩戒。

马丽批准自己的行动后，她的手离开了电话机。

马抗挂上电话后，按妹妹说的，找来一把钳子，他用纱布将钳子头缠住。马抗把钳子伸进自己嘴里夹住一颗牙，比试演练一番。

深夜一点，马抗蹑手蹑脚走出自己的办公室，整座火葬场安静得像没有一个活人。每天晚上，火葬场除留一名场级领导值班外，另有三名员工值夜。马抗要避开那三名员工的视线。

由于对火葬场太熟悉了，马抗不费吹灰之力就进入了停尸房，未被值班员工发现。"家贼难防"这句古训一直在马抗脑子里挥之不去。

停尸房里漆黑一片，数百张停尸床有序地排列，尸体躺在上边，从头到脚盖着白布。停尸房分为两个区域，一大一小。大区存放的是未参加遗体告别的遗体。小区存放的是已经参加完遗体告别的遗体，由于炉少尸多，当天没烧完次日再烧。

马抗拿着手电在大区寻找王必然，这是一件很容易的事。由于上个月火葬场刚发生了一起员工错将在两个不同房间同时举行遗体告别仪式的遗体张冠李戴了，当亲友围着白单子下的陌生人哭够了后，他们掀开单子看亲人最后一眼时，才发现白哭了。糟糕的事还在后边，本以为床上是陌生人遗体的亲友突然认出那尸体是他们逝去的亲人死前二十多年在官场上不共戴天的仇人。此刻，隔壁亦发现竟然为仇敌披麻戴孝。双方交换尸体后，才意识到今天的眼泪配额用完了。火葬场次日免费为那两位宿敌的遗体告别仪式提供场所。该事故以火葬场向双方亲属各赔偿五万元了结。自那以后，马抗就出台了在尸体右脚上拴人名牌的场规。

马抗蹲下身体，一张床一张床掀人家的单子看脚上的人名牌。他摸到第十三张床时，找到了王必然。

马抗听了听，外边没有值班人员巡视的脚步声。他绕到王必然的床头，揭开头上的单子。

马抗掰王必然的嘴，死人最懂沉默是金，他们的嘴都很严。马抗使出牛劲才掰开王必然的嘴，由于没有扩嘴钳，马抗只能将自己的左手握成拳头塞进王必然的嘴里当支撑。马抗的右手持钳子伸进王必然嘴里拔他的智齿。

王必然的牙和牙床连接得十分坚固，马抗使劲，终于拔下来了。

马抗的左手像是被王必然咬住了，他好不容易才从王必然嘴里脱手，手上全是牙印。

当马抗拿手电照钳子夹着的智齿时，他傻眼了：由于用力过大，王必然的智齿分裂了。马抗这才想起马丽曾经告诫他先拿别的牙试试手。

马抗不能失去和音协签约的机会，他灵机一动，从隔壁床上的尸体口中拔除了一颗智齿以次充好。这次马抗成功了，那颗智齿比没拔下来时还完美无瑕。

就在这时，马抗听到了脚步声。他本以为值夜的员工不会进入停尸房巡查,当值班人员推开停尸房的大门时,马抗才意识到只要员工开灯,自己就无处藏身暴露无遗了。

马抗惊讶那员工胆子贼大,深夜一个人到停尸房巡视竟然不开灯,员工朝里边走过来。

马抗蹲着往后退,他退到小区时,无路可退了,而那责任心极强的员工依然没有止步的意思。马抗看见一张空床,他悄悄躺到床上,蒙上单子装死。

值夜的员工叫魏中跃,是本场的焚尸工。本来两口子都在本场工作,后来儿子上了名牌大学,魏中跃夫妻的收入难以支撑学校日新月异年年暴涨的学费。加之儿子属于攀比一族,上午要手机,下午要笔记本电脑,晚上要随身听。老魏夫妇自从儿子上大学后就一直吃素,好多次老魏焚烧尸体时闻到烤肉味止不住流口水。儿子毕竟没白上大学,他给父母出了一个赚钱的锦囊妙计:母亲辞职,开一家寿衣店,专营死人穿的寿衣。父亲留在火葬场,趁值夜班的机会,进入停尸房窃取小区停尸床上的寿衣,源源不断向妻子的寿衣店提供货源,做无本生意。由于小区停放的都是参加过遗体告别仪式的遗体,故不会有亲属再来骚扰。只可怜那些生前遵纪守法的公民,死后和众多赤身露体的异性同堂共室,亵渎了一世的清白。早知如此,何必当初。自此之后,魏中跃家的日子蒸蒸日上,他再没有在焚尸时垂涎欲滴。想象力丰富的儿子还恶作剧般在母亲经营的每件寿衣上做了记号,看该寿衣能往返几次。每回来一次,儿子就在寿衣上再做一个记号,他说这是受二战时美国空军的启发,那时盟军每击落一架敌机,就在飞机身上漆一个星。有一件寿衣上边已经有了十一个星。今天又轮到魏中跃值夜班,他照例来停尸房为妻子"进货"。

魏中跃鬼使神差走到马抗身边,他掀开马抗身上的白单子,下手脱马抗的裤子。

马抗别无选择，只能伸手维护自己的"贞操"。

可怜毫无精神准备的魏中跃发出了鬼哭狼嚎般的喊叫，他一边往外跑一边将自己脱得精光。

马抗趁机跑回自己的办公室，佯装睡觉，等员工来叫他处理突发事件。马抗不能不分析魏中跃深夜潜入停尸房脱男尸裤子的动机，在将推理停留在魏中跃可能有"恋尸癖"上后，马抗突然想起老魏的妻子经营着一家寿衣店。马抗恍然大悟。马抗据此出台了用大穿钉穿肠过肚将停放在小区的死尸和寿衣铆在一起的新场规。这是后话。

当员工来场长办公室告诉马抗出事了时，马抗起床穿衣服问怎么了。

"停尸房里有鬼，把老魏吓疯了，他脱掉所有衣服，光着身子满场跑，还要出去。"一女员工说。

"胡说，怎么会有鬼？你快叫人把老魏看住，光着身子出去影响多不好？我马上就去。"马抗说。

马抗看见魏中跃时，他依然赤身露体，同事给他穿上衣服，他再固执地脱下来，如此反复几次，同事就心有余而力不足了。

"立刻打电话叫急救车，送精神病医院，算工伤。"马抗吩咐下属。

后来，魏中跃的精神分裂症一直没能彻底痊愈，他发病的症状只有一种：在大庭广众之下全裸狂奔。

清晨五点，朱冬准时出现在马抗的办公室。

马抗将智齿交给朱冬，朱冬的眼睛光芒四射。

马抗从铁皮文件柜里拿出合同书，朱冬掏出公章签字盖章。

"订金带来了？"马抗问。

朱冬拿出一张支票，音协的火葬订金。

马抗笑逐颜开，他对朱冬说："我可能有点儿得寸进尺，我想再提一个小要求。"

拿到"王必然智齿"的朱冬摆出有求必应的样子，说："马场长尽管说。"

马抗说："既然音协已经和我签了合同，严格说，咱这儿的歌星就都归我管了吧？"

"当然，咱们对他们是双重领导。"朱冬政策水平高。

"我能否在火葬场门外竖块广告牌，上书：本火葬场是蔡黑风、陆边边、杨玮和普彤的最终选择。以此招徕顾客。"马抗问。他说的都是大腕歌星。

"这不合适吧？"朱冬否决，"我还没见过火葬场拿活人做广告的。我估计他们也不会同意。不过你的这个主意很独特。"

"我觉得只要我出够了钱，他们不会拒绝。我看他们为别的商家做的广告大都属于断子绝孙性质。只要您保证事后不批评他们，我就去同他们联系。我还要让他们上电视为我的火葬场做广告，创意我都有了：陆边边身穿寿衣，指着苍松翠柏如林的本火葬场说'那是我的最终选择，我的归宿，我最后的床。你愿意和我相伴吗'？"

"您出够了钱，他们会同意的。我保证事后不通报批评他们。不管媒体和听众怎么骂。"朱冬说，"您有经商才能。"

朱冬刚走，马抗就接到了马丽询问王必然智齿的电话。马抗告诉妹妹搞定了。

朱冬离开火葬场后，他在路边使用手机给朱婉嘉打电话。

"婉嘉，我是爸爸。"

"您这么早来电话，出什么事了？"朱婉嘉看表，才六点。

"听说王必然死了吗？"

"听说了，我们公司的人来电话告诉我的。"

"王必然的亲属把他的智齿给了我，我觉得我年纪大了，装上是浪费。我决定把王必然的智齿给你安上，这样你就能名利双收了。"朱冬认为女儿会感动得热泪盈眶。

"我可不要！一颗智齿就把我们家折腾成这样，再加一颗，我们甭活了！"

"你怎么这么傻？你一定得要！"

"爸，我这可不是傻，我这是绝顶聪明。您没体会，这种智齿绝对不能要，要了活不好，特累！"

"那我给梁新，你叫梁新接电话！"朱冬生气地说。

朱婉嘉叫女儿接姥爷的电话。

"什么，姥爷您说什么？您送我一颗作曲天才的智齿？您这不是害亲外孙女吗？"

"你怎么说话？姥爷怎么是害你？"

"我要是安上了这种智齿，以后我的恋人还不得老拿他的舌头数我的牙？"

"什么乱七八糟的！"

"姥爷，我真的不要，我这辈子最大的理想就是默默无闻，您要是有能确保我终生默默无闻的智齿，我准要。谢谢姥爷了，您自己装上吧，反正您肯定比我活得短，装上智齿能少受几年罪。我还得去上学，拜拜姥爷。"梁新挂了电话。

朱冬站在路边发愣。他只有找牙医给自己装王必然的智齿一条路可走了。

第三十七章　弃齿太平洋

　　自从那天梁功辰走后，谭青再没接到梁功辰的电话。每次电话铃响，谭青都是满怀希望地接听，失望惆怅地挂断。这几天，她反复阅读了梁功辰的所有作品，准确说，她不是在阅读，而是和梁功辰在他的书上一遍又一遍地举行圣洁的精神婚礼。

　　当谭青从媒体上看到关于梁功辰和智齿的报道后，她全明白了。谭青一百个相信智齿和天才的关系，她确信自己的写作才能来自她口中的智齿，那颗梁功辰没够着的智齿。

　　没人会相信，和梁功辰的那次接吻是谭青的初吻。但确实是。

　　初吻遭亵渎，谭青冷笑了足足一整天。

　　谭青本来就厌恶功名，她写作的初衷是排遣心中的寂寞。在知道梁功辰找她是为了拿她验证智齿和天才的关系后，谭青更对功名深恶痛绝，她认定功名和真情注定是鱼与熊掌不可兼得。她要真情。

　　谭青决定拔除智齿，不是偷偷拔，而是大张旗鼓地拔，拔给梁功辰看。谭青要给梁功辰上一课，让这个天才作家知道天才算个屁，天才不过是几个山中无老虎猴子称大王以丧失正常生活为代价给全人类打工的傻瓜罢了。

　　谭青给她认识的一家电视台的记者打电话，当她告诉人家她想请对方电视直播她拔除文学天才智齿后，那电视台高兴疯了。

　　尽管那电视台清楚智齿和谭青的文学创作才能没有任何关系，

但他们更清楚这次直播将为该台创下收视率新高，由此广告收入绝对滚滚而来。

该电视台立刻大张旗鼓地预告将独家电视直播天才单身女作家谭青拔除智齿，并征集直播随片广告。

在谭青直播拔除智齿的前一天下午，一个男子登门求见谭青。

"你找谁？"谭青一反常态，先开门，后审查。

"我叫陶文赣，我找您有事。"陶文赣说。

"说吧。"谭青不让对方进门。

"您拔除智齿后，还要吗？"

"不要了。"

"能卖给我吗？"

"你出多少钱？"

"您要多少钱？"

"一百亿。"

"您？"

"我还没说完。美元。"

"能不能少点儿？"

"你诚心要？"

"太诚心了。"

"我让一大步，改为一百亿人民币。成交？"

"三十万人民币行不行？我只有这么多钱。"

"有这么砍价的吗？我不批发智齿。更不是清仓甩卖。"

"那您怎么处理您的智齿？还有别人买吗？"

"你是独一份。想当大作家？"

"是的。您还没回答我，如果没人买或您不卖，您如何处置您的智齿？"

"扔进太平洋。"

"您这是对人类的犯罪！这比盗古墓还坏！"

"有不能将智齿扔进海里的法律？"

"迟早会有！"

"那我更应该趁人类尚无此法律时赶紧潇洒一回了。法律实施前犯的法，既往不咎吧？"

"……"

"我关门了？"

"您能告诉我您准备将智齿扔到太平洋的哪个区域吗？"

"电视台直播拔牙和弃齿太平洋的全过程，您可以录下来。您要干什么？打捞？"

"我求您了，把您的智齿给我吧，我今后一分钱版税也不要，全给您，我只要名。"陶文赣给谭青跪下了。

"您如果打我一个嘴巴，我还有可能把智齿给您。您一跪，就绝对没戏了。您不了解女人。明天电视上见。"

谭青关上门。

梁新是下午在学校从同学口中得知电视台将直播女作家谭青拔除智齿的，她放学回家告诉妈妈。这些天，朱婉嘉在家里制定了铁的纪律：不准任何人向梁功辰说外界的任何事，以此确保梁功辰突击写《影匪》。

"妈，我要去谭青家。"梁新说。

"去她家干什么？"朱婉嘉奇怪。

"我觉得谭青是在和爸爸赌气，我要去说服她不拔智齿。"

"你什么都知道，还不要姥爷给你的智齿？"

"这是两码事。别人的智齿我不要。如果我自己有，我不拔。您给我谭青的地址。"

365

"你自己去？"朱婉嘉现在不能离开梁功辰一步。

"让王姐陪我去。"

"王莹随时要给你爸做饭。"

"那让贾队护送我去。我必须去。您如果不同意，我去跟爸说。"

"你敢！去吧，我去和贾队说。"朱婉嘉只得同意。

谭青开门见外边是一个十岁左右的女孩子，谭青对梁新说："你敲错门了吧？"

"我是梁功辰的女儿，我叫梁新。十周岁。不是我爸派我来的，是我自己要来的。我爸不知道我来找你。我喜欢你，佩服你，我想说服你不要拔除智齿，你能给我一个机会让我进去尝试说服你吗？你可以拒绝我，但我会因此伤心。你肯定知道伤心的滋味。"梁新抬头直视谭青的眼睛，说。

谭青被梁新的魅力征服了，她无法相信一个十岁的女孩儿能说出如此干练如此让对方找不出反驳理由的话。

"进来吧。"谭青说。

梁新走进谭青的房子后，她一眼就看见了桌子上放着的众多梁功辰的书。

"你恨我爸。"梁新说。

"你什么都知道？"谭青惊奇。

"我对于我爸通过你证实天才和智齿的关系的做法反感，我替你打抱不平。"梁新说，"但我爸也很可怜。别人看他是大作家，能写出那么受欢迎的作品，其实他很苦。每次和出版社签订合同后，他的压力很大，虽然我们现在知道了是智齿在帮他写作，但智齿本身不可能写作，它还是要通过我爸的身体写。你写作，你肯定知道写作很劳神。别人可以出国旅游可以四处散心，我爸行吗？不行，谁拽着他不让去？读者和出版社。这次拔除智齿后他突然写不出来了，他已经和出版社签署了合同，他能不急吗？没办法，为了尽早证实智齿的事，他只能找一个天才，他找到了你。你如果拔除你的智齿，我爸知道后会非常内疚。"

"他还不知道？"

"为了保证他顺利写完《影匪》，我们什么事都不告诉他。他现在是真正的与世隔绝。"

"你觉得你能说服我不拔智齿？"

"我觉得我根本说服不了你。"

"那你来干什么？"

"我来向你道歉，是我的牙龈出血导致我爸拔除智齿的。我爸不拔智齿，他不会和你认识，你也不会伤心和拔你的智齿，源头是我。以后我的牙龈再出多少血，我也不会说了。请你接受我的道歉。"梁新向谭青鞠躬。

谭青发呆。

"我还要替我爸向你道歉。我是他的女儿，是他的第一顺序继承人，我有权代替他向你道歉，他对不起你。他怎么能用那么纯洁的方式做见不得人的事呢？"梁新再向谭青鞠躬。

谭青说："没想到梁功辰有这么出类拔萃的女儿。"

"你如果能放弃拔智齿就好了。"梁新说。

谭青摇摇头。

梁新叹了一口气。

谭青问梁新："如果我把我的智齿给你，你要吗？"

"绝对不要。"

"为什么？"

"我怕以后别人用舌头数我的牙。"

367

谭青一把将梁新搂在怀里。

"你不拔智齿了？"梁新问。

"肯定拔。"谭青说。

"你不想当大作家了？"

"不想当了。还得用舌头当侦探，我不干。人这一辈子，能给你打分的人越少越好。当公众人物的本质就是让所有人给你打分，公众人物每天都在参加考试，没完没了，一次失误就被开除了。当公众人物才是地道的应试教育，天天应试，考官是大众。傻不傻？你看那些明星，别人一边大便一边看刊载明星花边新闻的小报，还把明星的图片贴在卧室的床头，不定干什么用呢。要我说，明星普遍弱智。"

"拔了也好。"

"我能收你当干女儿吗？"

"当然。你不怕我继承你的遗产？"

"我连价值连城的智齿都能扔进太平洋，还怕你继承遗产？我现在就写遗嘱，《控飘》的著作权由你继承。"

"别写，我不要。我将来继承的著作权已经很多，按我日后身高一米七五计算，能把我压死了。"

次日，电视台先直播谭青拔除智齿，再直播智齿被谭青亲手扔进大海。

第三十八章　梁功辰亮相

梁功辰从黄德彪诊所返回家后，倒头便睡。睡醒后，梁功辰第一个念头就是：我的智齿又回来了，我又是文学天才了！梁功辰精神饱满踌躇满志地进入写作室，他打开电脑，思如泉涌，如入无人之境。写出来的全是神来之笔。

智齿在梁功辰嘴里瞠目结舌，只有它清楚，现在梁功辰的写作和它毫无关系，而梁功辰写出来的又确实是上乘之作，这是怎么回事？难道人身上还有别的器官能使人成为天才？智齿百思不解。

朱婉嘉隔着门听那键盘声就知道梁功辰东山再起了。她立即电话通知高建生。高建生刚开完新闻发布会，他正在来梁功辰家的途中，他告诉朱婉嘉，他来协助她清除家门口的暗探。

贾队倒戈后，高建生、朱婉嘉和贾队开了一个会，他们制订了确保梁功辰如期完成《影匪》的方针。贾队说，肯定有人不希望梁功辰写完《影匪》，我受雇跟踪梁先生就是证明。我提议，鉴于曾经有人打过梁先生家小保姆的主意，在梁先生写作《影匪》期间，停止让保姆外出采购食品，以防被人下毒。高建生对朱婉嘉说，功辰写作《影匪》期间的食物和饮用水我们出版社包了，每一样食品我们都要先试吃试喝后再送到你们家去。我二十四小时都在你家门口的车上，请你随时向我通报功辰的写作进展。高建生还叮嘱朱婉嘉，外界的任何信息都不要让功辰知道，以保证他潜心写作。朱婉嘉说没问题，功辰的电脑已经不能上网了，我们家又没有电视机和报纸。这期间，电话也不让他接。

朱婉嘉、梁新和王莹在室内保证梁功辰写作。高建生、贾队和小区派出所的两名警察在室外保证梁功辰写作。责任编辑田畅负责监督给梁功辰家采购食物。

梁功辰写疯了，他已经十五天没离开写作室了，吃住均在写作室。写作室虽然有卫生间，但梁功辰为了节省时间，穿上了成人纸尿裤。他可以一边写一边尿，争分夺秒。

梁功辰过去写作，他感觉自己像被野马拖着走。这次，他感觉自己是野马，拖着作品走。他弄不清这是怎么回事。

这天，朱婉嘉利用给梁功辰送饭的时机，小心翼翼地问："写得很好？"

朱婉嘉看见梁功辰脸红脖子粗，往常梁功辰写得好时都这样。

"比上半部好。"梁功辰说。

朱婉嘉心花怒放。

"快大功告成了？"

"最多还有五天。"梁功辰说。

六天后是合同约定的《影匪》交稿期限。

朱婉嘉将这一喜讯向门外的高建生通报，她特别说了《影匪》后半部好于前半部。

梁功辰不知道高建生等众多人在他家四周给《影匪》当保镖。

高建生接到朱婉嘉的电话后，如释重负。他对身边的田畅说："我要给梁功辰增加版税，由百分之十五增加到百分之十六。"

"这样咱们就只能拿小头了。"田畅觉得《影匪》百分之十五的版税率已经很高了，"再说合同已经签了。"

高建生说："作为有眼光的出版社，对于像梁功辰这样的大牌实力作家，就是要让他拿大头。别的作家会想，梁功辰这样的大作家之所以能写出好作品，肯定是由于他聪明，什么叫聪明？不就是判断力准确吗？他在这么多出版社中选择富阳，说明富阳各方面都优于其他出版社，连梁功辰都把书拿给富阳出版，别的作家肯定会紧随其后。他绝对有广告效应。他的书咱们前前后后印了多少？每本书上除了他梁功辰的名字，就是咱们富阳的名字呀！可以说，是梁功辰的书，把咱们的社名搭车印进了千百万读者的大脑皮层上，特别是他还有青少年读者！孩子看过的书，一辈子也忘不了。他们长大一旦写作能不优先找咱们？什么是出版社的最大财富？当然是知名度。"

田畅心悦诚服："照社长这么说，百分之十七也不算多。"

"那就百分之十七。"高建生单方面改变合约。

在合同约定的《影匪》交稿日期的前一天下午，梁功辰给《影匪》画上了句号。经过深思熟虑，梁功辰吃水不忘挖井人，在《影匪》作者署名处打上了"智齿"两个字。

梁功辰戴着沉重的纸尿裤从写作室走出来了，他在里边待了一个多月。

朱婉嘉、梁新和王莹向他鼓掌。

"你们去看吧。"梁功辰说完一头扎进他的卧室，呼呼大睡。

朱婉嘉、梁新和王莹迫不及待跑进写作室看电脑上的《影匪》后半部分，看得她们叹为观止赞不绝口。每个人都是泪流满面。

她们看完后，梁功辰睡醒来了。

"行吗？"梁功辰问家人。

往常梁功辰每写完一部长篇，都是先让家人审读。

"传世之作。"梁新说。

"好好呀。"王莹说。

"确实精彩。"朱婉嘉说,"我想给你改一个字。"

"你说。"梁功辰看着妻子。

"你用了'清官难断家务事'这句话,我觉得已经不适合今天了,应该改成'贪官难断家务事'。"朱婉嘉说。

"同意。"梁功辰批准。

"爸,您不用本名了?"梁新先发现《影匪》的作者署名不是梁功辰而是智齿。

"既然确实是智齿帮我写作,应该用它的名字。也可以算是我以后的笔名吧。"

"你以后的作品都用智齿署名?"朱婉嘉问。

"对。"梁功辰说。

大家没意见。

智齿很惭愧,毕竟《影匪》后半部分不是它写的。智齿也觉得有趣,过去它写的作品,署梁功辰的名字。今后梁功辰写的作品,署它智齿的名字。谁也不欠谁,扯平了。

"我去把高社长叫来?"朱婉嘉问梁功辰。

"高建生?他在哪儿?"梁功辰问。

梁新告诉爸爸外边都有谁。梁功辰目瞪口呆。

"都叫进来,包括那个什么队,还有警察。"梁功辰对朱婉嘉说完再吩咐王莹,"小王,你把我那瓶存了十八年的酒拿出来。"

梁功辰将电脑里的《影匪》给高建生存盘。

高建生一干人马走进梁功辰家时,梁功辰在门口和他们一一握手,梁功辰最后再和高建生拥抱。

梁功辰郑重地将《影匪》磁盘交给高建生。

"我们要毁约。"高建生接过磁盘后,对梁功辰说。

在场的人都愣了。

"我们单方面决定,将《影匪》的版税率从百分之十五改为百分之十七。"高建生说。

除了梁功辰,所有人都鼓掌。

梁功辰说:"单方面修改合同无效。一切按原合同办。你想给我增加版税,从下次开始。"

又是除了梁功辰全都鼓掌。

贾队感慨万千:"人活一世,不和你们这样的人打一次交道,算是白活了。"

十天后,富阳出版社在一家五星级饭店隆重举行《影匪》发布会。梁功辰破例头一次出席自己的作品发布会。参加发布会的记者多达两百人。

《影匪》发布会没办法不变成梁功辰的记者招待会。众多记者向梁功辰频频发问。

"请问梁先生,你的写作和您的智齿有关系吗?"有记者问。

梁功辰回答:"我的作品都是我的智齿帮我写的。从《影匪》开始,今后我的作品都署名智齿。"

"请问梁先生,您怎么看女作家谭青拔除智齿的举动?"

"谭青是了不起的伟大女性,她是我最敬重的女性之一。我没有她那样的勇气拔除智齿。和她相比,我是俗人。"梁功辰一脸的歉疚。

"您对诺贝尔文学奖怎么看?"一女记者问。

梁功辰回答说:"只有四个字——难以置信。"

"怎么讲?"

梁功辰说:"发给我诺贝尔文学奖,我难以置信。不发给我诺贝尔文学奖,我也难以置信。"

掌声。

"请问梁功辰先生,您在《影匪》里写了男一号生活在农村的父亲收了一大堆白条的情节,您对白条怎么看?"

"白条是政府工作人员制造的'假币'。"梁功辰掷地有声。

掌声。

"您的下一部作品的名称?"全场记者不约而同地问梁功辰。

梁功辰一字一句地说:"《第八颗是智齿》。"

第三十九章 再披露一个真理

我是梁功辰的智齿。在和你告别之前,我不得不再向你披露一个真理:人的身上,除了我们智齿,肯定还有别的东西能使人成为天才。否则,梁功辰安上没有黄金通道的我,怎么反而写得更好了呢?还有陶文赣,安上同样没有黄金通道的我,怎么就从十流作家一跃而成三流作家了呢?

有些事,你肯定关心,我不妨借此机会向你披露一二。你可能会说,你怎么老爱披露,干脆去当新闻发言人得了。那敢情好。你祈祷我下辈子投人胎吧。

马丽给王必然的姐姐打了匿名举报电话后,法院以盗窃罪和侮辱尸体罪判处朱冬有期徒刑两年,并处罚金五万元。刑事附带民事,朱冬还向王必然的亲属赔偿十万元。朱冬被音协开除公职。朱婉嘉悲痛欲绝。朱冬在狱中谱写了一首《囚犯歌》,没想到唱红了全世界,可能是监狱外边的人也普遍有被囚禁感,引起了共鸣。《囚犯歌》获得格莱美音乐大奖,朱冬成为该奖项首位戴着手铐领奖的获奖者,大出风头。朱婉嘉和监狱长一起陪同朱冬领奖,朱婉嘉真正体会到了什么叫因祸得福。

法院以贩卖人体器官罪、监守自盗罪和渎职罪判处马抗有期徒刑二年,并处罚金五万元。刑事附带民事,马抗向王必然亲属支付赔偿金十万元。火葬场开除马抗公职。已经和马抗达成为火葬场拍摄电视广告片意向的陆边边没能如愿以偿挣到一百万元广告费。

马丽经过三年努力,试验成功将龋齿还原成健康牙齿的方法,人类自此告别拔牙。马丽因此荣获诺贝尔医学奖,奖金一百零二万美元。由于陶文赣滴水不漏地为马丽的发明申请了专利,由此世界上任何一家医院使用马丽的发明都要向马丽支付专利费,而不使用马丽专利的医院的牙科肯定倒闭。于是马丽成为甚嚣尘上超过梁功辰的名利双收成功人士。

陶文赣耗资五十万美元聘请国外打捞过泰坦尼克号的打捞公司到太平洋潜水打捞谭青的智齿,至今无收获。

邵厂长接手印刷《影匪》后,险些误了交活儿。原因是不管印刷车间还是装订车间的工人只要看《影匪》一眼,他们就会停止工作,忘乎所以地阅读。装订车间的折页工互相交换活页看,监工训斥他们,他们就把活页扔到监工面前,监工立刻弃暗投明埋头阅读领导罢工。幸亏邵厂长及时发现出台了由能说普通话的一名工人朗诵《影匪》其他人照常干活的政策,《影匪》才得以保质保量按期出书。邵厂长看过《影匪》后,良心发现,他向警方自首曾策划入室抢牙,并主动向陶文赣赔偿二十万元。鉴于邵厂长认罪态度好得不能再好,受害人和检察院决定对他不起诉免予刑事处分。

梁功辰从贾队口中获悉构日出版社的孙社长曾经在诬陷梁新后迷途知返为梁新平反昭雪破费,很是感动。梁功辰觉得自己在客观上起了让谭青和构日出版社分道扬镳的作用,他愧对构日出版社。在梁功辰的斡旋下,高建生和孙晨握手言和。梁功辰还决定将《第八颗是智齿》拿给构日出版社出版。孙晨一边痛哭流涕一边发毒誓说谁再向作者隐瞒印数谁得口蹄疫。

谭青终生独身,老年时由梁新陪伴。谭青的经济来源全靠《控飘》,《控飘》年均印刷三万册。一本书让谭青吃了一辈子。

日后，所有这些人里最出名的，不是梁功辰，不是马丽，而是徐得忠。徐得忠十七岁时组建了一个专门盗窃机动车的犯罪集团，到其二十八岁被捉拿归案时，他共盗车三万多辆，其中两万辆是在美洲盗窃的。不管防范得多严密的汽车，只要被徐得忠盯上，不出十分钟，他都能开走。他干的最轰动的事是偷走了美利坚合众国总统的被誉为陆地"空军一号"的座车。《纽约时报》曾将徐得忠称为"天才盗车贼"。徐得忠被判死刑后，他向法官提出能不能给他一点儿时间让他发明出真正的汽车防盗装置，以此向受害者谢罪，然后再处决他。法院同意了徐得忠的要求。自从徐得忠发明的汽车防盗器装在全世界的所有汽车上后，盗车就沦为考古学家研究的词汇了。很多人要求法院免徐得忠一死，但徐得忠不干。他说自己死有余辜。处死徐得忠那天，有的国家竟然还下了半旗。我断定徐得忠嘴里有盗车智齿。如此智齿竟然催生了汽车超级防盗器，由此可见世界上的所有事确实是好坏各占一半。

2001年1月1日至3月29日
写于北京皮皮鲁城堡

（全书完）

智齿

作者_郑渊洁

产品经理_来佳音　装帧设计_何月婷　封面插画_张弘蕾
技术编辑_陈皮　　责任印制_刘世乐　出品人_曹俊然

果麦
www.guomai.cn

以 微 小 的 力 量 推 动 文 明

图书在版编目（CIP）数据

智齿 / 郑渊洁著. -- 昆明 : 云南人民出版社,
2024.10. -- ISBN 978-7-222-22878-8

Ⅰ. I247.5

中国国家版本馆CIP数据核字第2024UC4118号

责任编辑：阳　帆
助理编辑：杜佳颖
责任校对：刘　娟
产品经理：来佳音

智齿
ZHICHI

郑渊洁　著

出版	云南人民出版社
发行	云南人民出版社
社址	昆明市环城西路609号
邮编	650034
网址	www.ynpph.com.cn
E-mail	ynrms@sina.com
开本	710mm×960mm　1/16
印张	24.25
印数	1—5,000
字数	293千字
版次	2024年10月第1版第1次印刷
印刷	嘉业印刷（天津）有限公司
书号	ISBN 978-7-222-22878-8
定价	59.80元

如发现印装质量问题，影响阅读，请联系021-64386496调换。